ロボット

尻尾がない

〈ギャロウェイ・ギャラガー〉シリーズ短編集

ヘンリー・カットナー

山田順子 訳

竹書房文庫

ROBOTS HAVE NO TAILS by HENRY KUTTNER

ロボットには尻尾(しっぽ)がない

〈ギャロウェイ・ギャラガー〉シリーズ短篇集

CONTENTS

THE COMPLETE
GALLOWAY GALLEGHER STORIES
by Henry Kuttner

主な登場人物

ギャロウェイ・ギャラガー……………………科学者・発明家。酒好き
ジョー……………………………………………ギャラガーの造ったロボット。自分好き
グランパ…………………………………………ギャラガーの祖父。酒好き

TIME LOCKER

ギャラガーは耳で曲を憶(おぼ)えて演奏できる。ミュージシャンだったら、おおいにその能力が活(い)かされただろう——だが、彼は科学者なのだ。飲んだくれで、奇抜なアイディアばかり浮かぶとはいえ、優秀な科学者だ。彼としては実験科学を極めたかった。ときには天才的ひらめきを見せる頭脳をもっているのだから、突出した専門家になれたはずだ。しかし、残念なことに、ちゃんとした教育を受ける金(かね)がなかったために、いまは積分回路網マシンに関するプロの指導者として金を稼いで実験室を維持し、純粋な趣味としてあれこれ実験をつづけている。六つの州のなかでも、とびぬけておかしな実験室だといえる。ギャラガーは数カ月を費やして、酒供給器というものを造った。これが実験室のスペースの大部分を占めている。詰め物をしたカウチに心地よくすわりこんでキーボードのボタンを操作すれば、質・量・種類、すべてが万全の飲みもので渇いた喉をうるおすことができる。連日飲みつづけて、べろべろに酔っていた期間にこしらえたため、構造の基本となった原理すら憶えていない。残念至極といえる。

実験室にはあらゆるものがあるが、ほとんどが本来の状態を逸している。加減抵抗器の底部には、バレリーナの衣装のようなスカートをはかせてあり、上部には、うつろな笑みを浮かべた粘土の顔がのっけられている。二基の発電機には、でかでかと名前を記したラベルが貼ってある。大きいほうは〈怪物(モンストロ)〉、小さいほうは〈泡沫(バブルズ)〉という名前だ。ガラスのレトルトには、〈チャイナ・ラビット〉の小さな像が入っているが、口径の小さなレトルトの曲がった管をどうやって通したのかは、ギャラガーしか知らない。ドアの手前には、大きな鉄製の犬がうずくまっている。本来はヴィクトリア朝時代の庭に置く飾りものだったらしいが、あるいは、地獄の番犬ケルベロスの代用品もしれない。鉄の犬の大きな耳の穴は、試験管立てに使われている。

「だけど、どうするんだ？」ヴァニングが訊(き)いた。

ギャラガーはひょろっとした身体(からだ)をカウチにあずけ、酒供給器から二杯分のマティーニを喉に流しこんでいた。「ん？」

「話を聞いていただろ。あんたがそのいかれた頭を使えば、ぼろい儲(もう)けになる仕事をもってきてやったんだぜ。門戸を張るためのいい経験になるぞ」

「よくいうよ」ギャラガーはつぶやいた。「むだだな。メカニカルな問題以外、ぼくは夢中になれないんだ。ぼくの潜在意識はＩＱがすごく高いんだ」

弁護士のホレース・ヴァニングは、背が低くてずんぐりしていて、浅黒い顔には傷がある。ギャラガーの返事を聞き、彼は椅子(いす)代わりにすわっている発電機の〈モンストロ〉を踵(かかと)で蹴った。

ときどきギャラガーはヴァニングを腹立たしく思う。彼は自分の可能性を自覚したことがない。それが商取引分析を専門とする彼自身にどういう意味をもつのか、考えたことがない。彼の場合、〝商取引〟といっても、法的支配の及ばない商売なのだが。こんにちの商取引はおそろしく入り組んでいるためにいくつも穴があって、狡猾な者ならうまくぐり抜けることができる。じっさいのところ、ヴァニングには、悪党どもの顧問弁護士が勤まるという才能があるのだ。もちろん、報酬は高額だ。

今日びでは、法律に関してきちんとした知識をもっている者は、めったにいない。法規はもつれにもつれ、ロースクールに進もうとする者は、ロースクールに入る前に、何年もかけて、複雑にからみあった法規を勉強しなければならないという、不朽の努力を強いられる、しかしヴァニングはしっかり訓練された専門家たちをかかえ、膨大な判例や資料や文献のそろった、すばらしい図書室をもっている。相応の報酬がもらえるならば、妻殺しで有名なクリッペン医師にどうすれば罰を免れることができるか、ことこまかく教授してやっただろう。

ヴァニングはうさんくさい裏稼業にかぎっては、アシスタントも使わず、ひとりで極秘に処理している。たとえば、神経銃というような完全犯罪的案件とか――。

ギャラガーはかつて、機能を明確に認識せずに、非凡な武器を造ったことがある。ある夜、溶接機が故障したさいに、手持ちのガラクタを絆創膏でくっつけて組み立ててできたものだ。そして、乞われるままに、ヴァニングにそれを譲った。ヴァニングはそれを長くは手元に置かなかった。人殺しに使われると承知のうえで、それを貸して、数千クレジット稼いだのだ。その結果、警察は凶器を特定できず、頭をかかえることになった。

事情を知っている男がヴァニングのもとにやってきた。「聞いた話だが、あんた、殺しの容疑がかからないようにできるんだってな。おれも――」

「待ってくれ！　わたしは金輪際（こんりんざい）、そんなことはできん！」

「はあ？　だけど――」

「理論的には、完全犯罪は可能だと思う。いいかね、これはたとえばの話だぞ――新式の銃が発明されて、それがニューワーク空港のロッカーに入っているとすれば――」

「ふむ？」

「理論的に述べているだけだぞ。ナンバー79のロッカーで、コンビネーションは30／ブルー／8。くだくだしくいわないほうが、理論をヴィジュアル化するのに役立つものだ。そうだろう？」

「つまり――？」

「もちろん、誰かがその幻の銃を使って人を殺したとしても、その男は前もって郵便の小包みボックスを用意しておいて……そうだな……ブルックリン港のロッカー40と宛名を書いておく。そのボックスに使った銃を入れて封をしてから、いちばん近い郵便コンベヤーを使って、証拠を手放す。だが、いいかね、いまのはすべて〝たとえば〟という話だ。すまんが、あんたの手助けはできない。ということで、今日の相談料は三千クレジット。係に小切手を渡してくれ」

のちに、こういう事案では、有罪評決が不可能になった。州対ダプスンの事案で、イリノイ管区裁判所は、875－M審判と呼ばれる、先例となる判定をくだした——すなわち、死因は明らかにされなければならない、偶発的事故の要素を考慮しなければならない、と。

ダゲット首席裁判官は、義母を殺した容疑でもめていたサンダースン対サンダースンの裁判で、その判定に倣って審議を進めた。

毒物学の専門家チームを率いた検察側は、それを承認しなければならなかった。「裁判官どの、要するに、死因を確定する証拠物件がないために、検察は本事案の訴えを取り下げることを認めていただきたく——」

自分がこしらえた神経銃がきわめて危険な武器だという認識は、ギャラガーにはこれっぽっちもなかった。しかし、その銃を手に入れて甘い汁を吸ったヴァニングは、その後も雑然とした実験室に足しげく通っては、友人の科学者の気まぐれな作業の結果を、貪欲な目つきで眺めまわすようになった。そして、一度ならず、例の神経銃と同じような、便利で小さな装置を手に入れた。ただし、問題があった。ギャラガーはぐうたらをきめこみ、めったに新しいものを造ろうとしないのだ！

カウチでくつろぎ、マティーニを喉に流しこみながら、ギャラガーは頭を横に振り、ひょろりとした脚をのばして立ちあがった。目をしばたたかせながら、のんびりと散らかりほうだいの作業台まで行き、ワイヤーをもてあそびはじめる。

「なにを造るんだい？」ヴァニングが訊く。

「さてね。ただ指を動かしているだけだ。いつもこうなんだ。あれやらこれやらをくっつけると、ときどき、なにかができあがる。ただし、できあがったモノがどんな働きをするのか、正確なことがわからないのが問題だな。ちぇっ！」ギャラガーはワイヤーを放りだし、カウチにもどった。「うまくいかん」

ヴァニングはギャラガーを奇人と見ている。本質的に道徳規準をもたないギャラガーは、徹頭徹尾、複雑に入り組んだ現代世界に不適切な人間なのだ。彼独特の視点から、皮肉な目でおもしろそうに世界を眺めているが、どちらかといえば、たいていのことに無関心だった。そして、ひらめいたアイディアをもとに、モノを造る――といっても、つねに、彼個人の楽しみのためだけに。

ヴァニングはため息をついて実験室のなかを見まわした。几帳面（きちょうめん）な性格ゆえに、その雑然とした光景は衝撃的ともいえる。反射的に、しわくちゃのスモックを床から拾いあげ、フックを捜した。もちろん、そんなものはない。かなり以前に、伝導性の金属が手元になかったとき、ギャラガーがフックをすべてひっぺがし、いろいろな装置の部品に使ってしまったからだ。

奇人の科学者は、いまは目をなかば閉じて、その名もゾンビという、数種類のラムとリキュールをまぜた特製カクテルを飲んでいる。ヴァニングは部屋の隅の金属ロッカーの扉を開けた。ここにもフックはひとつもない。ヴァニングはスモックをきちんとたたんで、ロッカーの床に置いた。

そして椅子代わりの〈モンストロ〉にすわった。

「飲むかい?」ギャラガーが訊く。

ヴァニングは頭を横に振った。「いや、いい。明日、裁判があるんだ」

「ビタミンB1ならあるぞ。嫌なしろものだ。ぼくは脳のまわりに空気クッションがあるときのほうが、脳の働きがよくなるんだ」

「わたしはちがう」

「純粋にスキルの問題さ。その気になれば、誰だって獲得できる……どうしたんだ、口をぽかんと開けて」

「あのロッカー」ヴァニングは眉をしかめ、当惑した口ぶりでいった。「あれ――」立ちあがる。きっちりラッチがかかっていなかったらしく、金属ロッカーの扉が開いているので、なかが見える。ヴァニングがたたんで床に置いたスモックは、影も形もない。

「ペンキ塗りたてだよ」ギャラガーは眠そうにいった。「というか、試験的処置中というか。

ロッカーにガンマ線をあびせたんだがね。けど、べつに、たいした成果はないな」

ヴァニングは金属ロッカーに近づき、蛍光灯の照明を少し動かした。つい先ほど見たときとちがい、ロッカーは空っぽではなかった。スモックは消えてしまったが、代わりに、ちっぽけなぶよぶよした塊（ブロブ）がある――ペールグリーンの、でこぼこした球体のようなブロブ。

「これ、なかに入れた品物を溶かしちまうのかい？」ヴァニングは訊いた。

「はあん？　引っぱりだして、見てみろよ」

ヴァニングはロッカーのなかに手を突っこむのをためらった。手を突っこむかわりに、長い試験管ばさみを使って、ブロブをつかんだ。すると――。

ヴァニングは急いで目をそらした。目が痛い。ヴァニングが目をそらしているあいだにも、ペールグリーンのブロブは、刻々と色も形もサイズも変化していった。ブロブの表面に、非幾何学的な青いさざ波が立っている。試験管ばさみごとロッカーから出すと、いきなり、試験管ばさみが重くなった。

それも不思議ではない。試験管ばさみがはさんでいるのは、ちっぽけなブロブではなく、元の形にもどったスモックなのだ。

「そうなんだ」ギャラガーは上の空でいった。「確たる理由があるにちがいないけどね。そのロッカーに入れた品物は、小さくなる。取りだすと、また大きくなる。奇術師に売れるんじゃないかと思うんだがねえ」懐疑的な口調だ。

ヴァニングは〈モンストロ〉に腰かけ、スモックを指先でいじりながら金属ロッカーをみつめた。3×3×5フィートの直方形で、内側には灰色の塗料がスプレーされているようだ。外側はつやのある黒。

「なにをしたんだ?」

「へ? さあ、知らない。ちょっといじっただけだ」ギャラガーはゾンビをすすった。「たぶん、次元が拡張したんだろう。ガンマ線がロッカーのなかの時空を歪(ゆが)めてしまったんじゃないかな。うーん、これって、どういう意味なんだろう?」ぼんやりとつぶやく。「ときどき、ことばが怖くなる」

ヴァニングは四次元直方体のことを考えていた。「あのロッカー、外側よりも内側のほうが広いってことかい?」

「パラドックス、パラドックス、おおいに愉快なパラドックス。こっちが聞きたいよ。ロッカーの内側は、ぼくたちの時空連続体ではない。そうだ、あの作業台をロッカーに押しこんでみろ。意味がわかるはずだ」そういいつつも、ギャラガーは立ちあがろうとはしなかった。手を振って、作業台を示しただけだ。

「頭がどうかしてるな。作業台はロッカーより大きいじゃないか」

「そうだ。少しずつ押して動かすんだ。最初に角を入れるといい。さ、やってみろ」

背は低いが筋肉隆々のヴァニングは、作業台を動かそうと奮闘した。

「ロッカーを横倒しにしろ。そのほうがやりやすい」ギャラガーが助言する。

「うむ……えいっ！　オーケー。次はどうする？」

「作業台をロッカーに入れるのさ」

　ヴァニングは友人を横目でにらんだが、肩をすくめて、いわれたとおりにした。もちろん、作業台がロッカーに入るはずがない。ひとつの角は入ったが、そこでつっかえてしまう。角っこだけがロッカーに入っている作業台は、絶妙のバランスで、あぶなっかしく静止している。

「で？」

「待つ」

　やがて、静止していた作業台が動きだした。ゆっくりと下がっていく。ヴァニングの顎も下がっていく。それほど重くないものが水中に沈んでいくように、作業台は速くも遅くもない速度で、ロッカーのなかに沈みこんでいくではないか。ロッカーに呑みこまれているわけではない。ロッカーのなかに入った部分が溶けているのだ。ロッカーの外にある部分に変化はない。やがて、残りの部分もロッカーのなかに入ってしまった。作業台はきれいさっぱり消え失せた。

　ヴァニングがくびをのばして眺めていると、青いさざ波が見えた。目が痛くなる。ロッカーのなかに――なにかがある。そのなにかの輪郭がちぢんでいき、不等辺三角錐のピラミッドのような形になった。色も濃い紫色に変わっている。

いちばん長い辺でも、四インチはない。

「信じられん」ヴァニングはいった。

ギャラガーはにやりと笑った。「ウェリントン公爵が部下にいったとおりだ――いまいましいほどちっぽけなボトルだね、きみ」

「ちょっと待て。いったいどうやったら、八フィートの長さの作業台が五フィートのロッカーに入るんだ？」

「ニュートンが説明してる。引力さ。試験管に水を入れてくれたら、説明してあげるよ」

「待った……オーケー、次は？」

「縁までいっぱいに水を入れたかい？　よし。あそこの〈溶解剤〉と書いてあるラベルを貼った引き出しを開けろ。角砂糖が入ってる。それを一個取って、試験管の口にのせろ。角のひとつが水面に触れるようにするんだ」

ヴァニングはラックに試験管を立てて、ギャラガーにいわれたとおりにした。「で？」

「どうなってる？」

「どうにもなってない。いや、ちがう、角砂糖が湿ってきた。溶けだしたぞ」

「そういうことさ」ギャラガーはのんびりといった。

ヴァニングは剣呑（けんのん）な目つきでギャラガーを一瞥（いちべつ）してから、試験管に視線をもどした。角砂糖はゆっくりと崩れて水に溶けていく。

やがて、すっかり消え失せてしまった。

「空気と水は物理的な条件が異なっている。角砂糖は、空気中ではキューブ状態にあるが、水中では溶解してしまう。角砂糖の角を水に触れさせておくと、水の条件を受け容れて、溶けていくんだ。化学的にではなく、物理的に変化するのさ。あとは引力の問題だ」

「もっとわかりやすく説明してくれ」

「類似しているのはわかるだろう、ん？　水は、あのロッカーの内側に存在する特殊な条件に置き換えられる。角砂糖は作業台だ。さて、ごろうじろ！　角砂糖は水を吸って、徐々に溶けていく。そして引力によって、角砂糖は水に溶けながら試験管のなかに沈んでいく。わかるかい？」

「わかったような気がする。作業台はロッカーのなかの……えーっと、X条件に吸収される。それでいいのかな？　そのX条件によって作業台は縮小する——」

「部分的（イン・パルティス）にであって、全部（イン・トト）ではない。いっときに少しずつ、だ。硫酸を満たした小さな容器に、人間の死体を少しずつ少しずつ、押しこむことはできるだろ？　それと同じさ」

「ふうむ」ヴァニングは猜疑心（さいぎしん）もあらわにロッカーをにらんだ。「作業台を取りだすことはできるのか？」

「自分でやってみろよ。手をのばして引っぱりだせばいい」

「あのなかに手を突っこむのか？　手が溶けてしまうのはごめんだぜ」

「そんなことにはならない。瞬時に変化が起こるわけじゃないからね。その目で見ただろ？　変化が起こりはじめるのに数分かかったじゃないか。きみがロッカーに手を突っこんでも、すぐさま変化は起こらない。一分以上突っこんでおかなきゃ、どうということはないよ。ぼくが証明しよう」

ギャラガーはものうげに立ちあがり、周囲を見まわしてから、空っぽの籠入り細くび瓶（デミジョン）をつかんだ。そしてそれをロッカーのなかに放りこんだ。

確かに、すぐさま変化は起こらない。時間がたつうちに、ゆっくりとデミジョンの形とサイズが変化していき、角砂糖と同じぐらいの大きさのいびつな立方体になった。ギャラガーは手をのばしてそれをロッカーから引っぱりだし、床に置いた。

いびつな立方体は大きくなり、元のデミジョンにもどった。

「次は作業台だ。ほら、見てろよ」

ギャラガーは小さなピラミッドをロッカーから取りだした。それは徐々に、元の作業台にもどった。

「わかったかい？　倉庫会社がこいつを気に入るのはまちがいないね。ブルックリンじゅうの家具をすべて梱包することはできるだろうが、そのなかからほしいものだけを取りだすのは、至難の技だ。その点、こういう物理的変化を起こせば――」

「絵を描いておく」ヴァニングは心ここにあらずという口調でいった。「ロッカーのなかの物体がどういう形をしているか、絵に描いておくんだ。その絵に、元がなんだったか、メモしておく」

「合理的な思考だな。ぼくは一杯飲りたい」ギャラガーはカウチにもどり、酒供給器のマウスピースをつかんだ。

「六クレジットで譲ってくれ」ヴァニングは申し出た。

「売った。どっちみち、場所をとってかなわないんでね。そのロッカーのなかに、そのロッカーをぶちこめればいいんだが」ギャラガーはばか笑いをした。「それができたら、愉快だよな」

「そうか？　まあいい、ほら、金だ」ヴァニングは財布からクレジット札を六枚抜きだした。

「これ、どこに置けばいい？」

「〈モンストロ〉のなかに突っこんでくれ。そいつは貯金箱なんだ……うん、ありがとう」

「どういたしまして。なあ、あの角砂糖理論、もう少し説明してくれないか？　引力のせいで、角砂糖が試験管に入ってしまうだけじゃないよな。角砂糖が水を吸って――」

「そのとおり。浸透効果だ。いや、ちがう。浸透効果は卵のほうだった。排卵？　伝導作用？　伝達作用？　そうだ、同化作用だ！　ちゃんと物理を勉強していればなあ。そうすれば、正しい用語を使えるのに。ただの奇天烈な天才。それが、このぼくだ。〝伴侶は葡萄樹の娘〟」ギャラガーは唐突にそういうと、口中に酒を流しこんだ。

「同化作用か」ヴァニングは顔をしかめた。「角砂糖は水を吸いこむだけじゃないんだな。あーっと、ロッカーのなかに存在する条件とやらが、作業台を吸収して――」

「スポンジか、吸い取り紙みたいだな」

「作業台が？」

「ぼくが」ギャラガーは簡潔にそういうと、幸福な静寂に浸った。ときおり、さんざん痛めつけられた食道に酒が飲みこまれていくコクンという音が、その静寂を破る。

ヴァニングはため息をつき、ロッカーのほうを向いた。用心深くロッカーに近づき、扉を閉めてラッチをかけてから、筋肉隆々の腕で金属ロッカーをかかえあげた。

「帰るのか？ ん、おやすみ。さらば、さらば――」

「おやすみ」

「さー――ら――ば！」ギャラガーは思いいれたっぷりに古めかしい別れのことばを告げると、眠る準備はできたとばかりに横向きになった。

ヴァニングはまたため息をつき、ロッカーをかかえて、ひえびえとした夜のなかに出ていった。空には星々がきらめいているが、南の方角、ロワーマンハッタンの上空の星は光が薄れている。摩天楼(まてんろう)が白々とそびえ、ジグザグに夜空を切りとっているのだ。空中広告が〈元気活性！〉とヴァンブリンの効能を謳(うた)っている。

スピーダーは道路わきに停めてあった。苦労してロッカーをスピーダーのトランクに押しこみ、ダウンタウンに最短距離で行けるハドソン川水上道路に向かう。スピーダーのなかで、ヴァニングはエドガー・アラン・ポオの小説のことを考えていた。

『盗まれた手紙』のなかで、手紙は誰にも見える場所に隠してあったのだが、折りたたまれて、宛名も書き換えられていたため、見た目が変わっていたのだ。じつにすばらしい！　あのロッカーは完璧な金庫として使える！　見ただけでは、どんな泥棒でもまさか金庫だとは思わないだろう。なかを確認してみようなどとは思わないだろう。ロッカーにクレジット札を詰めこんだら、似ても似つかないものに変化するのだ。理想的な隠し場所ではないか。

いったいどうして、そんな変化が起こるのか？

ギャラガーに訊いてもむだだ。彼は耳学問の科学者なのだから。ギャラガーにとって、川っぷちのプリムローズは、単にプリムローズでしかない――学名プリムラ・ウルガリスではないのだ。彼にとって、三段論法は存在しない。主要な、あるいは、次位の仮説すら立てずに、まっしぐらに結論にたどりついてしまう。

ヴァニングは考えた。ふたつの物質が同時に同じ場所を占めることはできない。しかるがゆえに、ロッカーのなかには、異なる空間がある――。

しかし、それでは一気に結論にとびつくようなものだ。別の答があるはずだ――正しい答が。とはいえ、それがどういう答なのか、推測すらできない。

ヴァニングはスピーダーを、ダウンタウンのオフィスビルまで飛ばした。そのビルのワンフロアが彼のオフィスだ。ビルの貨物リフトにロッカーを運びこみ、上階に持っていく。自分の専用オフィスには置かない。そこだと、重要品だというのがみえみえになってしまう。倉庫のひとつに運ぶ。ロッカーの前にファイルキャビネットをずらして置き、ロッカーをなかば隠すようにする。こうしておけば、このロッカーを使おうとする所員はいないはずだ。

ヴァニングはロッカーから一歩離れて、さらに考えた。たぶん――。

低くベルが鳴った。考えごとに夢中になっていたヴァニングは、すぐにはベルの音に気づかなかった。ようやく気づくと、専用オフィスに行き、テレヴァイザーのボタンを押す。しらがまじりの灰色の髪に口髭（くちひげ）を生やした、きびしい顔がスクリーンいっぱいに映る。係争中の事案の検事ハットンだ。

「やあ」ヴァニングはいった。

ハットンはうなずいた。「あんたの自宅に連絡したんだが、つかまらなかった。それで、オフィスにいるかと思って――」

「いまごろあんたから連絡をもらうとは、思ってもいなかったよ。裁判は明日だろ。打ち合わせをするには、ちょいと遅いんじゃないか？」

「デューガン&サンズが、あんたと話したがっているんだ。わたしは反対したがね」

「ほほう」

ハットンは灰色の太い眉をひそめた。「知ってのとおり、わたしは訴追している側だ。マキルスン事案では、多数の証拠がある」

「そちらのいいぶんではね。だが、思惑だけで立証するのはむずかしいぞ」

「スコポラミン使用差し止め命令をとったのか？」

「当然だ。わたしのクライアントに自白剤を使うわけにはいかんぞ！」

「自白剤の拒否は、陪審に偏見をもたらしかねないがね」

「医学的見地だけじゃない。スコポラミンはマキルスンには有害だ。そう断言できる」

「有害というなら、まさにそのとおり！」ハットンの口調がするどくなった。「あんたのクライアントは多量の債券を横領した。わたしはそれを証明できる」

「クレジットに換算すると、二万五千だ。デューガン&サンズには多大な損失だな。ところで、こちらが仮定的に提起した申し出をどう思う？　二万を取りもどして――」

「これはプライベートラインだよな？　録音なしの？」

「当然だ。コードは抜いてある」ヴァニングは先端にメタルチップがついているコードを持ちあげて、ハットンに見せた。「完璧に密談ができる」

「けっこう。それなら、あんたを恥知らずのいんちき弁護士と決めつけてやれる」

「ふん！」

「あんたのギャグは古すぎるよ。虫が喰っ（く）てる。マキルスンは換金可能な五千クレジット分の債券をかっぱらった。会計検査官が照合を始めてる。こういう筋書きだろうな――マキルスンがあんたのところに駆けこむ。あんたは彼にさらに二万クレジットを盗ませ、もしデューガン&サンズが起訴するのを断念すれば、その二万クレジットを返すと申し出るようにもっていく。マキルスンとあんたは残りの五千を山分けするというわけだ。標準報酬からいって、端金とはいえん金額だ」

「そんな話、わたしはいっさい認めない」

「そりゃあそうだろう。たとえここだけの話だとしてもな。あんたたちふたりの、暗黙の了解事項だろう。古くさいギャグが好きなあんたのことだから。だが、デューガン&サンズはあんたの申し出を受けない。起訴にもちこむ肚だよ」

「それをいいたくて、こんな時間に連絡をよこしたのかね？」

「いや、陪審審議の件を確認したかったんだ。薬物検査を受けた陪審員候補者たちを選任することに、同意するかね？」

「いいだろう」ヴァニングは明日承認される予定の陪審員たちを、あてにはしていない。彼の法廷闘争の基盤は、法的専門用語の駆使にある。薬物検査を経た補充陪審員を数に入れても、賭け率は五分だ。それに、陪審審議がスムースにいけば、異議申し立てや論議に費やす、数日から数週間をセーブできる。

「けっこう」ハットンは唸るようにいった。「まあ、パンツを濡らさないようにがんばることだ」

ヴァニングは猥褻なことばで軽く応じてから、テレヴァイザーの接続を切った。ハットンのせいで係争中の法廷闘争のことを思い出したヴァニングは、四次元ロッカーの問題を頭から追いはらい、オフィスを出た。あれはあとまわしだ。いますぐにではなく、あとでなら、あのとんでもないロッカーの可能性を調べる時間がたっぷりある。いまは必要にして重要な事柄以外で、脳を酷使したくない。ヴァニングはアパートメントに帰り、召使いに小さいグラスで作らせたハイボールを飲んで、ベッドにもぐりこんだ。

翌日、ヴァニングは裁判に勝った。ややこしい専門用語とあいまいな判例とを駆使した結果だ。その事案の肝は、債券が国定通貨であるクレジットに換金されていないという点にあった。難解な経済チャートがヴァニングの味方となった。たとえ五千クレジット分程度であろうと、換金されれば、グラフ上に変動ラインが示されるものだが、そんな変動はチャートに表われていなかった。ヴァニングお抱えの専門家たちは、気が遠くなるような細部までほじくりだした。

有罪を立証するためには、じっさいに、あるいは推論によって、昨年の十二月二十日以降、債券が存在していたことを示さなければならない。そのため、日付に関して、最新のチェックと記録とを開示する必要がある。ドノヴァン事件の判決が、ジョーンズの事案の先例となった。

　ハットン検事はとびあがった。「裁判官どの、ジョーンズは横領を自白しました！」

「それは最初の決定に、なんら影響するものではありません」ヴァニングはつるりといった。

「ここでは遡及は認められません。事実認定証明がありません」

「被告人側の陳述をつづけてください」裁判官はハットンの異議を却下した。

　ヴァニングの陳述がつづき、詭弁的論理という、美しく、複雑に入り組んだ大伽藍が建立されていった。

　ハットンはあがいた。「裁判官どの！　異議を――」

「博学なる友が」ヴァニングは嫌みたっぷりに、相手方――ここではハットン検事――を敬称する法廷用語を使った。「債券を一枚、問題の債券のうちの一枚でも提出してくれれば、当方もそれを認めるのですが」

　裁判官は冷笑している。「まさに！　物証があれば、本官はただちに刑を宣告し、被告は刑務所に送られることになります。それは承知していますよね、ヴァニング弁護人。つづけなさい」

「よく承知しています。被訴追側弁護人であるわたしは、債券は存在しなかった、ということを主張します。記帳上のエラーによる誤記なのです」

「ペダースン計算機のエラー？」

「そういうエラーはよく起こるものです。それを立証するために、被告人側は次の証人を——」

すんなりと認められた次の証人は数学の専門家で、ペダースン計算機がいかに故障を起こしやすいものであるかを説明し、いくつもの事例をあげた。

ハットンはある一点にしがみついた。「その証言には異議があります。誰もが知っているとおり、ローデシアは非常に重要な実験的産業地区です。証人はローデシアの工場の特殊性については、抑制した証言しかおこないませんでした。ヘンダースン・ユナイテッド・カンパニーが、主として放射性鉱石の取引をしているというのは、事実ではないのでは？」

「証人は答えなさい」

「答えられません。わたしの記録に、その情報は含まれておりませんので」証人の数学者はいった。

「重大な遺漏です」ハットンはきびしい口調でいった。「放射能はペダースン計算機の複雑なメカニズムにダメージを与えます。しかしながら、デューガン&サンズのどこのオフィスにも、ラジウムはおろか、ラジウムの副産物もありません」

ヴァニングは立ちあがってハットンに訊いた。「ちょっとうかがいますが、最近、どのオフィスも消毒しましたか？」

「しました。法的に定められていますからね」

「使ったのは、塩素ガスタイプの消毒剤ですか?」

「そうです」

「被告人側の次の証人召喚を願います」

次の証人は物理学者で、ウルトラ・ラジウム研究所の研究員だった。彼はガンマ放射線が塩素ガスに強く作用し、イオン化を起こすと説明した。生きている有機体はラジウムの副産物と同化し、伝搬させることができる。つまり、デューガン&サンズのクライアントたちは放射線にさらされ――。

「裁判官どの、詭弁であります! 純然たる仮定であって――」

ヴァニングは遺憾だという表情をしている。「弁護人は一九六三年のカリフォルニア州の、デンジャーフィールド対オーストロ・プロダクツ訴訟を判例として引証いたします。この訴訟で、不確定要因は最重要証拠と認められるという裁定がくだされました。本弁護人は、問題の債券に関しては、ペダースン計算機のエラーによる誤記だったと指摘しているだけです。これが事実なら、債券は存在せず、したがって、わたしのクライアントは無実であります」

「弁護人は先を」そういいながら、裁判官はジェフェリーズ判事のことを思った。ジェフェリーズとは、十七世紀のイギリスで〝血の巡回裁判〟と呼ばれて恐れられた、過酷な裁定をした伝説の判事だ――いまこのとき、自分がジェフェリーズなら、この法廷にいる全員を絞首台に送ってやるのに。

法廷は正義にのっとって裁きをおこなうところであり、断じて、三次元のチェスゲームの場ではない。だが、当然ながら、現代文明を担っている政治的及び経済的な要因は、複雑に発展する。それを考慮すれば、この訴訟で、ヴァニングの勝利はすでに明らかだった。

そして、そのとおり、ヴァニングは勝った。ヴァニングの戦術どおり、陪審員たちは被告人に有利な評決をくだすように誘導されたといえる。最後に、一縷の望みをかかえて、ハットンは議事進行上の問題を提起し、スコポラミンの適用を申請したが、申請は却下された。ヴァニングは好敵手ハットンにウィンクすると、ブリーフケースを閉めた。

かくして、一件落着。

ヴァニングはオフィスにもどった。そしてその日の午後四時半に、トラブルが始まった。秘書がマキルスンをヴァニングのオフィスに案内した。が、ドアが開くと、秘書は瘦せた浅黒い中年男に押しのけられた。マキルスンは模造スエードのばかでかいスーツケースを引きずっている。

「ヴァニング！　あんたに会わなくちゃいけなくて――」

ヴァニングの目が半眼になった。デスクの椅子から立ちあがり、頭をぐいと振って秘書をさがらせる。ドアが閉まると、ヴァニングはぶっきらぼうにいった。「なにしに来たんだ？　わたしに近づかないようにいっておいただろう？　そのスーツケースはなんだ？」

「債券ですよ」マキルスンはたよりない口ぶりで説明した。「ちょっと困ったことになって――」

「ばかなことを！　債券をここに持ってくるなんて――」ヴァニングは飛ぶようにドアまで行き、ドアをロックした。「債券がハットンの手に渡ったら、あんたは刑務所にぶちこまれる。それがわかっているのか？　わたしも弁護士資格を剝奪されるんだぞ。すぐに出ていけ」

「一分だけ話を聞いてくれませんか？　あなたにいわれたとおり、わたしはファイナンス・ユニティに債券を持っていったんですが……警官が待ちかまえていたんですよ。あわやというところで気づいたんです。もし警官に捕まったら――」

ヴァニングは深呼吸をした。「あと二カ月、債券は地下鉄のロッカーに隠しておくはずじゃなかったか」

マキルスンはポケットから新聞を取りだした。「けど、政府が金属株と債券を凍結すると発表したんです。一週間以内に実施されます。待つわけにはいかない――無期限に金を動かせなくなるんですから」

「どれ、見せてみろ」ヴァニングは記事を読み、低い声で悪態をつく。「これ、どこで手に入れた？」

「拘置所を出てすぐに、新聞売りの男の子から買ったんです。最新の金属相場を知りたくて」

「ふうむ。そうか。この新聞がフェイクだとは思いもしなかったわけだ」

マキルスンの顎ががっくりと落ちた。「フェイク？」

「そのとおり。ハットンはわたしがあんたを釈放させるかもしれないと推測し、あらかじめ、この新聞を作らせておいたんだ。やられたな。あんたは警官たちを証拠を隠す場所、つまり、このオフィスに案内したんだ。そしてわたしを、ドツボに引きこんだ」

「け、けど――」

ヴァニングは顔をしかめた。「ファイナンス・ユニティに、なぜ、これ見よがしに警官がいたと思う？　警察はいつでもあんたをしょっぴける。あんたを怯えさせて、わたしのところに駆けつけるよう仕向ければな。同じ針で、あんたとわたしの双方を釣りあげることができるってわけだ。あんたは刑務所行き、わたしは弁護士資格の剝奪。まったく、もう！」

マキルスンはくちびるを舐めた。「裏口から出られませんかね？」

「警官が待ちかまえているのに、突破できるとでも？　ばかな！　救いようのないばかだな、あんたは！」

「隠してもらえないかな――物置にでも」

「なんだと？　連中はX線を使ってこのオフィスをくまなく捜索するぞ。だめにきまって――」ヴァニングは急にことばを切った。「そうか。隠す。そうだ――」

ヴァニングは急いでデスク上のディクトグラフで、秘書にいった。「ミス・ホートン？　いま、協議中なんだ。決して邪魔をしないように。警察がやってきて捜索令状を見せても、当局に確認するといいはってくれ。わかったね？　オーケー」

マキルスンの顔に希望の光がさしている。「だいじょうぶなんですね？」

「黙れ！　ここで待ってろ。すぐにもどってくる」ヴァニングはサイドドアから部屋を出たと思うと、あっというまにもどってきた。金属ロッカーを引きずっている。

「手を貸して……うーっ！　そっちだ……部屋の隅に。よし、あんたは帰れ」

「けど――」

「さっさと消えろ」ヴァニングは命じた。「すべて、わたしがうまくやる。なにもいうな。あんたは逮捕されるだろうが、物証がなくては、警察はあんたを拘束できない。釈放されたら、すぐもどってくればいい」

ヴァニングはマキルスンをドアまでせきたて、ロックを解除してドアを開けると、彼を押しだした。

ヴァニングは金属ロッカーの扉を開け、なかをのぞきこんだ。からっぽだ。確かに。ばかでかい模造スエードのスーツケース。

はあはあとあえぎながら、ヴァニングはそれをロッカーに押しこんだ。スーツケースのほうが金属ロッカーよりも大きいため、全部押しこむまで、少し時間がかかった。だが、褐色のスーツケースは徐々にちぢんでいき、ついに細長い卵のような形になった。色も一セント硬貨そっくりの銅色だ。

「フーッ！」ヴァニングは安堵の吐息をついた。

少しばかり上体をかたむけて、まじまじとロッカーのなかを観察する。ロッカーのなかで、なにかが動いている。高さ四インチたらずのグロテスクなものが見える。目を疑うような外形のもの。立方体のように角ばった、明るいグリーンのちっぽけなしろものだが、まちがいなく生きている。

ドアがノックされた。

ロッカーのなかのちっぽけな生きものは、銅色の卵に近づいた。蟻のように、卵を持ちあげて運ぼうとしているように見える。ヴァニングは息を呑み、思わずロッカーのなかに手をのばした。四次元の生きものは身をかわした。だが、すばやい動きではなかった。手のひらが生きものに触れ、ヴァニングはそれがもぞもぞ動いているのを感じた。

ぎゅっと手を握りしめる。

動きが止まった。死んだ生きものを放りだし、ヴァニングは手を引っこめた。

ドアががんがんとたたかれ、揺れている。

ヴァニングはロッカーの扉を閉めて、ノックに応えた。「ちょっと待ってくれ」

「こじあけろ」誰かが命令した。

しかし、その必要はなかった。ヴァニングはひきつった笑みを浮かべ、ドアのロックを解除した。ハットンが入ってきた。こわもての警官たちを引きつれている。

「マキルスンを逮捕した」ハットンはいった。

「へえ？　なぜ？」

答えるかわりに、ハットンは片手をあげた。警官たちがオフィスのなかを捜索しはじめる。

ヴァニングは肩をすくめた。「勇み足じゃないかね。実力行使による不法侵入——」

「令状がある」

「容疑は？」

「もちろん、債券横領の件だ」ハットンは疲れた声でいった。「あんたがあのスーツケースをどこに隠したかは知らんが、必ずみつけてみせる」

「スーツケースって？」ヴァニングはしらばくれた。

「マキルスンがここに来たときに持っていたやつだ。出てきたときは、持っていなかった」

「万事休すだな」ヴァニングは悲しげにいった。「あんたの勝ちだ」

「ん？」

「スーツケースをどうしたか教えたら、あんたがうまい説明をつけてくれるかな？」

「なんだと……よし、いいだろう。どこにある——？」

「喰ってしまった」ヴァニングはそういって昼寝用に置いてあるカウチにすわった。

ハットンは嫌悪の目でじろりとヴァニングを見た。

警官たちはあちこちひっかきまわしている。

ロッカーは、なかをちらりと見ただけだ。X線透視で壁や床や天井、はたまた数々の家具や調度品を調べたが、どれも異状なし。ヴァニングのオフィスだけではなく、ほかの部屋も調べられた。その徹底ぶりに、ヴァニングは喝采をおくった。

ついにハットンは降参した。ほかにどうしようもなくなったのだ。

「明日、あんたを訴えてやる」ヴァニングは断固としていった。「同時に、マキルスンの人身保護令状（ハベアス・コルプス）も取る」

「地獄へ行け」ハットンは唸った。

「さよなら」

招かざる客たちが帰ってしまうまで、ヴァニングは待った。そしてほくそ笑みながら、ロッカーの扉を開けた。

模造スエードのスーツケースだった銅色の卵は影も形もなかった。ヴァニングはロッカーのなかを手で探ったが、なにもない。

最初は、その重大さがわからなかった。ロッカーをぐるりと回し、窓に向ける。明るい光のもとで再度、ロッカーのなかを確認したが、結果は同じだ。

ロッカーのなかはからっぽ。

換金すれば二万五千クレジットになる債券が、そっくり消えてしまった。

冷や汗を流しながら、ヴァニングはロッカーをつかみ、揺すぶってみた。なんともならない。ロッカーをひきずって、部屋の別の隅に置き、それまで置いてあった隅の床を丹念に調べる。まさか――。

ハットンか？

いや、ありえない。ハットンと警官たちがオフィスに入り、また出ていくまで、ヴァニングはいっときたりともロッカーから目を離さなかった。警官のひとりがロッカーの扉を開け、なかをのぞき、扉を閉めた。そのあと、ロッカーの扉は閉まったままだった――ついいましがた、ヴァニングが開けるまで。

債券は消えてしまった。

ヴァニングが握りつぶした、あの異様な、ちっこい生きものの死骸も消えている。この二点が意味することは――なんだ？

ヴァニングはロッカーの扉を閉め、かちりとラッチをかけた。そしてもう一度、ラッチをはずし、扉を開ける。とはいえ、銅色の卵がもどっていると、本気で期待したわけではなかった。

そのとおり。卵はもどっていない。

ヴァニングはテレヴァイザーでギャラガーを呼びだした。

「ふごふが？　ふほん？　ふぁーっと、ん、どうした？」ギャラガーのやつれた顔がスクリーンに現われた。いつもより消耗しているようだ。「二日酔いだ。ビタミンＢ１は使えない。ビタミンＢ１アレルギーでね。そっちの裁判はどうなった？」

「聞いてくれ」ヴァニングはせっぱつまった声でいった。「あのへんてこなロッカーにある品を入れたんだが、消えてしまったんだ」

「ロッカーが消えた？　それはおもしろい」

「ちがう！　消えたのは、わたしがロッカーに入れた品だ。そのう……スーツケースだ」

ギャラガーは重々しく頭を振った。「知らないかい？　ぼくがこさえたモノのなかで――」

「そんな話はどうでもいい。わたしはスーツケースを取りもどしたいんだ！」

「それって、先祖伝来の家宝か？」

「そうじゃなくて、なかに金が入ってるんだ」

「ちょっと思慮が足りなかったんじゃないかね。一九九九年以降、銀行破産は起こっていない。ヴァニング、あんたが吝嗇家だとは思ってもいなかったよ。大金を手元において、いつでも手さばきもあざやかに数えられるようにしているのかい、ん？」

「飲みすぎだぞ」

「まだそこまでいってない」ギャラガーは否定した。「この数年、飲みすぎないように、それはそれは涙ぐましい努力をしているんだ。時間がかかるがね。こうしてきみと話しているあいだに、もう二杯半も飲んでしまった。酒供給器に通話回線を取りつけるべきだな。そうすれば、テレトークするたびに酒が口中に流れこむ」

ヴァニングはすっかり取り乱して、マイクに向かってがなりたてた。「わたしのスーツケース！　どうなったんだ？　取りもどしたいんだ！」

「ぼくが持ってるわけじゃない」

「どこにあるか、突きとめられないのか？」

「さてね。くわしく話を聞かせてくれ。そうすれば、突きとめられるかどうか、それがわかるだろう」

ヴァニングはことのいきさつを、さしさわりのないように、適度に省略してギャラガーに語った。

「わかった」話を聞きおえたギャラガーは、気が進まないという口調でいった。「推測だけで答を出すのは大嫌いだが、今回はやむをえない……。ところで、相談料は五十クレジットだぞ」

「は？　だって――」

「五十クレジット」ギャラガーは断固としていった。「あるいは、助言なし」

「あんたがスーツケースを取りもどせると、どうしてわたしにわかるんだ？」

「取りもどせない確率のほうが高いな。しかし、もしかすると……。ぼくは〈メカニストラ〉に行って、あそこのすごいマシンを使わせてもらわなきゃならないんだ。使用料もすごい額でね。だけど、どうしても、四十知力（ブレイン・パワー）の計算機を使わないと――」

「わかった、わかった！」ヴァニングはわめいた。「さっさとやってくれ。どうしてもあのスーツケースを取りもどしたいんだ」

「ロッカーのなかの小さな虫を、あんたがなぜ握りつぶしたのか、興味があるなあ。じつをいうと、あんたの依頼を引きうけたのは、その点にあるんだ。四次元世界において、生命は……」語尾を濁したまま、スクリーンからギャラガーの顔が消えた。

しばらく待ってから通話をあきらめ、ヴァニングもテレヴァイザーの接続を切った。

ヴァニングはまたロッカーを調べた。模造スエードのスーツケースは空気に溶けたように、消え失せたままだ。

ああ、なんてこった！

悲嘆にくれながら、ヴァニングはもぞもぞとトップコートを着こみ、〈マンハッタン・ルーフ〉に行ってがつがつと食事をかきこんだ。自分が哀れでたまらない。

次の日、ヴァニングの情けない気分はいっそう強くなった。ギャラガーに連絡をとろうとしても応答がなく、待機するしかないのだ。昼ごろ、マキルスンがやってきた。ひどく神経が立っているようだ。

「わたしを釈放させるのに、ずいぶん時間がかかったんですね」マキルスンはあいさつもなしにそう切り出した。「で、なにをしてるんです？　どこかで一杯飲ってきたんですか？」

「あんたには酒は必要あるまい」ヴァニングはとげとげしい口調でいった。「見たところ、すでに飲みすぎてるみたいだ。フロリダにでも行って、ほとぼりがさめるのを待つがいい」

「待つのはもううんざりです。南アメリカに行きますよ。で、少しクレジットがほしいんですが」

「債券を換金するまで待ってくれ」

「換金せずに債券を持っていきます。あんたと合意したとおり、きっかり半分」

ヴァニングの目が細くせばまった。「で、そのまま警察の手のなかにまっしぐら、か。まちがいなくそうなる」

マキルスンは不安そうだ。「わたしがヘマをしたのは、認めます。けど、今度は――ええ、うまく立ち回りますとも」

「おとなしく待つ。そういうことだな」

「屋上パーキングのヘリコプターで、友人が待っているんです。その友人に債券を渡したら、わたしはヘリには乗らず、手ぶらでうちに帰ります。たとえ警察に捕まっても、なにもみつかりっこありません」

「だめだといっただろ」ヴァニングはマキルスンの意見を却下した。「危険すぎる」

「どっちにしたって、危険はつきものです。警察が債券のありかを突きとめたら――」

「それはない」

「どこに隠したんですか？」

「企業秘密だ」

マキルスンはいらだった目でヴァニングをにらみつけた。「なるほど。でも、この建物のなかにあるにちがいない。昨日、警察がやってくる前に、ここから運びだす余裕はなかったはず。そこまで運がいいとは思えない。警察はX線捜査もしたんでしょ？」

「ああ」

「わたしが聞いたところでは、ハットンはこの建物の設計図を徹底的に調べるために、専門家たちをわんさと集めたとか。あんたの金庫もみつけられますよ。そうなる前に、わたしはここを出たいんだ」

ヴァニングはひらひらと手を振った。「どうやらヒステリー状態になっているようだな。わたしは充分にあんたの力になったじゃないか。そうだろ？　たとえ、あんたがすべてをぶちこわしそうなまねをしても」

「ええ、そうですね」マキルスンは口先だけで認めた。「ですが――」指の爪を嚙む。「ああ、ちくしょう！　わたしはシロアリたちに囲まれて、火山の火口の縁にすわってるようなものなんだ！　ここにいて、警察が債券をみつけるのを指をくわえて見ているわけにはいかない。南アメリカなら、犯人引き渡しの申請は適用されない――だから、どうしても南アメリカに行くつもりだ」

「どうしても待つしかないんだ」ヴァニングはきっぱりといった。「それがあんたにとって最高のチャンスなんだ」

ふいにマキルスンの手に銃が現われた。「債券をきっかり半分、よこしてくれ。いますぐに。あんたのことなんか、これっぽっちも信用しちゃいない。わたしをだまして丸めこめると思ってるんだろう——あの債券をひとり占めするために！」

「そうじゃない」

「本気だぞ」マキルスンは銃を窓の強化ガラスに向け、発砲した。

「わ、わかった。ただ、すぐには債券を取りだせないんだ」

「へ？　なぜだ？」

「タイム・ロッカーのことを聞いたことがあるか？」ヴァニングはマキルスンから目を離さずに、そう訊いた。「そうなんだ。わたしはあのスーツケースをそのロッカーに隠した。だが、解錠の時間設定をしてあるので、その時間にならないとロッカーの扉を開けられないんだ」

「ふうん……」マキルスンは考えこんだ。「いつなら——」

「明日だ」

「わかった。設定時間をすぎたら、債券を取りだせるんだな？」

「どうしてもほしいのなら。しかし、考えなおしたほうがいいぞ。そのほうが身のためだ」

マキルスンはドアに向かいがてら肩越しにふりむいて、返事がわりににやりと笑ってみせた。マキルスンが出ていったあと、ヴァニングは長いこと身動きもせずにすわりこんでいた。率直にいえば、心底、怯えきっていたのだ。

マキルスンは躁鬱症タイプだ。そこが問題なのだ。先ほど、ヴァニングは殺されていたかもしれない。いまも緊張がとけず、不安でたまらない。絶望しきった逃亡者になりさがった自分の姿が、脳裏に浮かぶ。そう——用心するに越したことはない。

ヴァニングはテレヴァイザーでギャラガーを呼びだしたが、やはり応答はなかった。レコーダーにメッセージを残し、またまたロッカーのなかをのぞく。こちらもやはり、空ぶりだ。いよいよ気が滅入る。

その日の夜、ヴァニングはギャラガーの実験室を訪ねた。

ギャラガーは疲れたようすだが、あいかわらず酔っていた。ヴァニングを見ると、すべて承知というように手を振って、書類の切り抜きが散乱しているテーブルを示した。

「頭痛の種をよこしてくれたもんだな！　あのロッカーの原理を知らなかったら、問題の解決なんて、怖くてできなかっただろうよ。まあ、すわって、一杯飲るといい。五十クレジット、持ってきただろうね？」

ヴァニングはなにもいわずに、クレジットの束をギャラガーに渡した。

ギャラガーはそれを〈モンストロ〉に押しこんだ。「けっこう。さて――」カウチに腰をおちつける。「――始めよう。五十クレジット分の問題だ」

「スーツケースを取りもどせるか？」

「無理だ」ギャラガーはにべもなくいった。「少なくとも、あのロッカーにどうしてあんなことができるのか、ぼくにはわからない。あれはここことは別の時空に存在している」

「だから、簡単にいえば、どういう意味なんだ？」

「簡単にいえば、あのロッカーは望遠鏡のような作用をしている。ただし、窓でもある。その窓を通してなにかが見えるだけではなく、手をのばしてそのなにかに触れることもできる。現在プラスXへの入り口なんだ」

ヴァニングは顔をしかめた。「そんなことをいったって、いまのところ、なんの説明にもなっていないぞ」

「ここまでは仮説だ。そして、得られたのは、この仮説だけなんだ。いいか。ぼくは根本でまちがっていた。ロッカーになにか品物を入れても、それは別の空間、恒常的に存在する空間に移動したわけではない。つまり、もしそうなら、小さくちぢんだりはしないはずなんだ。サイズは一定、不変。ここから一インチ立方のキューブを火星に移動させても、そのサイズより大きくなることも小さくなることもない」

「環境媒体のなかで密度が異なるとどうなるんだ？　圧でつぶれるんじゃないか？」

「そのとおり。そして、つぶれたままで、二度と回復しない。ロッカーから出しても、元のサイズ、元の形にもどることはない。XプラスYは、決してXYにはならない。しかし、XをY倍すると――」

「どうなる？」

「いまのは単なる地口だよ」ギャラガーはそれ以上説明しようとはしなかった。「ロッカーのなかに入れた品物は、時間に呑みこまれるんだ。その時間の流れは不変だが、空間とは関係がない。ふたつの物質が、同じ時間に同じ場所を占めることはできない。しかるがゆえに(エルゴ)、あんたのスーツケースは異なる時間に呑(の)みこまれた。現在プラスXだ。Xがどれほどの時間を表わすのか、ぼくにはわからないが、数百万年じゃないかなあ」

ヴァニングは呆然とした。「あのスーツケースは、数百万年先の未来にあるのか？」

「どれぐらい先の未来かはわからない。だが、とてつもなく先の未来だといえる。方程式を作れるほど充分なファクターがないんでね、おおかたは帰納法によって推論したんだ。その結果は、おそろしくねじ曲がっている。アインシュタインなら気に入るだろうなあ。宇宙は膨脹すると同時に収縮している、というのが、ぼくの定理だ」

「どうすれば――」

「運動(モーション)は相対的だ」ギャラガーはヴァニングの質問など歯牙にもかけず、自説を展開した。

「それが基本原理だ。そう、宇宙は膨張し、ガスのように広がっているが、同時に、構成成分は縮小しているんだ。じっさいの話、構成成分は成長しない。恒星や原子とはちがう。構成成分は中心から離れていくだけ。宇宙空間の四方八方に飛び散っていくんだ……えーっと、どこまで話したっけ？　ああ、そうか。つまるところ、単体としてとらえると、宇宙は縮小している」

「だから、あれもちぢんだのか……なあ、わたしのスーツケースはどこにあるんだ？」

「いっただろ。未来にある。証明するのは不可能だよ。演繹的結論でいうと、そうなる。シンプルでロジカルで、美しい結論だ。百年前、千年前、百万年前、地球——宇宙といっていい——は現在よりも大きかった。しかし、収縮しつづけている。未来のいつか、地球は現在の半分のサイズにまでちぢんでしまうだろう。それというのも、ぼくたちが気づいていないだけで、宇宙が縮小しているのに比例しているからだ」

ギャラガーは夢見るように話をつづけた。「だから、ロッカーに入れた作業台は、未来のいつかに出現したはずだ。さっきもいったけど、あのロッカーは、ここことは異なる時代に面した窓なんだ。作業台はその時代の条件に反応した。そして、数秒間、エントロピーかなにか、そんなものが作用して縮小したんだ。エントロピーの意味？　均質化さ。うん、そういうことだ」

「あれはピラミッドの形に変化したぞ」

「幾何学的な歪みも影響したんだろうな。あるいは、目の錯覚かもしれない。ぼくらの目が正確に焦点を合わせられないんだろう。未来に出現した品物——小さくなるということは別として——の外観が、本来とは異なって見えるのかどうかは疑わしい。だが、四次元の窓というのは、いわば時間の襞（プリーツ）なんだ。プリズムを通して見るのと同じじゃないかな。サイズが変わるのは事実だが、形状や色が変わってしまうのは、四次元プリズムを通して見ているせいなんだよ」

「要するに、わたしのスーツケースは未来にあるってことだな。うーん。けど、なぜロッカーから消えてしまったんだ？」

「どうしてあんたは、ちっぽけな生きものを握りつぶしてしまったんだい？　それには仲間がいるはずだ。彼らは、なんというか、こちらの狭い視界に入ってくるまでは、見えない存在なんだろうな。だが、想像してみろよ。百年後だか、千年後だが、百万年後だか、とにかく未来のいつかの時点で　いきなりスーツケースが空中から出現したんだ。我らの子孫の誰かが調査をしていたんじゃないかね。だが、その誰かはあんたに殺された。仲間がやってきて、ロッカーという限定された空間からスーツケースを運び去ってしまった。空間という問題でいえば、こっちにはロッカーのなかしか見えないが、あっちでも空間は連続しているわけだから、スーツケースはどこにでも持っていける。ただし、時間というファクターは未知数だ。現在プラスXだよ。それがタイム・ロッカーなんだ。わかるかい？」

「わかるもんか！」ヴァニングのいらだちが爆発した。「あんたが説明できるのはそれだけか？　損得勘定でいえば、わたしはどうなる？」

「ふうむ、スーツケースを捜すために、あんた自身がロッカーに入りたいというのかね。たとえそうしても、あんたがどこに行くのかは、神のみぞ知る。数千年後には、地球の大気の成分も変化しているだろう。ほかにもいろいろな変化が起こっているだろうよ」

「わたしはそこまでばかじゃない」


そういうことだ。債券は消え、取りもどす望みもない。債券が当局の手に渡ることもないとわかれば、ヴァニングもあきらめがつく。しかし、マキルスンはまた別の問題だ。特に、銃をぶっぱなし、ヴァニングのオフィスの窓にはめてある強化ガラスに、弾丸を撃ちこんだときては。

マキルスンとの話し合いは不発に終わった。債券横領犯は、自分が横領した債券をすべて、ヴァニングが詐取するつもりなのだと確信している。実力行使も辞さないとヴァニングを脅して去った。彼が警察に出頭して——白状したら——。

放っておこう。どうせ証拠はないのだ。彼の自業自得だ。とはいえ、安全を期して、ヴァニングは裁判所に、元依頼人に対する差し止め命令を課してもらった。

しかし、むだだった。マキルスンは執達吏の顎を殴りつけて逃亡したのだ。ヴァニングは、銃を持ったマキルスンが物陰にひそんでいるのではないかと疑い、あるいは彼が自殺するのではないかと気をもんだ。なにしろ、マキルスンは躁鬱症タイプなのだ。

ヴァニングは悪意のこもった喜びを覚えながら、警察に要請して、身辺警護のために私服警官をふたりつけてもらった。法的にいえば、生命が危険にさらされているのだから、それは当然の権利なのだ。マキルスンが拘束されるまで、ヴァニングは警護してもらえる。しかも、警護についた私服警官はふたりとも、マンハッタン警察署では射撃の名手だった。

ふたりの私服警官が、ヴァニングの身辺警護だけではなく、消えた債券と模造スエードのスーツケースの行方に目を配っているのは確かだ。

ヴァニングはテレヴァイザーでハットン検事を呼びだし、スクリーンににやりと笑いかけた。「まだ幸運に恵まれないのかね?」

「どういう意味だ?」

「見張り役のふたりのことだよ。あんたのスパイ。ハットン、見張ってても、債券はみつからないよ。債券捜しはやめるようにいってやったほうがいい。いちどきにふたつの任務を課したりするなんて、かわいそうじゃないか」

「任務はひとつといっていい。証拠をみつけることだ。あんたがマキルスンに撃たれても、わたしはそれほど気の毒には思わないだろうな」

「まあいい、法廷で会おう。ワトスン事案、あんたの担当だな?」

「そっちはスコポラミン適用を拒否するんだろう？」

「陪審員候補者たちにか？　そのとおり。この事案はこっちのものだ」

「それはあんたの所見だろう」ハットンはテレヴァイザーの接続を切った。

くすくす笑いながら、ヴァニングはトップコートを着こむと、警備の私服警官たちを引きつれて裁判所に行った。マキルスンの姿はない――。

予想どおり、ヴァニングは裁判に勝った。意気揚々とオフィスにもどり、交換台の女性たちから、さして重要ではないメッセージを数件受けとって、専用オフィスに向かう。ドアを開けると、部屋の片隅のカーペットの上に、模造スエードのスーツケースがあった。

ヴァニングはドアのラッチに手をかけたまま凍りついた。背後から、私服警官たちの重い足音が聞こえてくる。肩越しにふりむき、ヴァニングはいった。「ちょっと待ってくれ」細めに開けたドアのすきまをすりぬけるようにしてオフィスに入り、ドアを閉めてロックする。驚愕（きょうがく）のあまりふっとびそうな疑問の尻尾（しっぽ）を、かろうじてつかむ。

模造スエードのスーツケース。それがある。確かに、ある。それと同じぐらい確かなことに、ふたりの私服警官はちょっと相談してから、ドアをがんがんたたきはじめた。ドアがこわれそうな勢いだ。

ヴァニングは青ざめた。おそるおそる足を踏みだし、ロッカーをみつめる。部屋の片隅。前に彼がロッカーを移動させた場所だ。タイム・ロッカー……。

それはそこにある。スーツケースをまたロッカーのなかに押しこんだら、正体不明のモノに変わるだろう。たとえまた消えてしまうとしても、それは問題ではない。目下の最重要問題は、犯罪の証拠をすぐさま排除することだ！

ドアの蝶番（ちょうつがい）がぐらつきだした。ヴァニングはあわててスーツケースに駆けよって、取っ手をつかんだ。視界の端で、なにかが動いている。

ヴァニングの頭上、なにもない空中に手が現われた。巨人の手。手くびをおおう、しみひとつないまっ白な袖口の上部は虚空に消えている。

大きな手が、指が、下りてくる。

ヴァニングは悲鳴をあげてとびのいた。が、遅すぎた。下りてくる巨大な手のひらを遠ざけようと、必死になってもがいたが、むだだった。

巨大な手がぎゅっとにぎりしめられ、巨大な拳となった。拳が開く。握りつぶされたヴァニングの残骸がぽたりと落ち、カーペットのしみとなった。

巨大な手は虚無のかなたにもどっていった。

ドアがはずれてばたんと床に倒れ、ふたりの私服警官がオフィスにころがりこんできた。

さほど時間がたたないうちに、ハットンと警官たちが駆けつけてきた。とはいえ、悲惨な状態のカーペットをきれいにすることぐらいしか、なにもすることはなかった。二万五千クレジットに換金可能な債券が詰まった模造スエードのスーツケースは、安全な保管場所に運ばれた。カーペットから剝がされたヴァニングの遺体は、警察の死体置き場に搬送された。鑑識の写真係は何度もフラッシュを光らせ、指紋係はそこいらじゅうに白い粉を吹きつけ、X線係はせわしく動きまわった。すべての捜査が迅速におこなわれたために、一時間もたたないうちに、オフィスは無人となり、ドアは封印された。

したがって、ふたたび、どこからともなく巨大な手が現われ、なにかを求めてオフィスのなかを探り、むなしく消えていった光景を目撃した者は、ひとりもいなかった。

謎に満ちたこの事件に、光明をもたらすことができるのは、ギャラガーだけだ。だが、実験室にこもりきりの彼が話相手に選んだのは、発電機の〈モンストロ〉だった。

ギャラガーのひとりごと——

——そうか、だから昨日、ほんの数分のあいだに、いきなりここに作業台が出現して、また消えたんだ。ふうむ。現在プラスX。Xイコール一週間。ふむむ、そういうことだな。それならすべてが相対する。だけど、宇宙がそれほど速く縮小しているとは、思いもしなかった!

ギャラガーはカウチに寝そべり、酒供給器でダブルのマティーニを喉に流しこんだ。

しばらくして、ギャラガーはつぶやいた。「うん、そういうことか。ヒューッ! ヴァニングは一週間後という未来に手をのばした、地球上でただひとりの人間だ——そして、自分自身を殺した。そうにちがいない。ふうむ……ぼくとしては、ぐでんぐでんに酔うしかないな」

そのとおり、ギャラガーはぐでんぐでんに酔っぱらった。

世界は
われらのもの

THE WORLD IS MINE

「入れてくれ!」ウサギのような小さい生きものが、窓の外で金切り声をはりあげている。

「入れてくれ! 世界はわれらのものだ!」

その声に、ギャラガーはカウチからころがり落ちた。決して予想外とはいえない超弩級(ちょうどきゅう)の二日酔いでふらふらしながら、かすむ目で周囲を見まわす。早朝の灰色の光で、実験室のなかは薄ぼんやりした明るさにつつまれている。ぴかぴか光る金紙をまとった二基の発電機が、祭の晴れ着が恨めしいとでもいうように、ギャラガーをにらんでいる。なぜ、金紙? たぶん、ラム酒ベースのたまご酒〈トムとジェリー〉を何杯もかっくらった結果だろう。今夜はクリスマスイヴだ——昨夜、ギャラガーはそう決めたにちがいない。

そんなことをぼんやりと考えているうちに、目を覚ますきっかけになった、悲鳴のような叫び声を思い出した。何度もくりかえされていた金切り声の叫び。ギャラガーは両手で頭を支え、そっとふりむいた。いちばん近い窓のアクリル樹脂ガラスの向こうに、じっとこちらを見ている風変わりな顔があった。ふわふわした毛におおわれた、小さな顔。

痛飲したあとによく見るたぐいの顔ではない。ふわふわの毛におおわれた丸くて大きな耳。大きな目。ピンクのボタンのような鼻はひくひくうごめいている。その生きものがふたたび叫んだ。

「入れてくれ！　われわれは世界を征服したんだ！」

「なんだというんだ？」ギャラガーはつぶやき、裏庭に面したドアに向かった。ドアを開けると、裏庭に、三匹のめずらしい動物がきちんと並んで立ち、ギャラガーをみつめていた。白い毛におおわれた体は丸々していて、クッションのように弾力がありそうだ。三つのピンクの鼻がひくひくうごめく。三対の金色の目がまじろぎもせずに、ギャラガーをみつめている。三対のずんぐりしたうしろ肢（あし）が同時に動いたかと思うと、三匹の生きものは、ドア口に立っていたギャラガーを押し倒さんばかりの勢いで、実験室のなかに走りこんできた。

　これはこれは。ギャラガーは急いで酒供給器のもとに駆けつけ、素早くカクテルを作って、ひと息に吸いこんだ。少し気分がよくなったが、それだけのことだ。三匹の客は立ったりすわったり、思い思いのかっこうで一列に並び、例によって、まじろぎもしない目でギャラガーをみつめている。

　ギャラガーはカウチに腰をおろした。「きみたちは誰なんだい？」

「リブラだ」入れてくれと叫んでいた生きものが答えた。

「ふむ」ギャラガーは一瞬考えこんだ。「リブラというのは、なんだい？」

「われわれのことだ」先ほどのリブラがいった。

　早くもデッドロックに乗りあげそうになったとき、部屋の片隅につくねてあるような、形のはっきりしない毛布の塊がもぞもぞと動いた。毛布のなかから、栗色のしなびた顔が現われた。無数のしわがきざまれた男の顔だ。やせて、きらきら光る目の老人。

「なんと、愚かな！　そいつらを入れてしまったんじゃな？」

ギャラガーはまた考えこんだ。そう、この老人はメインの農場からマンハッタンにやってきた、彼の祖父(グランパ)だ。昨夜――うーむ。昨夜、なにがあったのか？　ギャラガーはグランパと酒量を競って飲みくらべ、避けがたい結末を迎えた。飲みくらべはグランパの勝ち。しかし、ほかになにがあったのだろう？

ギャラガーはグランパに訊(き)いてみた。

「おまえ、憶(おぼ)えておらんのか？」祖父は訊きかえした。

「ぜんぜん」ギャラガーは弱々しくいった。「それがぼくの仕事のやりかたなんだ。ぐでんぐでんに酔って、なにかを造る。どうやって造ったのかは、まるっきりわからない。なにしろ耳学問の発明なんで」

「知っとる」グランパはうなずいた。「おまえはいまいったとおりのことをしたんじゃよ。あれが見えるか？」そういって部屋の隅を指さす。そこには、丈の高い、不可思議なマシンが鎮座ましましていた。ギャラガーにはなんだかわからないマシンは、低くぶつぶつ唸っている。

「ん？　あれはなんだ？」

「おまえがこさえたんだ。おまえがな。昨夜」

「ぼくがこさえた。ん？　なぜ？」

「わしにわかるもんかい」グランパは顔をしかめた。「おまえはいろんなモノをいじくりだしたかと思うと、なんやかやを組み合わせて、あれをこさえた。そしてタイムマシンだといった。で、作動させた。万一を危惧して、用心のために裏庭に焦点を合わせてな。で、ふたりして見守っていると、虚空からぴょいぴょいと、そのちっこい三匹がとびだしてきおった。わしらは家のなかに駆けこんだよ――あわてふためいてな。おい、酒はどこだ？」

　リブラたちはいらだってぴょんぴょん跳びはねはじめた。「ゆうべ、外は寒かった」非難口調だ。「家のなかに入れてくれるべきだったな。世界はわれらのもの」

　ギャラガーの馬のように長い顔がさらに長くなった。「なるほど。うん、ぼくがタイムマシンをこしらえたのなら――まったく記憶にないんだけど――きみたちは異なる時代から来たんだ。そうだね？」

「そのとおり。五百年かそこいら先の」

「そのう――きみたちは地球の人類ではない？　つまり、そのう――ぼくたちが進化してきみたちになったのではない？」

「ちがう」いちばん太ったリブラが自慢げにいった。「あんたたち地球人が優勢種に進化するには、何千年もかかる。われわれは火星から来たんだ」

「火星——未来の。ふうむ。で、きみたちは英語を話す」

「われわれの時代には、火星に地球人がいる。なんの不思議がある？　われわれは英語を学び、専門用語を習得し、さまざまなことを知った」

ギャラガーは呻くようにいった。「で、きみたちが火星の優勢種なのか？」

「いや、正確なところ、そうとはいえん……」リブラは口ごもった。「火星全体を支配しているわけではない」

「半分でさえもない」別のリブラがつけくわえる。

「クーディ谷だけだ」三匹目が断言する。「だが、クーディ谷は宇宙の中心だ。高度に文明化されている。書物がある。地球に関する本とか。ちなみに、われわれは地球を征服するつもりだ」

「きみたちが？」ギャラガーはあいまいな口調で訊きかえした。

「そうだ。地球人たちがやらせてくれないから、われらの時代を謳歌できん。だが、これで容易になった。おまえたち地球人は全員、われわれの奴隷になる」うれしそうにそういったリブラの背丈は、十一インチそこそこだ。

「なにか武器をもってるのかい？」ギャラガーは訊いた。

「そんなものは必要ない。われわれは賢いんだ。なんでも知っている。われわれの記憶力はじつに膨大で、なんでも記憶できる。分解銃を造れるし、熱光線銃も、宇宙船も——」

「いや、造れない」別のリブラが否定した。「われわれには指がない」

ギャラガーは内心で思った——そうだな。ふわふわの毛におおわれたミトン形の肢では、こまかい作業などできないだろう。

「いいんだ」自分たちは賢いと自慢していたリブラが、そういった。「武器を造らせるために、地球人を捕まえるから」

グランパはウィスキーを喉にほうりこむようにして飲み、ぶるっと体を震わせた。「しょっちゅう、こんなことが起こるのか？」本気で知りたいという口調だ。「おまえはなかなかたいした科学者だと聞いておるが、わしは科学者ってのは、原子破壊器とかそんなものを造るんだと思っておった。タイムマシンがどんな役に立つというんじゃね？」

「われわれをここに運んできた」リブラがいった。「地球にとってはすばらしい日だ」

「それは」ギャラガーはいった。「見解の相違ってやつだな。そうだなあ、ワシントンに最後通牒(つうちょう)をたたきつける前に、なにか軽いおやつでもどうかね？　皿一杯のミルクかなにかは？」

「われわれは獣(けもの)ではない！」いちばん太ったリブラがいった。「ミルクを飲むには、皿ではなくカップを使う」

ギャラガーはカップを三個用意して、ミルクを温めてからカップについだ。少しためらったあと、カップを床に置く。小型生物に、テーブルは丈が高すぎる。

三匹のリブラは、笛のような声で礼儀正しくありがとうといった。うしろ肢でカップをはさみ、長いピンク色の舌でミルクをすくいとる。

「うまい」一匹がいう。

「口いっぱいに頬ばったまま、ものをいうんじゃない」いちばん太ったリブラが注意する。どうやら、彼がリーダーらしい。

ギャラガーはカウチにすわり、リラックスした口ぶりでグランパにいった。「このタイムマシンを造ったのは——いや、造ったこと自体、さっぱり思い出せないんだけどね。とにかく、リブラたちを故郷に送りかえさなくては。けど、マシンの操作方法を理解するのに、ちょっと時間がかかりそうだ。時々、自分でも飲みすぎると思うよ」

「なにをいうとる」グランパはいった。「わしがおまえの歳ごろだったとき、一フィート足らずのちっこいやつらを実体化させるのに、タイムマシンなんぞは要らんかった。コーンウィスキーがありゃあよかった」乾いたくちびるを鳴らして、つけくわえる。「おまえ、働きすぎだよ。それだけのことだ」

「とはいえ」ギャラガーは力なくいった。「どうしようもないんだよなあ。あのしろものをこしらえたとき、ぼくはなにをどう考えていたんだろう？」

「わしは知らんぞ。おまえはおまえのじいさんか誰かを殺すことを、ずっとしゃべりつづけておった。でなきゃ、未来のことをな。わしには、なにがなんだかさっぱりわからん話をしとったよ」

「ちょっと待って。思い出した——うっすらと……。むかしながらのタイムトラベル・パラドックスの話だ。もし自分の祖父を殺したら——」

「おまえがその話を始めたとき、わしは思わず斧の柄をつかんだよ。まだ死ぬ気はないからな」グランパはかん高い笑い声をあげた。「血気盛んだったころを思い出すなあ——だが、まだまだ衰えてはおらんぞ」

「それから、なにが起こったんだい？」

「マシンが作動すると、あのちっこいやつらが出てきおったんだ。おまえは調整が正しくないとかなんとかいって、マシンを調整した」

「そのとき、自分がなにを考えていたのか、知りたいよ」ギャラガーは頭を抱えた。

三匹のリブラはミルクを飲み終えた。「ごちそうさま」太ったリブラがいう。「これから世界を征服する。どこから始めようか？」

ギャラガーは肩をすくめた。「紳士諸君、ぼくはきみたちにアドバイスはできないよ。自分のことさえまったくわかっていないんだ。どうすればいいか、まったくわからない」

「まず最初にあちこちの大きな都会を破壊する」いちばん小さなリブラが興奮した口調でいった。「それから、かわいこちゃんたちを捕まえて、人質にする。そうすれば、誰もが恐れおののいて、われわれが勝つ」

「どうやってそんなことを思いついたんだい？」ギャラガーは訊いた。

「本だ。本のなかではいつもそうなってる。だから知っているんだ。われわれは暴君になり、奴隷どもをこき使う。もっとミルクがほしいな。たのむよ」

「こっちにも」ほかの二匹も笛が鳴るような小さな声でいった。

笑いながら、ギャラガーはミルクをカップについでやった。「こんなところにいるというのに、あんまり驚いていないようだね」

「本でもそうだ」ぴちゃぴちゃ。

「こういうことが書いてあった？」ギャラガーは眉を吊りあげた。

「いや、そうじゃない。だけど、タイムトラベルのことならなんでも書いてある。われわれのところにある本はどれも、すべて科学小説だ。われわれはどっさり読んだ。故郷の谷ではほかにすることがないんだ」リブラは寂しそうにそういった。

「読んだのはそういう本ばかりかい？」

「んにゃ。なんでも読む。小説と同じく、科学技術関係の本も。分解銃の造りかたとか、そういうやつだ。武器の造りかたを伝授してやるぞ」

「ありがとう。で、そういう本は誰でも読めるのかい？」

「あたりまえだ。読んでいけないはずがないだろ？」

「危険じゃないかと思うんだけど」

「それはそうだ」太ったリブラがもの思わしげにうなずいた。「けど、どういうわけか、そうはならんのだ」

ギャラガーは考えこんだ。「たとえば、熱光線銃の造りかたを説明できるかね？」

「できるとも」勢いこんだ返事がかえってきた。「それを使ってあちこちの大きな都会を破壊し――」

「わかったわかった。かわいこちゃんたちを捕まえて人質にするんだろ。なぜだい？」

「そうすべきだからだ」リブラはすばやく答えた。「読んだ本のとおりにする」床にこぼしてしまったミルクを見て、ションボリと耳がうなだれる。

ほかの二匹が急いで太ったリブラの背中をぽんぽんとたたく。

「泣かないで」いちばん大柄なリブラが力づける。

「これでいいんだ。本に書いてある。ちゃんと憶えてる」

「意味が逆だよ。こぼれたミルクを惜しがって嘆いてはいけない」

「悲しい。泣きそうだ」太ったリブラは頑固にいいはった。そしてほんとうに泣きだした。

ギャラガーはミルクをついでやった。「熱光線銃のことなんだがね。どうやって――」

「簡単だ」リブラは説明した。

確かに簡単だった。もちろん、グランパにはよく理解できなかったが、ギャラガーが作業を始めるのを興味深そうに見守った。三十分もたたないうちに作業は終わった。シリンダー状の熱光線銃が完成した。試してみると、クロゼットの扉に焦げた穴が開く。

「ひゃあ！」ギャラガーは息をのみ、木の扉の焦げた穴から立ちのぼる煙をみつめた。「これはすごい！」手にした金属のシリンダーをしげしげとみつめる。

「それで人間を殺せる」太ったリブラがつぶやく。「裏庭の男のように」

「ああ、そうだな――えっ、なんだって？　男――？」

「裏庭に倒れている。われわれはしばらく、そいつの体の上にすわっていたんだが、その体がだんだん冷たくなっていった。胸に焦げた穴が開いてる」

「きみたちがやったのか」ギャラガーは唾を呑(の)みこんだ。

「ちがう。その男もよその世界のやつだ、と思う。熱光線銃で胸を撃たれたんだ」

「いったい……誰だ？」

「一度も見たことはない」太ったリブラはその話には興味がなくなったようだ。「もっとミルクがほしい」そういいながら、作業台の上に跳びのって、窓の外のマンハッタンの摩天楼(まてんろう)を眺める。「うひゃひゃ！　世界はわれらのもの！」

ドアベルが鳴った。ギャラガーの顔は少しばかり青ざめている。気が動転しているギャラガーは、グランパにたのんだ。「グランパ、誰が来たのか見て。で、なにがなんでも追い払って。たぶん勘定取りだろう。彼らは追い払われるのに慣れてる。ああ、なんてこった！　これまで殺人事件なんかに関わったことはない――」

「わしはあるぞ」小声でそういうと、グランパはドアに向かった。それ以上、くわしいことはいわずに。

　ギャラガーは裏庭に出た。小さな生きものたちが彼のあとを急いで追う。最悪の事態だ。薔薇園のまんなかに死体がひとつ。男。顎髭を生やしたつるっぱげの老人。奇妙な衣服を着けている。どう見ても、衣服の生地はしなやかな薄い色のついたセロファンだ。チュニックの胸には熱光線銃で撃たれたのが明白な、焦げた穴が開いている。

「なんだか見憶えのある顔だ」ギャラガーはつぶやいた。「なぜかはわからない。うーん、この世界に来たときは、もう死んでいたのかな？」

「死んでたけど、体はまだ温かかった」リブラの一匹がそういった。「われらにとっては温かくてよかった」

　ギャラガーは体が震えそうになるのをなんとか抑えた。そんな忌まわしいことをさらりというとは、リブラとはどういう生きものだ。とはいえ、無害な生きものにちがいない。そうでなければ、彼らが棲息する世界で、危険な情報に容易にアクセスするのが許されているはずがない。ギャラガーにしても、日の前の死体よりも、三匹のリブラのほうがずっと扱いやすい。そんなことを考えているギャラガーの耳に、グランパの抗議の声が流れこんできた。

　リブラたちがあわてて手近の茂みのなかに駆けこんで姿を消すと、入れ違いに、三人の男が裏庭にやってきた。うしろからグランパがついてくる。青い制服と真鍮のボタンが目に入ったとたん、ギャラガーはシリンダー状の熱光線銃を土の上に落とし、三人に気づかれないように足で土をかぶせた。そして愛想よく見えるのを願って、笑顔を作った。

「やあ。ちょうど警察に連絡しようとしてたところなんですよ。うちの庭に誰かが死体を落っことしたみたいで」

三人のうちふたりは制服警官だ。がっしりした体格で、疑いぶかい、するどい目つきをしている。三人目は小柄な、身なりのいい私服姿で、白髪まじりのブロンドの髪をぺったりとなでつけ、えんぴつのように細い口髭をたくわえている。なんだか狐のような男だ。

男は警察の名誉バッジをつけていた。このバッジの重みは、個々人によって異なる。

「追い払えんかった」グランパはいった。「おまえ、どうやらのっぴきならん羽目に追いこまれとるぞ」

「おじいちゃんは冗談をいってるんですよ」ギャラガーは警官たちにいった。「ほんとに、ぼくは警察に連絡しようと――」

「もういい。あんたの名前は？」

ギャラガーは名前をいった。

「ふうむ」私服刑事は死体のそばに膝をついて検分した。その口からするどく息がもれる。

「ヒューーッ！　あんた、この男になにをした？」

「なにもしてません。今朝、庭に出たら、この男が倒れていたんです。どこかの高い建物の窓から落っこちたんじゃないですかね」ギャラガーはどこともなく上空を、裏庭に影をおとしている摩天楼を、指さした。

「ちがうな。骨折はしていない。赤く焼けた火かき棒で突き刺されたように見える。この男は誰だ？」

「知りません。これまで見たこともない。ところで、いったい誰から通報が――」

「こんなに開けた場所に死体を放置するもんじゃないですよ、ミスター・ギャラガー。あのへんのペントハウスの住人には丸見えですからな、それで警察に通報があったんです」

「ははあ、なるほど」

「この男を殺した犯人をみつけますよ」刑事は嘲笑するようにいった。「その点はご心配なく。それから、死体の身元もつきとめます。あんたがいまのうちに話してくれれば、めんどうがはぶけるんですがね」

「状況証拠は――」

「もういい」大きな手のひらが空気をはたく。「検死官と応援を呼びます。テレヴァイザーはどこです？」

「グランパ、連れてってやって」ギャラガーは弱々しい声でたのんだ。小柄できびきびした白髪まじりのブロンド男は、一歩前に踏みだした。声もきびきびしているうえに、権威がこもっている。

「グロアーティ、バニスターが署に連絡しているあいだに、家の周囲をひとまわりしてこい。おれはミスター・ギャラガーといっしょにここにいる」

「了解です、ミスター・キャントレル」

ふたりの制服警官はグランパといっしょに家にもどった。

キャントレル刑事は失礼とことわってから、すばやく歩を進めた。細い指でギャラガーの足もとの土をかきわけ、熱光線銃をつまみあげる。うっすらと笑みを浮かべ、キャントレル刑事は金属シリンダーをしげしげとみつめた。

ギャラガーの心臓は足先にまで落ちていった。「い、いったいどこからそんなものが?」あえぎながら、ギャラガーは躍起になってごまかそうとした。

「あんたがここに置いたんだ。おれはちゃんと見ていた。幸いにも、部下たちは気づかなかったがね。これはおれが預かっておこう」キャントレル刑事は小さな熱光線銃をポケットにしまった。「証拠物件A、かな。あんたの死体の特殊な傷が——」

「ぼくの死体じゃない!」

「ここはあんたの家の裏庭だ。おれは武器に興味があってね、ミスター・ギャラガー。これはどういう種類の道具なんだ?」

「あーっと、懐中電灯ですよ」

キャントレル刑事はポケットから熱光線銃を取りだし、ギャラガーに向けた。「そうか、てくれ！」

「熱光線を放射するんだ！」ギャラガーはすばやく体をかがめた。「たのむから、気をつけてくれ！」

「ふうん。あんたが造ったのか？」

「ええーっと……うん、そうだ」

「これでこの男を殺した？」

「ちがう！」

「いっておくが」キャントレル刑事は熱光線銃をポケットにしまいこんだ。「このことは黙ってろ。これがいったん警察の手に渡ったら、あんたはガチョウみたいにあっさりくびをひねられてしまうぞ。しかし、じっさいのところ、こんな傷ができる銃があるとは、思ってもいなかった。これが凶器だと証明するのはむずかしいだろうな。個人的には、おれはあんたが殺ったのではないと信じてるぜ、ミスター・ギャラガー。なぜだか、自分でも理由がわからん。たぶん、あんたの評判を聞いてるせいだろう。あんたは変人だが、そうとうすごい発明家だといわれているからな」

「ありがとう。だけど……その熱光線銃はぼくのものだ」

「証拠物件Aとして提出してもいいのか？」

「……あんたのだ」

「よろしい」キャントレル刑事はにやりと笑った。「あんたのためになにができるか、考えてみるよ」

　とはいったものの、キャントレル刑事にたいしたことはできなかった。たいていの警官は名誉バッジを手に入れることができるが、名誉バッジの持ち主だからといって、警察内で政治的な影響力を及ぼすことはないのだ。司法組織というものは、いったん動きだすと、そう簡単に止めることはできない。幸いなことに、今日び、個人の諸権利がむやみに侵害されることはないが、それは主として情報伝達網が発達しているおかげといえる。簡単にいえば、犯罪者には逃げる手段がないのだ。

　警察はギャラガーにマンハッタンを離れないようにと警告した。彼の個人情報は警備上の情報として警察に確保され、もしギャラガーが逃亡しようとしたら、テレヴァイザー・システムがたちまち彼を追跡する。したがって警備する必要もない。ギャラガーの立体写真はすでに、マンハッタンの交通センターにファイルされている。彼が航空機や船舶を利用しようとしたとたん、即座に身元が判明し、きびしく注意されて帰宅せざるをえない羽目となる。

　死体を見た検死官は困惑し、死体を警察の死体置き場（モルグ）に運ばせた。警官たちといっしょにキャントレル刑事も引きあげていった。グランパ、三匹のリブラ、そしてギャラガーは実験室にすわりこみ、呆然（ぼうぜん）とした目を見交わしていた。

「タイムマシン」ギャラガーは酒供給機のボタンを押しながらつぶやいた。「うーっ！　なぜこんな羽目に？」

「おまえを有罪にすることはできんよ」グランパはいった。

「裁判には金がかかるんだよ。腕のいい弁護士を雇ったら、破産しちまう」

「裁判所が弁護士を紹介してくれるんじゃないか？」

「そうだけど、それじゃうまくいかないだろうな。こんにちの司法は、チェスのゲームみたいになってるんだ。いろいろな専門家集団があらゆる角度から、事案を突っつきまわす。抜け穴をひとつ見逃しただけで、ぼくの有罪は確定するだろう。弁護士や検事は政治力のバランスで駆け引きするんだよ、グランパ。だから、圧力をかける。法律家としてトップに昇りつめるには、有罪か無罪かはたいして意味がないんだ。つまりは金だ」

「あんた、金はいらないのかね」太ったリブラがいった。「世界を征服したら、われわれの通貨制度を打ちたてる」

ギャラガーはリブラを無視した。「グランパ、いくらぐらい持ってる？」

「金なんかない。地元のメインじゃ金なんてそんなに要らんからな」

ギャラガーは絶望的な目で、実験室のなかを見まわした。「なにか売れるものがあるかもしれない。あの熱光線銃とか——いや、だめだ。あんなものを持っていると世間に知られれば、ぼくは破滅だ。第一、あれはキャントレル刑事に取りあげられた。内密に保管してくれるといいんだが」

ではタイムマシンは……？　ギャラガーは立ちあがって、謎めいたマシンに近づき、まじまじとみつめた。「どうすれば作動するのか、思い出せさえすれば。でなきゃ、せめて、なぜこれを造ったかを思い出せれば」

「おまえがこさえたんじゃないか。そうだろ？」

「こさえたのは、ぼくの潜在意識だよ。ぼくの潜在意識ときたら、最悪でね。このレバーはなんだろう？」じっくり観察してみるが、なにもわからない。「おそろしく複雑だ。どうすれば作動するのか、ぼくにはわからないんだから、こいつを高値で売るのは無理だ」

「ゆうべ、おまえは」グランパはもの思わしげにいった。「手付け金を払ってくれたという、ヘルウィグとかいう男の名前を連呼してたぞ」

ギャラガーの目に一条の光がさしたが、それはすぐに消えてしまった。「憶えてる。ぱっとしない風采の、大口たたきの男だ。虚栄心のかたまりみたいな、ものすごいコンプレックスの持ち主だよ。有名になりたくてたまらない。ぼくが手を貸してその野望を達成できれば、大金を払うといった」

「ふうむ。なら、どうしてそうしないんだ？」

「どうやって？　ぼくが発明したものを彼に譲って、彼が発明したように見せかけることはできなくはないけど、ルーファス・ヘルウィグみたいに、二と二を足す計算がやっとというようなぼけ頭のいうことなんか、誰も信じやしないよ。二たす二の計算ができるかどうか、それすらあやしいけど。それに――」

ギャラガーはテレヴァイザーでヘルウィグを呼びだした。スクリーンいっぱいに、大きくて白い、でぶでぶの顔が現われた。ルーファス・ヘルウィグはものすごい太っちょで、頭はつるつる、鼻はパグ犬のようにつぶれている。顔にも体にもでかでかと〝おばかさん〟と書いてあるような男。金を持っているという一事だけで権力者に成りあがったが、世間に注目されないせいで、不満をつのらせている。誰からも賞賛されないのだ。それどころか、笑い者にされている――金はしこたま持っているが、ほかにはなんの取り柄もないという、じつにシンプルな理由で。たとえ笑い者にされても、ほんとうの大物ならさりげなくかわすだろうが、ヘルウィグにはそれができない。

ヘルウィグはギャラガーを見て渋い顔をした。

「おはよう。なにかできたか？」

「せっせと研究してるところです。けど、金がかかって。前金がほしいんですが」

「ふうむ」ヘルウィグはおもしろくなさそうだ。「またか？　前金は先週渡したじゃないか」

「そうかもしれないんですけどね。ぼくは受けとった憶えがないんです」

「あんたはべろべろに酔ってた」

「おや、そうでしたっけ？」

「なんだか詩みたいなものをつぶやいていた」

「どんな？」

「薔薇とともになにかが消えてゆく、とかなんとかいってたな」

「『ルバイヤート』か。なら、酔ってたんだ」ギャラガーは悲しげにいった。「前金の額は？」

ヘルウィグは答えた。

ギャラガーは頭を振った。

「その金は水みたいに、指のあいだから流れ落ちてしまいましたよ。まあ、いい。もっと金をください」

「ばかたれ」ヘルウィグは吠（ほ）えた。「まず、結果を見せろ。先のことはそのあとだ」

「ガス室のなかじゃ、先のことなんか考えられませんよ」ギャラガーがそういうと、大口たたきの大金持は、テレヴァイザーの接続を切った。

グランパは一杯飲んで、ため息をついた。

「キャントレルとかいう刑事はどうなんだ？　彼なら助けてくれるんじゃないか？」

「それはどうかな。彼はぼくを疑ってた。いまも疑ってるはずだ。それに、彼がどういう人間か、ぼくはなにも知らない」

「わしはメインに帰るとするか」

ギャラガーはため息をついた。「ぼくを置いて逃げ出すのかい？」

「そうさな、おまえ、もっと酒を飲んだら――」

「どっちにしても、ぼくを置いてけぼりにはできないよ。事前共犯とかなにやらのせいでさ。ねえ、ほんとに金はないのかい？」

グランパは金はないときっぱりいった。ギャラガーはまたタイムマシンに目をやり、憂鬱そうにため息をついた。なんといっても、いまいましいのは彼の潜在意識だ！　ギャラガーは正規に科学を勉強したのではなく、耳学問で聞きかじっただけにすぎない。それが問題なのだ。ギャラガーが天才だという事実は、とうてい現実とは思えない窮地に陥るのを阻止してはくれないのだ。前にも一度、タイムマシンらしきものを造ったが、それは今度のもののようにはちゃんと作動しなかった。いま、実験室の片隅にむっつりと鎮座ましましているしろもの――ぴかぴか光る金属の、複雑きわまりない装置は、裏庭のどこかに焦点を合わせて、なにかを出現させる準備をととのえている。

「キャントレルはあの熱光線銃でなにをしたいんだろう？」ギャラガーは考えこんだ。

三匹のリブラは興味津々といったようすで金色の目を光らせ、ピンク色の鼻をひくひくうごめかせて、実験室のなかを探検していた。ひとしきり探検してしまうと、ギャラガーの前に一列に並んですわった。

「われわれが世界を征服したら、あんたはなにも心配しなくてすむぞ」リブラたちはそういった。

「ありがとう。心づよいな。だが、ぼくにいますぐ必要なのは、金なんだ。それも大金。弁護士を雇わなければならないからね」

「なぜ？」

「そりゃあ、殺人で有罪にされたくないからだよ。説明するのがむずかしいな。きみたちはこの世界のこの時代にはうとい――」ギャラガーの顎ががくりと落ちた。「おお。アイディアがひらめいたぞ」

「どんな？」

「きみたちは熱光線銃の造りかたを教えてくれた。そこでだ、ちょっと角度を変えて、別のことを教えてもらえたら――即座に金になるようなことを――」

「もちろん、いいとも。喜んでそうしよう。だけど、それには知力を共有しないと」

「それは心配しなくていい。では話してくれ。でなきゃ、ぼくが質問しようか。うん、そのほうがいいな。きみたちの世界には、どんな装置がある？」

ドアベルが鳴った。訪ねてきた男は、マホーニー刑事と名のった。背の高い、他人を小ばかにしたような表情が顔に貼りついていて、まっすぐな髪はブルーブラック色。ドアベルが鳴ったとたん、世界征服計画を実行できないうちに注目されることを嫌って、三匹のリブラはすばやく姿を隠した。マホーニー刑事はあいさつがわりに、無造作にギャラガーとグランパにあごをしゃくった。

「おはよう。本署でちょいとした騒ぎが起こってね。ささいな手違いさ――たいしたことじゃない」

「おやおや、それはたいへんですね」ギャラガーはいった。「一杯飲りますか？」

「いや、けっこう。でね、もしよかったら、あんたの指紋を採らせてほしいんだ。それと、眼球紋も」

「いいですよ。どうぞ」

マホーニー刑事は同行した鑑識係を呼んだ。ギャラガーは指紋採取に応じ、感光フィルムに指先を押しつけた。さらに、特殊レンズを装着したカメラで、目の網膜内の棹状体、円錐体、そして網膜の血管パターンを撮影される。そのようすをマホーニー刑事はしかめっつらで見守っていた。

採取した指紋や眼球紋の照合を終えると、鑑識係は鑑定結果を刑事に報告した。

「なんてこった」刑事は呻いた。

「どうしたんです？」なにごとが起こったのかを知りたくて、ギャラガーは訊いた。

「たいしたことじゃない。ここの裏庭の死体のことなんだが――」

「はい？」

「その死体の指紋と、あんたの指紋とが合致したんだ。それに眼球紋も。そんなこと、形成外科手術ではできっこない。おい、ギャラガー、あの死体の身元は？」

ギャラガーは目をぱちくりさせた。「おっどろいたなあ！　ぼくの指紋が合致した？　妙ちくりんもいいとこだ！」

「おっそろしく妙ちくりんな話だよな」マホーニー刑事はうなずいた。「あんた、ほんとうに心あたりはないのか？」

窓辺にいた鑑識係が長々と口笛を吹いた。「おい、マホーニー、ちょっと来てみろよ。見てほしいものがある」

「ちょっと待てよ」

「こんな天気だ、待ってられるか。庭にもうひとつ、死体があるんだ」

ギャラガーはグランパと恐怖に満ちた目を見交わした。刑事と鑑識係がものすごい勢いで実験室をとびだしていっても、ギャラガーは身じろぎひとつできずにいた。裏庭で叫び声があがった。

「もうひとつ？」グランパがつぶやく。

ギャラガーはうなずいた。「そうらしい。ねえ、ぼくたち――」

「急いで逃げたほうがいい！」

「だめだよ。今度はしっかり見ていよう」

確かに、裏庭には新たな死体がころがっていた。死体の布製のベストと、ベストの下の裸の胸に、小さな焼け焦げた穴が開いている。熱光線銃で撃たれたのはまちがいない。死体を見たギャラガーは激しいショックを受けた。無理もない。ギャラガーが目にしているのは、自分の死体だったからだ。

いや、正確にいえば、そうではない。死人はギャラガーより十歳ぐらい上で、顔は彼よりも細く、黒い髪には白髪がまじっている。着衣は極端に少なく、見たことのない、奇妙な衣類をまとっている。しかし、ギャラガーと死体の顔が似ていることはまちがいない。

「うへえ」死体とギャラガーと見比べて、マホーニー刑事はいった。「あんたのふたごの兄さんかね？」

「あんた同様、ぼくも驚いてるよ」ギャラガーは消えいりそうな声でいった。

マホーニー刑事はぎりぎりと歯をくいしばった。震える指で葉巻を取りだし、火をつける。

「さてと。ここでどんな奇妙な事件が起こっているのか知らんが、おれは気にくわんね。ぞっとして鳥肌が立ってる。もし、この死体の指紋と眼球紋があんたのものと合致したら……うーん、ぜったいに……気に……くわん。奇天烈な話は大っきらいだ。自分がばかになったような気にさせられるのは、好きじゃない。どうだ？」

「こんな……まさか、ありえない」鑑識係がいった。

マホーニー刑事は全員を家のなかに追いこみ、警察本部に連絡した。「警部ですか？　一時間前に運びこまれた死体ですが——ギャラガーの——」

「みつけたのか？」警部は訊いた。

　マホーニー刑事は目をぱちくりさせた。「はあ？　あのおかしな死体の指紋のことですけど——」

「おまえがなにをいってるのかは承知している。みつけたのか、それとも、みつかっていないのか？」

「だって、あれはモルグにあるんですよ！」

「あ、あった、んだ。十分ほど前まではな。そのあと消えてしまった。モルグからかっぱらわれたんだよ！」

　マホーニー刑事の頭に警部の話がしみこむまで、少し時間がかかった。そして、その話を了解すると、くちびるを舐めて、おもむろにいった。「警部、もうひとつ死体があります。前のとはちがう死体です。ついさっき、ギャラガーの家の裏庭でみつけたばかりで、前のと同じ状態の死体です」

「なんだと!?」

「そうなんですよ。胸に焼け焦げた穴が一個。しかも、その死体はギャラガーにそっくりなんです」

「ギャラガーにそっくり……おまえに指示した指紋の鑑定は？」

「やりました。答はイエスです」

「ありえん」

「新しい死体を見るまで、判断は待ってください。こっちに応援をよこしてくれますね？」

「すぐに行かせる。わけがわからん――」

テレヴァイザーの接続が切れた。ギャラガーはグランパに酒のボトルを渡し、カウチにへたりこんで、酒供給器を操作した。頭がくらくらする。

「ひとついえることがあるな」グランパが指摘した。「最初の殺人の件で、おまえを訴えることはできん。もし最初の死体が盗まれたとすれば、罪体が消失したわけだからな」

「うーん――そうか、そのとおりだ！」ギャラガーは上体を起こしてすわりなおした。「そうですよね、マホーニー刑事？」

刑事は呆然としている。「そうだ。法的には。ただし、ついさっきみつけた死体のことを忘れるな。有罪が確定すれば、ガス室行きだな」

「確かに。けど、ぼくは殺してないよ」

「それはおまえのいいぶんにすぎん」

「オーケー。ああ、どうしても容疑を回避できないのか。ぼくは寝る。この騒動が終わったら、起こしてくれ。ああ、もう、なにがなにやら」ギャラガーは酒供給器のノズルを口中に含み、ゆっくりと酒が供給されるように調節し、コニャックを体内に補給してリラックスした。目を閉じて考える。だが、どうしても解答を得ることはできなかった。

ギャラガーはぼんやりと、実験室が人でいっぱいなのを認知した。またもや日常が破られた。半覚醒している意識は、なぜそうなったのか、答を知っている。つまり、警察が第二の死体を運んでいくところなのだ。ギャラガーの脳はアルコールで活性化され、いまは活発に働いている。潜在意識が表に出てきたのだ。

「わかったぞ」ギャラガーはグランパにいった。「そうだといいんだけど。うん、確かめてみよう」タイムマシンに近づき、レバーをいじくる。「ふうむ。停止することはできないんだな。限定的なサイクルパターンにセットされてる。ゆうべ、なにがあったか、思い出してきた」

「未来を予知するかどうかってことをか？」グランパが訊く。

「うん。ねえ、グランパ、自分の死を予知できるかどうかについて、議論しなかったかい？」

「した」

「なら、それが答だ。ぼくはぼくの死を予知するために、タイムマシンをそう設定したんだ。マシンは時間線をたどり、未来のぼくの死のまぎわ（イン・アルティクロ・モルティス）に追いついて、ぼくの死体を現在に引っぱりこんだ。いや、未来のぼくの死体を、ってことだけどね」

「おまえ、頭がどうかしてるぞ」グランパはいった。

「どうもしてない。まあ、見かたによるけど、だいじょうぶ。最初の死体はぼくの死体だ。

七十代か八十代のぼく。そうか、ぼくはその年齢のころに死ぬんだな。熱光線銃で撃たれて殺されるのは、明らかだ。いまから四十年かそこいら先の話だけど」ギャラガーは感慨ぶかげにいった。「んーっと、ぼくが造った熱光線銃はキャントレル刑事が持っていった――」

グランパはいかにも嫌そうに顔をゆがめた。「第二の死体はどうなんだ？　いまのおまえの説とは合わないぞ」

「合うよ。並行時間現象だ。未来はひとつじゃない。多様なんだよ。多様な可能性が並行しているんだ。そういう説を聞いたことはないかい？」

「ない」

「あ、そう。存在しうる未来は無数だという考えかたなんだ。いま現在を変えると、自動的に異なる未来に切り替わる。鉄道線路のポイント切り替えと同じ。もしおじいちゃんがおばあちゃんと結婚しなかったら、ぼくはここに存在してない。わかる？」

「んにゃ」グランパは酒を飲んだ。

とりあえず、ギャラガーは先に進んだ。「パターンA。それによると、ぼくは七十代か八十代のころ、熱光線銃で撃たれて殺される。それはひとつの変数だ。いまの時間線に沿って、マシンはぼくの死体を現在に移動させ、死体が現在に出現した。当然ながら、それが現在を変える。本来のパターンAの現在には、八十代のギャラガーの死体は存在しなかった。しかし、それが出現したために、未来が変わった。自動的に別の時間線に切り替わったんだよ」

「かなりばかばかしい話だな。ん？」グランパはつぶやいた。

「黙っててよ、おじいちゃん。問題が解けそうなんだから。いまは第二の時間線、つまりパターンBが進行中なんだ。この時間線では、ぼくは四十五歳のころに、熱光線銃で撃たれて死ぬ。タイムマシンは、殺されて数分しかたっていないぼくの死体を現在に移動させたから、四十五歳のぼくの死体が現在に出現したわけだ。で、それと同時に、八十代のぼくの死体は消え失せた」

「ふへっ！」

「必然なんだ。あの死体は、パターンBには存在していないはずだからね。簡単にいえば、パターンBが確定すれば、パターンAはもはや存在してはならない。つまり、ひとり目の死体も同じ」

ふいにグランパの目が輝いた。「わかったぞ」くちびるを軽く合わせて、また開き、ぱっと音をたてる。「おまえ、頭がいいなあ。狂人を装うつもりだろ？」

「まさか」むっとした口調でそういうと、ギャラガーはタイムマシンのそばにいった。むだだと思いながらもスイッチをオフにしてみる。やはり、オフにはならない。ギャラガーの未来の死体を現在に実体化させるという設定を、変更することはできないようだ。

とすると？　現在の時間線はパターンBに取って代わられている。しかし、パターンBの死体は、いま現在という特定の時間に存在するはずのないものだ。X要因といえる。

B＋X＝C、になるだろう。新しい変数と新たな死体。ギャラガーはあわてて裏庭に目をやった。新たな死体はない。神のささやかな慈悲に感謝する。

いずれにしても、警察はギャラガーを、彼自身を殺した犯人として逮捕することはできない。いや、できるのか？　法律では自殺とみなされる？　ばかばかしい。ギャラガーは自殺などしていない。ちゃんと生きている。

しかし、生きているのなら、死者ではありえない。

すっかり頭が混乱して、ギャラガーはカウチにへたりこみ、強い酒をがぶっと飲んだ。死にたい気分だ。法廷で、不可能な自家撞着（じかどうちゃく）とパラドックスとの論争が戦わされることになるのは、目に見えている——世紀の論争だ。地球上にふたりといないほど凄腕（すごうで）の弁護士についてもらわなければ、ギャラガーは破滅だ。

そこに新たな思考が加わり、ギャラガーは自嘲気味の笑い声をあげた。殺人罪で有罪となり、ガス室に送られる？　現在の時間線でギャラガーが死ねば、その時点で、未来の彼の死体は消え失せるだろう——当然ながら。罪体（コルプス・デリクティ）は消えてしまう。必然的に、そう、きわめて必然的に。ギャラガーは死んでから無罪を立証することになる。

どうにもうれしくない見通しだ。

行動を起こすべきだと思いなおし、ギャラガーは三匹のリブラを呼んだ。クッキーの壺（つぼ）をみつけていた三匹は、ギャラガーに呼ばれると、うしろめたそうに、髭やふわふわ毛の肢からクッキーのくずをはたき落としながらとんできた。

「ミルクがほしい」太ったリブラがいった。「世界はわれらのもの」

「そうだ」別のリブラがいう。「われわれはあちこちの大都会を破壊し、かわいこちゃんたちを捕まえて――」

「わかってるよ」ギャラガーはうんざりした口調でさえぎった。「世界は待ってくれる。だが、ぼくは待っていられない。手早く大金を稼いで凄腕の弁護士を雇うために、大急ぎでなにかを発明しなきゃならないんだ。未来の自分を殺したかどうかで、残りの人生を、えんえんと裁判に費やすわけにはいかない」

「おまえの話しかた、狂人じみてきたな」グランパはそれでいいという口調でいった。

「あっちへ行ってくれ。どっか遠くへ行ってくれ。ぼくは忙しいんだ」

グランパは肩をすくめ、トップコートを着こんで外に出ていった。

ギャラガーは三匹のリブラとの質疑応答をつづけた。

そして、リブラたちがまったく助けにならないことがわかった。あつかいにくいわけではない。それどころか、喜んでこちらの意にしたがってくれる。ただ、ギャラガーの望みに関して役に立つようなアイディアを、まるっきりもちあわせていないだけだ。しかも、彼らの小さな脳はお気に入りの妄想に占領されていて、ほかのことを考える余地などないのだ。

〝世界はわれらのもの〟――これ以外に、なんらかの問題が存在するなど、認めることすらできないときている。

　それでもギャラガーは、へこたれずにがんばった。そしてついに、リブラたちが再度、知力共有に言及すると、それが有望な手がかりになるとわかった。知力共有に必要な装置は、火星の未来社会ではかなり一般的なものになっているようだ。その装置は、はるかむかし、ギャラガーという名の地球人によって発明されたものなのだ――太ったリブラは、発明者当人を目の前にしているのに、そのことにはまったく気づいていない。

　ギャラガーは息をのんだ。いますぐに知力共有装置を造らなくてはならない。いかにもギャラガーが造りそうな装置だからだ。だが、それを造らなかったらどうなる？　未来もまた変わってしまうだろう。では、どうして、最初のギャラガーの死体のようにリブラたちは消え失せてしまわなかったのだろう？　パターンAがパターンBに代わった段階で？

　まあいい、その疑問に答がないわけではない。ギャラガーが生きていようがいまいが、火星のクーディ谷とやらに棲息しているリブラたちには、なんの影響もない、ということだ。ミュージシャンは、音程をまちがえたら、数小節は移調して演奏しなければならないだろうが、そのあとはオリジナルのキーにもどせる。〝時間〟は、本来の流れをとりもどす傾向にあるようだ。ハイホー。

「知力共有装置とは、どういうものなんだい？」ギャラガーは訊いた。

　リブラたちは説明した。ギャラガーは彼らのとっちらかった、ばらばらの記憶のなかから、必要な事項をピックアップした。拾いあげた断片を組み合わせた結果、その装置は奇妙なものだが、実用性があると判断した。そして思わず、突出した能力について、なにやら不穏なことを口走った。つまりはそういうことだ。

知力共有装置を使えば、どんなに頭の働きが鈍い者でも、まばたきを何度かするあいだに、高等数学を学習して理解できる。そのあとは、習得した知識を応用するために実習をくりかえすことだ——知力はどんどん強化しなければならないのだ。

指が硬くなった煉瓦職人が、ピアニストめざして練習することは可能だが、両手がしなやかに動き、満足のいく音を出せるようになるまでは、かなり時間がかかるだろう。しかし、ここで重要なのは、ある才能を脳から脳へと移行させることができる、ということなのだ。

脳の電気インパルスをチャートにして、それを別の脳に伝達する、感応の問題だ。人間は、眠っているときは脳波の高低がゆるやかになる。しかし、たとえば、踊っているときは、潜在意識が両足を自動的に誘導する——そのダンサーが優秀であれば。そのパターンははっきりしている。パターンが記録され、記憶に刷りこまれれば、あとからトレースすることは可能だ。パンタグラフによって電気が伝わるように、トレースされた、すぐれたダンサーのパターンという要因は、脳から脳へと伝達される。

フヒューーッ！

記憶中枢等々、まだ問題は多々あるが、ギャラガーは要点をつかんだ。作業にかかりたくてうずうずした。ある計画が頭に浮かんでいる――。

「知力を共有すれば、結果的に、ひと目でチャートを認識することを学べるようになる」一匹のリブラがそういった。「その装置は、われわれの故郷では頻繁に使われているんだ。せっせと勉強するのは嫌だという連中は、著名な学者の脳からその知識を吸収して共有する。かつて、クーディ谷にいた地球人は、有名な歌手になりたがっていたが、音痴だった。音符どおりに歌えないんだ。そこで、彼は知力共有装置を使った。すると、六カ月で、どんな曲でも歌えるようになった」

「なぜ六カ月かかったんだ？」

「声帯のトレーニングができてなくてね。それに時間がかかったんだ。けど、いったん歌えるようになると――」

「われらに知力共有装置を造らせろ」太ったリブラがいった。「地球を征服するのに使えるかもしれない」

「それこそ」ギャラガーはいった。「まさにいま、ぼくがしようと考えていたことだよ。いくつか限定条件をつけて――」

ギャラガーはテレヴァイザーでルーファス・ヘルウィグを呼びだした。彼をうまくいいくるめて、彼の金を少しばかり回してもらおうともくろんだのだが、そううまくはいかない。ヘルウィグは頑強に抵抗した。

「結果を見せろ。そうすれば白紙小切手をくれてやる」

「でもぼくは、早急に金がいるんです」ギャラガーはごり押しした。「ぼくが殺人の罪でガス室に送られたら、あんたがほしいものは手に入らないんですよ」

「殺人だと？　いったい誰を殺したんだ？」ヘルウィグは問いつめた。

「誰も殺してません。でっちあげで嵌められそうで――」

「こっちも嵌められそうだな。だが、今度はやられてたまるか。いいか、結果を見せろ。あれ以上、前金は渡さんぞ、ギャラガー」

「あのですね、あんた、カルーソーみたいに歌えたらいいなと思いませんか？　ニジンスキーみたいに踊りたくない？　ワイズミュラーみたいにすいすいと泳ぎたくない？　パーキンスン国務長官みたいな演説をしたくない？　フーディニみたいにはなばなしい奇術をやってみたくない？」

「また酔っとるな！」ヘルウィグはなにやら考えこんでいるような表情を見せて、接続を切った。

ギャラガーはブランクになったスクリーンをみつめた。スクリーンのほうも、仕事をしろと命じるようにギャラガーをみつめている。

そこでギャラガーは仕事にかかった。するどい脳の働きに遅れず、熟練した専門家の指が器用に動く。悪魔のような潜在意識を解放するのを、酒が手伝う。疑問がでてくると、三匹のリブラに質問して答を得た。とはいえ、作業には時間がかかった。

必要な部品がすべてそろっているわけではないので、各種部品取り扱い会社に連絡して、月賦のクレジット払いにすることを了承させたうえで、足りないものを手に入れた。そして作業をつづけた。そのさなか、召喚状を届けにきた、山高帽をかぶった温厚な小男と、ふらりと帰ってきたグランパとに邪魔された。グランパは五クレジット貸してくれといった。街にサーカスが来ているという。グランパはむかしからサーカスが大好きで、どうしても見逃したくないというのだ。

「いっしょに行くかい?」グランパはギャラガーに訊いた。「クラップゲームにまぜてもらえるかもしれん。どういうわけか、サーカスの連中とはいつだってウマが合うんだ。前に、髭を生やしたレディに勝って、五百ほど巻きあげたことがあるよ。ん? 行かない? それじゃあ、幸運を祈る」

グランパはまた出かけていき、ギャラガーは知力共有装置を造る作業にもどった。リブラたちはせっせとクッキーを盗み食いしながら、地球を征服したあと、どういうふうに分割して支配するかという問題で、のどかに口げんかをしていた。

知的共有装置はゆっくりと、だが、着々と完成しつつあった。

タイムマシンのほうは、ときどき停止させようとしてみたが、ひとつのことが証明されるだけで終わった。つまり、いまのところ、タイムマシンは均衡状態に固定されている。明確に限定されたパターンが設定されているのだ。パターンを変更するのは不可能だった。設定されたパターンとは、未来のギャラガーの死体を現在に移動させること。その任務が完遂されるまで、タイムマシンは追加命令に従うことを、断固として拒否している。

「〝ヴァンクーヴァーから来た年増の独身女〟」ギャラガーは無意識につぶやいた。「待てよ。ここはしっかりと、受け材を固定しなければ——うん、そうだ。〝女は歓声をあげて男の膝に跳び乗った——〟。そうか、受容器官の感度を電磁波の流れに変換してみたら——ふむ——。〝そして、なんとしても、そこからどかなかった〟。うん、これでよし」

夜になった。ギャラガーは時間のことなど、まったく念頭になかった。三匹のリブラは盗み食いしたクッキーで満腹して、なんの不満もないらしい。ときどきミルクがほしいというぐらいだ。ギャラガーは潜在意識を活動させておくために、作業中もえんえんと酒を飲みつづけた。そして、空腹なことに気づいた。ため息をつきながら、完成した知力共有装置を眺め、やれやれとばかりに頭を振って、裏庭に面したドアを開けた。裏庭には誰もいない。

あるいは——。

いや、なにもない。いまのところ、まだ死体はない。時間線Bパターンは、まだつづいている。ギャラガーは裏庭に出て、冷たい夜気にほてった頬をさらした。夜空を背景に、マンハッタンの摩天楼が城壁のように、ギャラガーの頭上を取り囲んでいる。上空では、航空機のライトが、大きな蛍(ほたる)まがいに、ちかちかと点滅しながら飛行している。

すぐそばで、どさっと音がした。ふりむいたギャラガーは仰天した。どこか上方から落ちてきた死体が、薔薇園のまんなかに倒れて虚空をにらんでいる。仰天しながらも、ギャラガーは死体を調べた。

中年の男。五十歳から六十歳のあいだ。黒い口髭を生やし、眼鏡をかけている。だが、見まちがえようもない。ギャラガーの死体だ。時間線C——そう、もはやBではなくCだ——によって、年齢も外見もいまとはちがうギャラガー。胸には、熱光線銃で撃たれて焦げた穴が開いている。

いまこの瞬間、警察のモルグにある前の死体（時間線Bの死体）は消失したはずだ。

ギャラガーは思った——ふうむ。すると、時間線Cでは、ぼくは五十歳を越えるまでは生きているが、やはり熱光線銃で撃たれて死ぬんだ。

憂鬱な気分で、ギャラガーはキャントレル刑事のこと思った。彼が造った熱光線銃は、あの刑事が持っている。ギャラガーは寒けがして体が震えた。事態はいよいよ混乱してきた。

まもなく警察が駆けつけてくるだろう。とりあえず、腹を満たそう。ギャラガーはおずおずと歳上の自分の死体の顔に一瞥をくれてから、実験室にもどった。三匹のリブラを追いたてながらキッチンに行き、夕食になりそうなものを捜した。幸いにステーキがあった。リブラたちは豚のように鼻をひくひくうごめかし、興奮した口調で彼らのすばらしい計画を話しながら、ギャラガーに分けてもらった肉を喰った。相談の結果、ギャラガーを宰相に任じる事で、三匹の意見は一致した。

「彼は悪人か？」太ったリブラが仲間に訊く。

「わからない。どうかな？」

「そのうち、悪人になるんじゃないか。本のなかでは、宰相というのはたいてい邪悪だぞ。うぐ！」太ったリブラは肉のかけらで喉を詰まらせた。「うぐ……うぐ……んふぁあっ！世界はわれらのもの！」

かんちがいだらけの小さな生きものたちを眺め、ギャラガーは考えこんだ。どうにも救いがたいロマンチストたちだ。ひかえめにいっても、彼らの能天気さにはあきれかえる。

ギャラガーは重なるトラブルに頭を痛めながら、汚れた皿を〈バーナー〉――きれいに焼却してくれる――に放りこみ、ビールで自分を元気づけた。

知力共有装置はちゃんと作動するはずだ。そうならない理由はひとつもない。彼の天才的な潜在意識があれを造りあげた――。

そうとも、きっちり作動するに決まっている。そうでなければ、遠いむかしにギャラガーという者によって発明された装置だなどと、リブラたちがいうわけがない。しかし、まさかヘルウィグを実験台として使うことはできない。

玄関ドアが音をたてた。それを聞きつけたギャラガーは、やったとばかりに指をぱちんと鳴らした。グランパ。それが答だ！

グランパがにこにこ顔で帰ってきた。「おもしろかったぞ。サーカスってのは、いつだって楽しいな。ほれ、おまえに二百クレジット、持ってきてやった。刺青男（いれずみおとこ）やら、高いはしごから貯水槽に跳びこむやつやらといっしょに、スタッドポーカーをやってせしめたんだ。いいやつばっかりでな。また明日、会うつもりだ」

「ありがとう」二百クレジットでは焼け石に水にもならないが、いまは老体の機嫌をそこねたくない。なんとかグランパをいいくるめて実験室に連れていき、新しい装置の実験をしたいと説明した。

「実験台なんて、まっぴらだ」グランパは酒供給器に手をのばした。

「ぼくの知力パターンをチャートにしてあるんだ。数学の分野の突出した能力だけをね。そういうことなんだよ。純粋な学習能力の原子構造というか。ちょっと漠然（ばくぜん）としてるけどね。でも、ぼくの能力をグランパに伝達できる。選択的に伝達できるんだ。ぼくの特化した数学の能力を、グランパに渡せるんだ」

「ありがとよ。おまえはもう要らんのか？」

「だいじょうぶ、ぼくの能力がなくなるわけじゃないからね。基盤（マトリックス）として使うだけ」

「マットレス？」

「マトリックス。パターン。グランパの脳に、ぼくの数学能力を刷りこむんだよ。わかる？」

「よくわかった」グランパは椅子にすわり、ワイヤーのついたヘルメットをかぶった。ギャラガーは別のヘルメットを装着し、装置を作動させた。いろいろな音が響き、いくつものランプが灯（とも）った。ブーンという低い音が次第に強く、かん高くなったかと思うと、ふっと停止した。終了。

ギャラガーはヘルメットをぬぎ、グランパのヘルメットをはずしてやった。「気分はどうだい？」

「ヴァイオリンみたいにしゃんとしておる」

「なにも変わってない？」

「一杯飲（や）りたい」

「ぼくの飲酒能力は伝達してないよ。グランパにはすでにその能力があるからね。まさかぼくの分まで伝達されたんじゃなければ――」ギャラガーは青ざめた。「ぼくの分までそっちにいっちゃったら、グランパの体がもたない。死んじまう！」

底抜けのばかについてなにやらつぶやきながら、グランパは乾いた口腔を酒でうるおした。

ギャラガーは困惑の目でグランパをみつめながら、彼のあとをついて歩いた。

「ミスをしたはずがない。チャートは……。ねえ、グランパ、円周率（パイ）の値は？」ギャラガーは唐突に訊いた。

「十セント硬貨一枚で充分だ。大きなひと切れが買える」

ギャラガーは思わず悪態をついた。マシンはちゃんと作動したはずだ。考えうるかぎり、作動して当然なのだ。なかんずく論理という問題においては。おそらく――。

「もう一度やってみよう。今度はぼくが実験台になる」

「オーケー」グランパは満足そうにうなずいた。

「ただし、うーん、そうだなあ、グランパには突出した才能といえるものはないんだよなあ。並みはずれた才能というやつは。だから、マシンが作動したのかどうか、判断のしようがない。グランパがコンサートピアニストか、プロの歌手だったら、確かめようがあるんだけど」ギャラガーは頭を抱えた。

「おあいにくさま！」

「ちょっと待って。ひらめいたぞ。テレヴァイザーのサービススタジオにコネがあるんだ――うまくいくかもしれない」ギャラガーはサービススタジオを呼びだした。少し時間がかかったが、アルゼンチンのタンゴ歌手、セニョール・ラモン・フィレスがエアタクシーを飛ばし、至急実験室に来てくれる手筈がついた。

「フィレスか」ギャラガーはつぶやいた。「どちらにしても、証明されるはずだ。フィレスは南半球で最高の声をもつひとりだもの。ぼくが突然、ヒバリみたいに歌いだしたら、ヘルウィグにマシンを使えるかどうかがわかる」

フィレスはナイトクラブで遊んでいたが、サービススタジオの要請により、夜のお楽しみを中断して、十分で実験室にやってきた。体格のいいハンサムな男だ。大きくてよく動く口の持ち主は、ギャラガーの顔を見て、にやっと笑った。

「なにかトラブルをかかえているけど、わたしのすばらしい声が助けになるといったね。さっそくサービスに駆けつけたよ。録音したいのかい？」

「まあ、そんなようなものです」

「賭けに勝つために、かな？」

「そういってもいいですね」ギャラガーはフィレスを椅子にすわらせた。「あなたの声のパターンを記録したいんです」

「おやおや、そいつは新奇な趣向だな。説明してくれよ！」

ギャラガーは必要なチャートを作るあいだフィレスを静かにさせておくために、もっともらしい専門用語を並べたてて、ちんぷんかんぷんな話をしゃべりつづけた。時間はかからなかった。フィレスの声のカーブとパターンが明白になった。フィレスの歌唱能力――偉大な才能が、グラフになって記されている。

グランパが疑わしそうな目で見守るなか、ギャラガーはさまざまな調節を終えてからヘルメットを正しく装着し、マシンを作動させた。いくつものライトが光り、何本ものワイヤーがぶーんと音をたてた。そして、ぴたりと停止した。

「うまくいったのかい？　どんなあんばいか――」

知りたがるフィレスをギャラガーはさえぎった。「プリントするのに時間がかかるんですよ」しれっと嘘（うそ）をつく。フィレスがいる場で、いきなり朗々と歌いだすわけにはいかない。

「結果が出たら、すぐにあなたのアパートメントにお届けしますよ」

「おお、そりゃいいね。すばらしい（ムイ・ビエン）！」フィレスは白い歯を見せて笑った。「サービスできるのは、いつだってうれしいよ、アミーゴ！」

フィレスは帰っていった。ギャラガーはすわりこみ、壁をにらみながら待った。なにも起こらない。かすかに頭痛がする。それだけだ。

「どうだい？」グランパが訊く。

「うん。ドーレーミーファーソ――」

「どうした？」

「黙って。〝このわたし、パリアッチは――〟」

「とうとうイカレちまったな」

「〝――パレードが好きだ！〟」熱に浮かされたギャラガーは声をはりあげた。抑揚のない声が割れる。「なんてこった！　〝ある日オルガンに向かってすわった――〟」

「〝彼女は山をまわってやってくる〟」グランパが調子を合わせて歌いだす。「〝彼女は山をまわってやってくる――〟」

「〝――おれは疲れてぐあいが悪く――〟」

「〝彼女は山をまわってやってくる――〟」

「〝指はのろのろと動き――〟」

「〝彼女が来る！〟」グランパはいつものように、ここぞとばかりに声をはりあげた。「若いころはもうちっと張りのある声が出たんだがな。さあ、いっしょに歌おう。〈フランキーとジョニー〉を知っとるか？」

ギャラガーはわっと泣きだしたかったが、その衝動をぐっと抑えこんだ。ひややかな目でグランパを見てからキッチンに行き、ビールの球体容器を取りだした。冷えたイヌハッカの風味は元気を回復させてくれたが、精神をアップさせる役には立たなかった。歌えないのだ。フィレスのようには歌えない。声帯を鍛えるレッスンを六カ月つづけても、めざましい効果があるとは思えない。要するに、知力共有装置はちゃんと作動しなかったのだ。知力共有装置だと。くだらない。

グランパがかん高い声で呼んでいる。「おい、裏庭になにかあるぞ！」

「ヒントは三つもいらないよ」ギャラガーは不機嫌にそういうと、ビールを飲みつづけた。

三時間後――午後十時――に警察がやってきた。遅くなったのには理由があった。シンプルな理由が。モルグの死体（時間線Cのギャラガー）が消え失せたのだが、発覚するまでに少しばかり時間がかかってしまったからだ。徹底的な捜索がおこなわれたものの、当然ながらなんの成果もなく、手がかりはこれっぽっちも得られなかった。

キャントレル刑事といっしょに、マホーニー刑事が警官隊をひきつれてやってくると、ギャラガーは裏庭のほうに手を振った。

「あっちにありますよ」ギャラガーはため息をついた。

マホーニー刑事はギャラガーをにらみつけた。「またまたおかしな事件だな、ん？」口調がきつい。

「ぼくのせいじゃない」

警官隊が裏庭に出ていくと、実験室に残った、ほっそりした白髪まじりのブロンドの男が、じっとギャラガーをみつめた。

「調子はどうだい？」キャントレル刑事は訊いた。

「ああ、うん、まあ、だいじょうぶですよ」

「なあ、あの道具、もっとたくさん持ってるのに、隠してるんじゃないか？」

「熱光線銃のことですか？　いいや」

「だったらなぜあんたは、同じやりかたで殺しをつづけていられるんだ？」キャントレル刑事は悲しげに訊いた。「わけがわからん」

「孫が説明してくれたんじゃがね」グランパがいった。「説明を聞いたときは、さっぱりわからんかった。そのときはな。もちろん、いまはわかる。時間線が変更されたせいじゃよ。

プランク定数の不定原理が介入してきたんだ。明らかに、ハイゼンベルクの不確定性原理だな。宇宙が均衡をとりもどす傾向にあることは、熱力学の法則で明白だ。エントロピーの度合ともいう。基準が変化すると、宇宙の均衡を成す時空構造において、対応する歪みが生じるため、必然的に補正されるにちがいない」

沈黙。

ギャラガーはグラスに水をくみ、その水をゆっくりと頭にかけた。「きっちり理解してるんだね、グランパ。そうだよね?」

「そうとも。おかしいか? 知力共有装置は、わしの脳に、おまえの数学能力を刷りこんでくれた。専門用語つきでな」

「いままで隠していたのかい?」

「まさか。わしの脳に新しい知力がなじむまで、ちょいと時間がかかっただけだよ。安全弁が働いたんだな、きっと。急激に脳に新奇な思考パターンが入りこんでくると、精神が破壊されてしまう。だから、新しい知識が脳にしみこんでなじむのに、時間が必要だったんだろう——三時間ほど。まあ、それぐらいの時間がな。そうじゃないか?」

「ああ。うん、そうだね」ギャラガーはキャントレル刑事にみつめられているのに気づき、なんとか笑顔を作った。「ぼくとグランパのあいだの、ちょっとしたジョークですよ。べつに意味はありません」

「ふうん」キャントレル刑事は目を細くせばめた。「そうなのかい？」

「ええ、そうですとも。なんでもありません」

裏庭から実験室を通って死体が運びだされた。キャントレル刑事は意味ありげにウィンクしながらポケットをたたき、ギャラガーを部屋の隅に引っぱっていった。

「もしおれが、あんたの熱光線銃を公表したら、あんたはおしまいだぜ、ギャラガーさんよ。それを忘れるな」

「わかってる。けど、あんたはなにをしたいんだ？」

「さあな。こういう武器は大いに便利だ。こんな銃のことなんか誰も知らないし。今日びはホールドアップ強盗が多発してる。こいつがポケットにあると思うと、安心なんだよ」

キャントレル刑事がギャラガーから離れると、マホーニー刑事がくちびるを嚙みしめてやってきた。困惑しきっている。

「裏庭にあった死体だが――」

「はい？」

「あんたに似てる。ちょっと歳をくってるがね」

「指紋はどうだ、マホーニー？」キャントレル刑事が訊く。

マホーニー刑事は吐息とも呻き声ともつかない音をたてた。「答はわかってるでしょう。例によって、ありえない鑑定結果がでました。同じく、眼球紋も。いいか、ギャラガー、いくつか質問するから、正直に答えてくれ。あんたには殺人の容疑がかかっていることを忘れるなよ」

「ぼくが誰を殺したというんです？」ギャラガーは訊きかえした。「モルグから消えた三人？　罪体はないんですよ。新しい法律では、目撃証人と写真だけでは、殺人の証拠にはなりません」

「なぜ消失したか、あんたは知ってる」マホーニー刑事はいった。「観客が本物と思いこむ、立体映像の死体がスクリーンに登場しただろ、五年前に——世間が大騒ぎしたもんだ。だが、あんたんちの裏庭の死体は立体映像じゃない。どれも本物だ」

「どれも？」

「いや、うん、三体は消えちまったからな。けど、四体目は本物だ。あんたは依然として困った立場にある。そうだろ？」

「ぼくは——」返事をしようとして、ギャラガーは途中で口を閉ざした。喉がむずむずする。ギャラガーはふいに立ちあがり、目をつぶった。

「〝なんじの眼（まなこ）にてわがために呑みほしたまえ〟」テノールの歌声が響きわたる。ヴォイストレーニングができていないわりに、朗々たる歌声だ。「〝さもなくば、杯（さかずき）にくちづけを——〟」

「おい！」マホーニー刑事はとびあがった。「やめろ！　聞いてるか？」

「〝——ならば、ワインを求めるのはやめよう！　魂の渇きが——〟」

「やめろってば！」マホーニー刑事はわめいた。「あんたの歌を聞きたいわけじゃないんだ！」

そういいながらも、刑事は歌に聞きいった。ほかの者たちも同様だ。

フィレスのすばらしい歌唱能力をしっかりものにしたギャラガーは、休むことなく歌いつづけた。歌うことに慣れていなかった喉も、徐々にリラックスして、ナイチンゲールがさえずるように、美しい音を次々につむぎだしている。ギャラガーは――歌っている！

誰もギャラガーを止められなかった。それどころか、恐れをなして逃げ出した。だが、きっともどってくるだろう――拘束衣を持って。

グランパもまた、奇妙な苦闘を余儀なくされていた。数学を言語化したことばが、奇妙な意味論上の語彙（ごい）が、次々と口からあふれでてくるのだ。ユークリッドからアインシュタインまで、いや、それだけではない、さまざまな理論がことばになって、口からほとばしる。グランパはまちがいなく、ギャラガーの優秀きわまりない数学能力を獲得したのだ。

しかし、終わりがきた。すべての物事と同じく、良きにしろ悪しきにしろ、始まりがあれば終わりがくるのは避けられない。ギャラガーの喉がからからになり、声がしゃがれてしまった。しばらくかすれ声で歌いつづけていたが、ついに黙りこんだ。カウチに倒れこみ、グランパに目を向けた。グランパは目を大きくみひらいて、椅子にへたりこんでいる。どこかに隠れていた三匹のリブラが姿を現わし、一列になって並んでいる。三匹とも、ふわふわ毛におおわれた肢にクッキーのかけらをくっつけている。

「世界はわれらのもの」太ったリブラがいった。

事態はどんどん悪化していく。マホーニー刑事はテレヴァイザーで、特別令状を請求中だと連絡してきた。なんらかの手を打たないかぎり、ギャラガーは牢獄送りになる。明日にも。

ギャラガーは弁護士に連絡をとった――東海岸でいちばんの凄腕弁護士だ。弁護士はいった――そう、わたし、ペアスーンなら、警察の特別令状を無効にし、裁判に勝てます。あるいは――いずれにしろ、なんとかなります。なにもご心配は要りません。報酬は、一部だけ、前金で払っていただきます。

「前金はいくらですか？　……うへえ！」

「わたしに任せるとお決めになりましたら」ペアスーン弁護士はいった。「どうぞ連絡してください。今夜、小切手を送ってくだされればけっこうです」

「わかりました」ギャラガーはペアスーンとの接続を切ってから、急いでルーファス・ヘルウィグを呼びだした。幸いにも彼はいた。

ギャラガーは説明した。ヘルウィグは容易に信じようとはしなかった。しかし、最終的に、翌朝早く、実験室にテストを受けにくることを承諾した。それより前は時間がとれないのだ。もちろん、まちがいなく成果があがらないかぎり、金は渡せないと釘を刺された。

「おれをすばらしいコンサートピアニストにしてくれ」ヘルウィグはいった。「そうなれたら、おれも納得する」

そのあと、ギャラガーはふたたびサービススタジオに連絡して、ジョーイ・マッケンジーに連絡をくれるようにいってほしい、とたのんだ。マッケンジーは最近ニューヨークに旋風を巻き起こし、即座にテレカンパニーが契約した、ブロンドの美人ピアニストだ。

さっそくマッケンジーから折り返しの連絡があった。彼女は午前中は時間がないといったが、ギャラガーはなんとか彼女と話をつづけることができた。会話を交わしているうちに、ギャラガーはマッケンジーの関心を高めるためのヒントを手に入れた。彼女は黒魔術を科学の分野だとみなしているらしく、その双方に強い関心をもっているようなのだ。

マッケンジーがギャラガーの実験室にやってきた。彼女のチャートができた。

そして、ギャラガーの裏庭に新たな死体が出現した。四体目の死体はモルグから消え失せたはずだ。五体目だ。つまり、時間線DはEに取って代わられたということになる。すると、ギャラガーは、マホーニー刑事に申しわけないような気になった。

突出した才能が伝達先の脳になじむまで、多少時間がかかる。しかし、伝達されてから三時間かそこいらたつと、いきなりその才能が発露し、抵抗できない力で被伝達者を圧倒する。だが、それは最初のときだけだ。そのあとは、被伝達者の意志で、才能発露スイッチをオンにしたりオフにしたりできるようになる。ギャラガーはもはや、やみくもに歌いたいという衝動に駆られることはないが、歌えることはわかっている。歌いたくなれば、すばらしい歌声を響かせることができるのだ。同様にグランパも、その気になれば、優秀な数学の才を存分に活かすことが可能だ。

　午前五時、マホーニー刑事が制服警官ふたりを同道してやってきて、ギャラガーを逮捕し、留置所に連行した。

　三日間、ギャラガーは独房に留置された。


　ギャラガーが留置されて三日目の夕方、ペアスーン弁護士が人身保護令状と悪罵で武装して、警察署にのりこんできた。そして、ギャラガーを釈放させた——おそらく、彼の名声のしからしめるところだろう。エアタクシーのなかで、弁護士は両手をあげて吠えまくった。

「これはいったいどういう案件なんだ？　政治的圧力、法的混乱——支離滅裂だ！　あなたの家の裏庭に死体が出現する——すでに七体ですぞ！　そして、次々にモルグから消失する。この裏にはなにがあるんだね、ギャラガー」

「ぼくにもよくわからないんですよ。あのう……あなたはぼくの弁護士ですよね？」

「そのとおり」

　エアタクシーは摩天楼のあいだを器用にすり抜けて飛んでいる。

「小切手は——」ギャラガーは肚をくくって切り出した。

「あなたのおじいさんが払ってくれた。ああ、そうだ、伝言をたのまれていたんだ。おじいさんはあなたの指示どおりにルーファス・ヘルウィグを納得させ、報酬をもらったそうだ。だが、わたしはまだ、報酬をもらえるほどの仕事はしていないと思っている。あなたを檻（おり）のなかに三日間も閉じこめておくなんて！　しかし、わたしは断固として警察の横暴に立ち向かった。コネを使いまくってね」

そういうことか。もちろん、グランパはギャラガーの数学能力を獲得しているから、知力共有装置については熟知し、操作もできる。ヘルウィグのあつかいも——うまくいったようだ。少なくとも、いまは安泰といえる。だが、これでいいのか？

ギャラガーは危険を承知で、ペアスーン弁護士に事件のあらましを説明した。

ペアスーン弁護士は頭を振った。「この件の裏にはタイムマシンが関係していると？　なるほど。ならば、なんとかしてタイムマシンのスイッチを切る必要がある。未来から死体が移動してくるのを止めなさい」

「ぶっこわすこともできないんですよ」ギャラガーはいった。「破壊しようとしてみたんですが、均衡状態のままなんです。完璧に、この時空から離れた存在になっているらしい。その状態がどれぐらいの期間つづくのか、ぼくには見当もつかない。未来のぼくの死体を現在に移動させるように設定されているんで——その設定を律儀に実行しつづけるみたいです」

「そうか。わかった。わたしはベストを尽くそう。どちらにしても、いま、あなたは自由の身だ。しかし、ミスター・ギャラガー、あなたの死体がひっきりなしに出現する設定を取り消さないかぎり、わたしはなにも保証できない。あ、ここで降ります。明日、お会いしよう。正午に、わたしの事務所でいいかね？　けっこう」

ペアスーン弁護士と握手して別れると、ギャラガーはエアタクシーの運転手に自宅の住所を告げた。自宅に着くと、うれしくない驚きが待っていた。

ドアを開けたのはキャントレル刑事だったのだ。

刑事の細い、青白い顔がひきつり、笑みらしきものとなった。「やあ」キャントレル刑事はうしろにさがりながら、陽気にあいさつした。「さあ、入って、ギャラガー」

「入るとも。ここでなにをしてるんです？」

「訪問。あんたのおじいさんを訪問中」

ギャラガーは実験室のなかを見まわした。「グランパはどこです？」

「知らんよ。自分で捜しな」

なんとなく危険のにおいを嗅ぎとって、ギャラガーはグランパを捜した。

グランパはキッチンで、リブラたちといっしょに、プレッツェルを食べていた。

グランパはギャラガーの視線を避けた。

「オーケー」ギャラガーはいった。「さあ、話してよ」

「わしのせいじゃない。いわれたとおりにしないと、熱光線銃を警察に渡すと、キャントレルに脅されたんだ。そんなことをされたら、おまえはおしまいだと――」

「で、なにがあったんだい？」

「まあ、おちつけよ。ちゃんとやったから。なにも損なってはいない――」

「なんだい？　どうしたんだ？」

「キャントレルは自分にあのマシンを使わせたんだ」グランパは打ち明けた。「わしがヘルウィグに施術しているのを、窓の外から見ていて、マシンの用途を推測したんだな。で、自分に特別な才能を与えなければ、おまえを有罪にすると脅迫しおったんじゃよ」

「誰の才能を？」

「うん――ガリヴァー、モーリースン、コットマン、デニーズ、セントマロリー……」

「もういいよ」ギャラガーは弱々しくさえぎった。「時代を代表するそうそうたる専門家たちばかりだ！　彼らの知力と知識がキャントレルの脳に伝達されたのか！　でも、どうやって彼はそのひとたちを説得したんだい？」

「巧みにいいくるめたのさ。自分の野心を悟られないようにしてな、眉つばの話をでっちあげたんだ。おまえの数学能力ものにしおったぞ。わしを経由してな」

「そうきたか」ギャラガーは渋い顔をした。「あいつ、いったいなにをめざしてるんだろう？」

「世界を征服したいんだよ」太ったリブラが悲しそうにいった。「そんなまねをさせてはいけない。世界はわれわれが征服したい」

「そこまではいかんだろうが、ろくでもないことを考えておるにちがいない。いまや、あいつはわしらと同じ知識をもっておる――自分で知力共有装置を造れるほど充分な知識を。一時間以内に、ヨーロッパに飛ぶ予定だと」

「大事（おおごと）になるな」

「ああ、わかっとる。どうやら、キャントレルは悪辣（あくらつ）なやつみたいだぞ。この三日、おまえが警察に留置されたのも、あいつが手を回したせいだ」

キャントレル刑事がキッチンのドアを開け、なかをのぞきこんだ。「裏庭にまた死体があるぞ。いましがた出現した。ま、もうどうでもいいがね。おれは早々に退散する。ヴァン・デッカーからなにかいってきたか？」

「ヴァン・デッカー！」ギャラガーは息をのんだ。「まさか彼の――」

サイモン・ヴァン・デッカーは世界最高のＩＱの持ち主なのだ。

「いや、まだだ」キャントレルは微笑した。「この数日、彼に何度も連絡したんだが、なかなかつかまらなくて、今朝になってようやく本人と話ができた。彼には会えないんじゃないかと心配したがね。今夜には飛んできてくれるとさ」キャントレル刑事は時計に目をやった。

「時間を守ってくれるといいんだが。飛行機は待ってくれないからな」

「ちょっと待った」ギャラガーは前に進みでた。「あんたの計画を知りたい」

「世界を征服するつもりだ！」リブラの一匹が笛のような声をはりあげた。

キャントレル刑事はおもしろがっているような目で、リブラを見おろした。「いまのとこ、それにはあんまり興味がない。幸いに、おれには道徳心というやつが完璧に欠けているんでね、このチャンスを徹底的に有利に使う。数々の、世界を代表する偉大な頭脳——それをことごとく手に入れるのさ。おれはなにをしても成功するだろう。いいか、どんなことでもできるんだ」

「独裁者コンプレックスだな」グランパは渋い顔でいった。

「いや、いますぐというわけではない」キャントレル刑事はいった。「いずれ、そのうちに。ま、見てるがいい。いまだって、すでに超人なんだぜ」

「いや——」ギャラガーは否定しようとした。

「できないってか？　おれが熱光線銃を持ってるのを忘れるな」

「そうだな。裏庭の死体——未来のぼく——は全員、熱光線銃で撃たれて殺されている。それができるのはあんただけだ。最終的に、あんたはぼくを殺す許可を得たようなものだ」

「いますぐよりも、最終的なほうがいいんじゃないかい？」キャントレル刑事はものやわらかに訊いた。

ギャラガーは返事をしなかった。

キャントレル刑事はさらにいった。「東海岸で当代一の人々からその知力の上澄みをすくいとったんで、次はヨーロッパで同じことをする。なんだってできるんだ」

自分たちの世界征服計画が砕け散ってしまうとわかり、リブラの一匹が激しく泣きだした。

玄関のドアベルが鳴った。キャントレル刑事にあごで命じられ、グランパが玄関ドアに向かい、ずんぐりした体格の男を連れてもどってきた。高くとんがった鼻と、もじゃもじゃの赤い髭が目立つ男だ。

「やあ！」赤髭男は吠えた。「来たよ！　遅れちゃいないよね？　よかった」

「ヴァン・デッカー博士？」

「ほかの誰だと？」赤髭男はまた吠えた。「さあ、急いで急いで急いで。おれは忙しいんだよ。この実験だがね、テレヴァイザーで説明してくれたようにうまくいかなくても、喜んでつきあうよ。人間の星気(アストラル)を投影するなんて、ばかげてるが」

グランパがギャラガーを小突いて、小声でいった。「キャントレルは彼にそういう実験だといったんだ」

「はああ？　だって、そんなことはできない――」

「おちつけ」グランパは意味ありげにウィンクした。「いいかい、いまのわしは、おまえの能力を共有しておるんだぞ。んで、正しい解答を思いついた。おまえにもわかるはずだ。おまえの数学能力を使わせてもらったからな。あ、シーッ！」

それ以上ひそひそ話をつづける時間はなかった。キャントレル刑事に追いたてられ、実験室に移動せざるをえなかったからだ。ギャラガーは苦い顔でくちびるを嚙みしめ、考えこんだ。キャントレル刑事を彼の思いどおりにさせるわけにはいかない。しかし、グランパはなにやら自信満々のようすだ——すべて自分がコントロールしているといわんばかりに。

　もちろん、三匹のリブラは姿を消していた。おそらく、またクッキーを捜しているのだろう。キャントレル刑事は時計をにらみ、ヴァン・デッカーをせきたてて椅子にすわらせた。思わせぶりに片手を上着のポケットに入れたまま、ときどき、ちらっとギャラガーに目を向ける。ここに熱光線銃があるぞというサインだ。確かに、上着の布地が、熱光線銃の円筒の形にふくらんでいる。

「わしがどれほどやすやすと操作できるか、見せてやる」グランパはわざとらしいかん高い声でいいながら、長い脚をもてあますようによたよたと知力共有装置に近づき、スイッチを入れて操作しはじめた。

「慎重にな、じいさん」キャントレル刑事が緊張した声で注意する。

　ヴァン・デッカーは目を丸くした。「なにか問題でも？」

「いやいや」グランパはいった。「ミスター・キャントレルは、わしがミスするんじゃないかと心配してるんだよ。だが、ありえん。さあ、このヘルメットを——」

　グランパはヴァン・デッカーの頭にヘルメットをかぶせた。自動記録計器の針がカード式のグラフ用紙に曲線を描く。カードを束ねていたグランパの手から、ふいに、その束が落ち、膝ががくりと折れる。チャートを記したカードが四方に飛び散る。キャントレル刑事が動けるようになる前にグランパは立ちあがり、ぶつぶつ悪態をつきながら四散したチャート・カードを集めた。

集めたチャートカードがテーブルにのせられる。ギャラガーは身をのりだして、キャントレル刑事の肩越しにのぞきこんだ。ヒューッ！　これは本物だ。ヴァン・デッカーのＩＱは恐ろしいほど高い。彼の能力は——そう、とてつもないものだった。

いまのキャントレル刑事もまた、知力共有装置のことを細部まで理解している。グランパ経由で、ギャラガーの数学能力を獲得しているからだ。ヴァン・デッカーのチャートを見て、キャントレル刑事は満足そうにうなずいた。そしてヘルメットを装着して、装置に向かった。申し分ないといわんばかりに、ヴァン・デッカーにぞんざいな一瞥をくれると、自分でスイッチを入れて操作する。いくつものライトが灯り、低い音が鳴りはじめ、それが徐々に高くなっていき、やがて止んだ。

キャントレル刑事はヘルメットをぬぎ、ポケットに手をのばした。

と、グランパが無造作に片手をあげた。ぴかぴか光る小さなピストルを握っている。「動くな」

キャントレル刑事は目を細くせばめた。「そいつを捨てろ」

「いやだね。あんたはわしらを殺して、装置をこわす気だな。そうすれば、あんたは唯一無二の存在になる。だが、そうはいかない。このピストルは引き金が敏感でね。ヘアトリガーってやつだよ。キャントレル、あんたはわしの胸に焦げた穴を開けられるだろうが、同時に、あんたは死ぬ」

キャントレル刑事は考えこんだ。「で？」

「出ていけ。わしは胸に穴なんぞ開けられたくないし、あんただって腹に弾丸をくらいたくないだろ？　生きて、生かす。さあ、行っちまえ」

キャントレル刑事は低く笑った。「フェアだな、じいさん。あっぱれなもんだ。だが、忘れるなよ。おれはその装置の造りかたを知っているんだ。それに、この頭のなかには、世界最高の、多様な知識がどっさり詰まってる。おまえも同じことができるだろうが、おれ以上にはなれないだろうさ」

「なら、互角ってところだな」

「そう、互角だ。また会おうぜ。ギャラガー、裏庭にころがっていた死体のことを忘れるな」キャントレル刑事はひきつった笑みをうかべながら、あとずさりしてドアから出ていった。

生気をとりもどし、ギャラガーはとびあがった。「警察に連絡しなくちゃ！　いまのキャントレルを野放しにしておくのは、危険だ！」

「おちつけ」グランパはピストルを振りながらなだめた。「ちゃんと手を打ってある。おまえは殺人の有罪宣告を受けたかないだろ？　キャントレルが逮捕されたら――どっちみち、おれたちは告発できないがな――警察に熱光線銃がみつかる。だから、こっちのほうがいいんだよ」

「こっちって、どっちだい？」ギャラガーはグランパを問いつめた。

「オーケー、ミッキー」グランパはヴァン・デッカー博士ににやりと笑いかけた。ヴァン・デッカーは赤髭とかつらを取り、勝ち誇ったように高らかに笑った。

ギャラガーの顎ががくりと落ちる。「替え玉か！」

「そう。数日前、わしはミッキーに連絡して、やってもらいたいことを話した。ミッキーは変装してキャントレルに連絡し、ヴァン・デッカーになりすました。そして、今夜の約束をとりつけたんだよ」

「でも、あのチャートは。天才的ＩＱの数値が――」

「チャートカードを床に落っことしたときに、すりかえたのさ」グランパはいった。「前もって偽のチャートをこさえておいたんじゃよ」

ギャラガーは顔をしかめた。「だからといって、状況は変わらない。キャントレルは野放しで、あまりある知識をもっている」

「逸(はや)るんじゃないよ。わしの説明を聞くまでがまんしな」

グランパは説明した。

三時間後、テレビで速報が流れた――ローランド・キャントレルという男が、大西洋上で、アトランティック航空の飛行機から落ちた。おそらく死亡したものと思われる。

しかしギャラガーは、キャントレルが死んだ、まさにその瞬間、彼の死を知った。裏庭にあった新たな死体が消え失せたからだ。

キャントレルとともに熱光線銃が破壊されたからには、未来のどのギャラガーも、熱光線銃で撃たれて死ぬ危険がなくなった。同じものを、ギャラガーがまた造らなければ。もちろん、うっかり造ってしまわないように、万全の注意をはらうつもりだ。

タイムマシンは均衡状態がとけ、常態にもどった。なぜなのか、ギャラガーは推測してみた——マシンは、特殊なパターンに設定されていた——未来のギャラガーが、とある変数による死を遂げた場合に限定されていたのだ。特別な変数の範囲内で、あらゆる可能性をすべて網羅し、それが尽きるまで、操作を止めることができない設定になっていた。未来のギャラガーが熱光線銃で撃たれて死亡する可能性があるかぎり、彼の死体は現在に出現しつづけただろう。

それがいま、未来は劇的に変わった。もはやギャラガーは、未来の時間線に巻きこまれることはなくなった。時間線A、B、C、エトセトラ、どの時間線とも。

それにマシンは、あくまでも変化を追及しつづけるような、そんな設定はされていなかった。マシンは命じられた設定での仕事をまっとうし、いまは新しい命令を待っている。

ギャラガーはマシンを使う前に、徹底的に調べた。

時間はたっぷりある。罪体がすべてなくなってしまい、ペアスーン弁護士はしごく簡単に、この案件を破棄させることができたからだ。ただし、気の毒なのはマホーニー刑事で、なにが起こったのか真剣に推理しようとして、頭がおかしくなりかけている。そして三匹のリブラは――。

ギャラガーはリブラたちにクッキーを渡してやりながら、いったいどうすれば、このおばかな小型生物たちの感情を傷つけることなく追い払うことができるか、思い悩んでいた。

「きみたち、生涯、ここで暮らしたいかい？」ギャラガーはリブラたちに訊いた。

「いや」ふわふわ毛におおわれた肢で、クッキーのかけらを髭から払い落としながら、一匹が答えた。「けど、われわれは地球を征服したい」悲しげにいう。

「うーーーん」ギャラガーは唸った。そして買い物に出かけ、帰宅すると、買ってきたいくつもの器具や装置をテレビに取りつけた。

そのすぐあとに、通常の番組が映っていたテレビの画面が、いきなりニュース速報の画面に切り替わった。偶然にも、ちょうどそのとき、三匹のリブラはテレビを観ていた。それまでの映像が薄れて消えたかと思うと、画面いっぱいにニュースキャスターがクローズアップで映る。手に持っている原稿の束で、キャスターの顔はほとんど見えない。眉毛から上――そこだけかろうじて見える――は、なんとなくギャラガーに似ているが、ニュースに興味津々のリブラたちは、そんな些末なことには気づかない。

「緊急速報をお知らせします！」キャスターは興奮した声でいった。「重要な速報です！　視聴者のみなさんは、しばらく前に、火星から三人の高雅な訪問者があったことは、すでにごぞんじのとおりでしょう。彼らは――」

リブラたちは仰天してたがいに顔を見合わせた。一匹が笛のような声で質問しはじめたが、ほかの二匹にすぐに黙らせられた。三匹はまたニュースに聞きいった。

「――地球を征服する計画を企てていることが判明しました。喜ばしいことに、全世界がリブラたちに降伏すると決定したことを、お伝えします。無血革命が成ったのです。三人のリブラを地球の唯一の指導者として認めることを、地球人全員が合意し――」

「うひょー！」小さな歓声があがる。

「――新しい政府がすでに組閣されつつあります。彼らはいままでと異なる財政システムを用い、現在、リブラの顔を刻印したコインを製造中です。三人の指導者は、すぐにもこの状況を仲間に報告するために、火星に帰還するとのことです」

ニュースキャスターの顔（ほんの一部分だが）が画面から消え、また通常の番組が流れはじめた。しばらくすると、ギャラガーが笑みを押し殺しながら、リブラたちの前に現われた。

「これでうちに帰れる。無血――」

リブラたちは金切り声をあげて彼を迎えた。

「――革命！　世界はわれらのもの！」

リブラたちの能天気さは、信じやすいという性質をはるかに上回っている。

火星に帰らなくてはならないというリブラたちに、ギャラガーはさも残念そうな顔でうなずいてみせた。

「オーケー」ギャラガーは口にだしていった。「マシンの準備はできている。最後にクッキーを配るからね。それから、出発だ」

ギャラガーは三匹のリブラのふわふわ毛におおわれた肢を、交互に握り、礼儀正しくおじぎをして、別れのあいさつをした。三匹のリブラは、興奮しきって、耳をひくひく動かし、笛のような声でしゃべくりながら五百年後の火星に帰っていった。早く火星に帰り、仲間に冒険の数々を話したくてたまらないのだ。

火星に帰った三匹のリブラは、クーディ谷の仲間に冒険談を披露した——が、誰も、彼らのいうことを信じなかった。

キャントレルの死にはなんの反響もなかった。

ギャラガー、グランパ、ミッキーの三人は、キャントレルの死の報道のあと、数日間は不安な日々をすごしたが、自分たちが無事安泰だと確信できて、ようやくリラックスした。そして、グランパとギャラガーはへべれけに酔っぱらい、もっと気分がよくなった。

ミッキーは酒盛りには加われなかった。残念ながら、サーカスにもどらなければならなかったからだ。彼はサーカスで、一日に二回、突出した能力を披露しているのだ。

三十フィートの高みから、まんまんと水をたたえた桶めがけて、さっそうとダイブするのが、ミッキーの突出した能力だった……。

うぬぼれロボット

THE PROUD ROBOT

科学について耳学問程度の知識しかないギャラガーは、しょっちゅう、想定外の出来事を引き起こしてしまう。ギャラガー本人がしばしば口にしているとおり、彼はあてにならない天才なのだ。たとえば、ねじった針金と、バッテリー数個と、鉤形（かぎがた）の金属のボタンかけとで、なにかを造りはじめたとする。そうすると、自分でもなにを造っているかわからないうちに、新型の冷却装置を完成させてしまうことになるかもしれないのだ。

その日のギャラガーは、二日酔いをなだめようとしていた。額にぼさぼさの黒い髪を垂らし、ひょろりとした身体（からだ）に関節などないようなだらけきった姿勢で、実験室のカウチに横になり、酒供給器を使う。ちびちびと迎え酒を飲んで、二日酔いをなんとかしようとするつもりだったのだ。ぽかんと開けた口腔に、装置のノズルから、ドライなドライなマティーニの霧がゆっくりと吹きこんでくる。

ギャラガーはなにかを思い出そうとしているのだが、躍起になってというほど熱心にがんばっていたわけではない。なにを思い出そうとしているのかというと、もちろん、ロボットに関することだろう。まあいい、どうせたいしたことではない。

「おい、ジョー」ギャラガーは声をかけた。

呼びかけられたロボットは、誇らしげに鏡の前に立ち、その体内をためつすがめつしていた。外側が透明なので、内部が丸見えだ。体内の大半は大小さまざまな歯車で占められている。歯車はどれもきちんと噛（か）みあって回転している。

「わたしを呼ぶときは」ロボットのジョーはいった。「もっと小さな声で。それから、あの猫をここから追い出してください」

「おまえの耳、そんなに感度はよくないぞ」

「感度良好ですとも。猫が歩きまわる音だって聞こえるんですから、いいに決まってます」

「どんなふうに聞こえるんだい？」ギャラガーは興味を覚えた。

「太鼓が鳴ってるみたいな音です」ジョーはやりきれないという口調で答えた。「それに、あなたの声ときたら、雷鳴のようです」

ジョーの声は耳ざわりなキーキー声なので、ギャラガーはガラス工場の話を持ち出して、なにかいいかえしてやろうと思った。だがそのとき、ドアの発光パネルに影が映ったため、ギャラガーはそちらに注意を向けた。見憶（みおぼ）えのある影だ。

「ブロックだ」インターフォンが告げる。「ハリスン・ブロックだ。ドアを開けてくれ！」

「ドアにロックはかかっていませんよ」ギャラガーは身動きもせずにいった。ドアを開けて入ってきた、ぱりっとした服装の中年男をじっくりと眺め、誰だったか思い出そうとがんばってみる。

年齢は四十歳から五十歳のあいだのどこか。マッサージをほどこし、きれいに髭をあたった顔は、焦燥してやつれきっている。ギャラガーは思った――この男、知っているような気がする。だが、確かにそうだとはいいきれない。まあ、いいか。

ブロックは広くて雑然とした実験室を見まわした。ロボットに目をぱちくりさせる。椅子を捜したが、一脚もない。両手を腰にあてて体を前後に揺すりながら、カウチにへたっている科学者をにらみつけた。

「で？」ブロックはいった。

「そんなことばで会話を始めるもんじゃないよ」ギャラガーは口のなかでそうつぶやき、またマティーニの霧を口腔に吹きつけた。「今日はもう厄介ごとをかかえているんですよ。まあ、すわって、らくにしてください。あんたのうしろに発電機がある。埃まみれってほどじゃないはずですよ、ね？」

「できたのか？」ブロックはきびしい声で訊いた。「それを知りたいんだ。一週間もたっている。ポケットには一万ドルの小切手もある。小切手がほしいのか、ほしくないのか、どっちだ？」

「決まってます」ギャラガーはそろそろと大きな手をさしのばした。「ください」

「買い手危険負担。わたしはなにを買うんだ？」

「知らないんですか？」ギャラガーは心底驚いて、訊きかえした。

　ブロックはじれったそうに地団駄を踏んだ。「ああ、もう！　誰か助けてくれる者がいるとしたら、それはきみだと、みんなにいわれた。そうとも。そして、きみの知恵を借りるには覚悟がいるぞとも。きみは優秀な科学者なのか、それとも、大ばか者なのか、どっちだ！」

　ギャラガーはよく考えみた。「ちょっと待った。うん、思い出してきた。先週、あんたと話をしましたよね？」

「なんだと――」ブロックの丸い顔がピンクに染まった。「そうだとも！　きみはそのカウチにすわって酒をがぶ飲みしながら、ぶつぶつと詩をつぶやいていた。そして、〈フランキーとジョニー〉を歌った。あげくのはてに、手付け金をふんだくったじゃないか」

「じっさいのところ、酔ってたんだな。うん、ぼくはしょっちゅう酔っぱらうんです。特に休みの日は。酔うと、潜在意識が解放される。そうすると、仕事ができるようになる。うん、おかげで最高の装置(ガジェット)が造れるんだ」ギャラガーは幸福そうに話をつづけた。「そういうときは、すべてがクリアに見えている。鐘のように澄みきって。いや、鐘の音のようにというつもりだったんだ。とにかく――」そこで話がつづかなくなり、ギャラガーはくびをかしげた。

「とにかく、なんの話でしたっけ？」

「少し静かにしてくれませんか？」鏡の前から動かずに、ロボットが口をはさんだ。

　ブロックはとびあがった。

ギャラガーはひらひらと手を振った。「ジョーのことは気にしないでください。昨夜、完成したんですよ。で、ちょっと後悔してるんです」

「ロボットだな？」

「ロボットです。だけど出来が悪い。酔って造ったんだが、どうやって、また、なぜ造ったのか、さっぱり憶（おぼ）えてないんですよ。それに、あいつときたら、鏡の前に突っ立って、自画自賛してるだけ。そして歌うんです。嘆きの妖精バンシーみたいに。あんたもじきに聞けますよ」

ブロックはどうにか気持を集中して、肝心の用件に話をもっていった。「いいかね、ギャラガー、わたしは困った立場にあるんだ。きみはわたしを助けると約束した。きみに助けてもらえないと、わたしは破滅だ」

「ぼくなんか、もう何年も破滅しっぱなしですよ。だからって、気にしちゃいませんがね。生活のために仕事をし、余暇の時間でなにかを造る。いろんなモノを造る。ぼくが本気でまともに勉強をしていたら、第二のアインシュタインになっていたでしょう。みんなもそういってますよ。だけど実情は、潜在意識が最先端の科学を聞きかじった、という程度なんです。たぶん、そのおかげで、くよくよ悩んだりせずにすんでいるんでしょうね。なにしろ、酔ってるか、放心しきっているときなら、どんなに難解な問題だって解けるんですから」

「いまは酔ってるな」ブロックは非難口調で断定した。

「いい気分になってきてます。それがね、目が覚めると、なんらかの目的があって造ったらしいロボットがあり、しかも、そのロボットには造り手に帰属するという意識なんか、これっぽっちもないときている。あんたならどんな気がします？」

「そりゃあ――」

「けど、ぼくはぜんぜんそんなふうには考えないんですよ。ミスター・ブロック、あんたはたぶん、人生をたいそうに考えすぎるんです。ワインはあざけり、強い酒は激怒する。失礼。ぼくは怒ることにしますよ」ギャラガーはまたマティーニの霧を口中に吹きこんだ。

ブロックは、得体（えたい）のしれない品々が雑然とつくねてある実験室のなかを、円を描いてうろうろと歩きまわりはじめた。「きみが科学者だというのなら、神よ、科学をお救いあれ」

「ぼくは科学界のラリー・アドラーですよ。あ、彼は独学でハーモニカの名手になったミュージシャンで、確か、何百年か前のひとです。ぼくは彼に似てましてね。一度たりとも、人に教わったことがないんですよ。そもそも、ぼくの潜在意識のやつが悪ふざけが大好きときては、ぼくにはどうしようもない。そうでしょう？」

「わたしが誰だか、知っているかね？」ブロックは訊いた。

「はっきりいって、知りません。知ってなきゃいけませんか？」

ブロックの声に苦々しい響きがこもった。「たとえ一週間前のことだとしても、思い出そうとするぐらいの礼儀はわきまえるべきだろう。ハリスン・ブロック。わたしのことだ。テレビ会社ヴォクスーヴューのオーナーだ」

「だめです」いきなりロボットのジョーが口をはさんだ。「むだです、まったくむだですよ、ブロック」

「なんだと――？」

ギャラガーは弱々しくため息をもらした。「あいつが人間並みに生きてるってことを忘れてた。ええっと、ミスター・ブロック、ジョーです。ジョー、ミスター・ブロックだよ。ヴォクスーヴューの」

こちらを向いたジョーの透明な頭蓋のなかで、いくつもの歯車がきちんと嚙み合って動いているのが見える。「お会いできてうれしいですよ、ミスター・ブロック。わたしの美しい声を聞ける幸運に恵まれて、おめでとうと申しあげます」

「んんん」テレビ界の大物はことばに詰まった。「ん」

「空(くう)の空、いっさいは空である」ギャラガーはつぶやいた。「ジョーはさしずめ、クジャクだな。ジョーとやりあってもむだだ」

このつぶやきを、ロボットのジョーはまるっきり無視した。「でも、お断わりしますよ、ミスター・ブロック」ジョーはキーキー声でまくしたてた。「わたしはお金には興味がありません。わたしがあなたのテレビに出演すれば、大勢の人々が幸せになるのはまちがいのないところですが、名声など、わたしにはなんの意味もないんです。無意味です。わたしは美しい。それがわかっているだけで充分です」

ブロックはくちびるを噛みしめた。「おい」口調が荒っぽくなっている。「おまえに出演交渉をしにきたんじゃない。いいか？　おまえと契約するだと？　なんてずうずうしい！　ふん！　とんでもない！」

「あなたの魂胆はお見通しですよ」ジョーは冷静にいった。「あなたがわたしの美しい容姿に魅せられ、美声にうっとりしているのは、無理もありません。わたしの声は、磨けば、もっともっとすばらしいものになる素質を秘めていますからね。出演料を値切りたくて、わざとらしく、わたしをほしくないなんてフリをする必要はありませんよ。はい、さっきもいったとおり、わたしはお金に興味はありませんから」

「ええい、うるさい！」ブロックはぶちきれて、大声でわめいた。

ジョーはしれっとして、また鏡のほうを向いた。「大声をださないでください」警告口調だ。「聴覚に不具合が生じてしまいます。それに、あなたは醜い。とても正視に耐えません」ロボットの透明な体内で、大小さまざまな歯車が音をたてて回り、眼窩から眼茎がにゅっと突き出てきた。茎の先にくっついている目玉を自在に動かして、ジョーは全身をくまなく眺めては、我が身を自賛した。

カウチに寝そべっているギャラガーは、声をたてずにくすくす笑った。「ジョーにはこっちの神経を逆なでして立腹させる、みごとな能力があります。それはもうわかってるんですよ。ほかにもいくつか、おかしなセンスをもたせてしまったのは、まちがいない。一時間ほど前、ジョーのやつ、あのばか頭をふっとばしそうなほど激しく笑いころげていたんですよ。こっちには、笑いころげる理由なんか、見当もつかなかった。そのときぼくは、軽食をとっていたんです。十分後、自分が放り捨てたリンゴの芯で足をすべらせて、どんと尻もちをついてしまった。そのさまを、ジョーはじっと見てましてね。こうほざいたんですよ――いまのは、可能性の論理です。原因と結果。あなたがリンゴの芯を捨てること、郵便物を取ろうとすること、そのときにリンゴの芯を踏んづけてしまうこと、わたしにはすべてわかっていました、とね。

白の女王ってところだな。ほら、『鏡の国のアリス』に出てくる女王ですよ。記憶力がお粗末だと、起こったことしか記憶できず、起こるであろうことは記憶できないってやつです」

ギャラガーがブロックにすわるようにすすめた発電機は二基あり、大きなほうは〈モンストロ〉という名前で、ギャラガーが貯金箱代わりに使っている。小さいほうには〈バブルズ〉という名前をつけている。その小さなほうに、ブロックは腰をおろし、深いため息をついた。「ロボットなんかめずらしくない」

「そのとおり。ぼくは歯車がきらいなんだ。どういうわけか劣等感を覚えてしまう。なのにどうして、あいつを造ってしまったのか、理由を知りたいもんですよ」ギャラガーもため息をついた。「ああ、そうだ、一杯飲りますか？」

「いや、いらん。いいかね、一週間前、わたしは仕事をたのみにここに来た。わたしの問題を解決してもらいたいと依頼したのに、あろうことか、きみは一週間かけてロボットを造ったというのか」

「条件つきで、という話じゃありませんでしたか？」ギャラガーが訊きかえした。「そういったような気がする」

「条件つきで」ブロックは満足げにくりかえした。「条件、期限つきで、一万ドル」

「なら、なんだってとっとと金をくれて、あのロボットを連れていかないんです？　お買い得ですよ。番組に出演させてやんなさい」

「きみが解答を出すまでは、新しい番組は一本も作らんよ」ブロックはきびしい口調でいった。「そのことはちゃんと話したじゃないか」

「ずっと飲んでるもんでねえ。スポンジでぬぐったみたいに、きれいに記憶が消えちまって、なんにも憶えてないんですよ。あかんぼう同然。じきに酔っぱらったあかんぼうになりますがね。ところで、もしよかったら、もういっぺん、問題を説明してもらえ――」

　ブロックは怒りのあまりわめきたくなったが、それをぐっと堪え、本棚からひょいと雑誌を一冊抜きだし、ポケットから尖筆型万年筆を取りだした。「いいかね、わたしは優先株を二十八パーセント所有しているが、額面以下だと――」雑誌に数字を書きつける。

「その雑誌の隣にあった、中世のふたつ折り版の本に書きつけたりしていたら、かなり高いものにつきましたよ」ギャラガーはものうげにいった。「あんたはテーブルクロスにメモを書きつけるタイプだな。そうでしょ？　さあ、株や金の話は忘れて。本題に入って。ペテンにかけようとしてるのは、誰なんです？」

「むだです」鏡の前のロボットがいった。「契約書にはサインしません。なんなら世間のみんなが押しかけてきて、わたしを賞賛してもかまいませんが、わたしの前では大声を出さないでほしいものです」

「ああ、もう、頭がへんになりそうだ」ブロックは正気を保つのに必死だ。「いいかね、ギャラガー、一週間前にいっさいがっさい、ちゃんと話したんだが――」

「そのとき、ジョーはいませんでした。今日はジョーに聞かせるつもりで話してください」

「んんん、わかった。きみだって、ヴォクス－ヴューのことは聞いたことがあるだろう？」

「もちろん。業界で最大の、かつ、最高のテレビ会社でしょう？　ライバルといえば、ソナトーンですか」

「そのソナトーンに息の音を止められそうなんだ」

ギャラガーはけげんな顔をした。「どういうことか、わからないなあ。あんたのとこは最高のものを提供してるはずだ。立体カラー映像、たゆみない改良、トップクラスの俳優、ミュージシャン、歌手――」

「むだですよ」ロボットが口をはさむ。「わたしは嫌です」

「ジョー、黙ってろ。ミスター・ブロック、あんたの会社は業界一じゃないですか。たいしたもんだ。それに、ビジネスもかなり良心的だと聞いてます。ソナトーンはどんな手を使って喰(く)いこんできたんですか？」

ブロックはどうしようもないというように両手をあげた。「裏の手口だよ。闇劇場というやつだ。どうにも阻止できない。裏で牛耳っているのがソナトーンだ。こっちが摘発してもらおうとしても、警察はのらくらといいのがれをするだけなんだ」

「闇劇場？」ギャラガーはかすかに眉根を寄せた。「聞いたことがある――」

「話はずっと前にさかのぼる。むかしなつかしい音声映画(サウンドフィルム)の時代に。家庭にテレビが普及して、映画業界も、大きな劇場や映画館も、大打撃を受けた。誰もが大勢の観客とともにスクリーンを観るという状況から解放されたんだ。テレビは大受けに受けた。自宅で安楽椅子にすわってビールを飲みながら、映画やショウを楽しむほうが快適だからな。テレビは金持専用の贅沢品(ぜいたくひん)ではなくなった。メーターシステムのおかげで、中流家庭で充分にまかなえる価格になったんだ。それぐらい、誰でも知っている」

「ぼくは知らない」ギャラガーはいった。「ぼくはこの実験室の外の出来事には、とんと興味がないんですよ。知る必要がないかぎりは。ぼくに必要なのは、酒と淘汰(とうた)された意識。それ以外、直接関係のないことはすべて無視します。くわしく説明してくれれば、ぼくにも全体像が見えてくるでしょう。同じ話を聞かされてもいっこうにかまいません。で、メーターシステムって、なんです？」

「受像機の無料取りつけシステムだ。受像機を売るのではなく、レンタルするシステム。視聴者は何時間テレビを観たかによって、メーター表示の分だけ金を払えばいい。こちらは連続ドラマ、舞台中継、ケーブルテープの映画、オペラ、オーケストラ演奏、歌、ヴォードヴィル等々、あらゆる番組を流している。テレビ視聴時間が増えれば増えるほど、それに見合った料金を払うわけだ。月に一度、検針員が各家庭を回り、メーターを調べる。じつにフェアなシステムだ。つまり、誰もがヴォクスーヴュ一の番組を観ることができる。ソナトーンや他の会社も同じシステムだが、そのなかでもダントツで、ソナトーンがうちのライバルだ。少なくとも、悪辣(あくらつ)という点では最大級の会社だ。ほかはどこも、まあ、小者といっていい。だが、小者だからといって、わたしは踏みつけにしたりはしない。だから、シラミ呼ばわりされたこともない」ブロックは険悪な口調でいった。

「それで？」

「それで、ソナトーンは視聴者アピールにのりだした。つい最近まで、それは不可能だったんだ。つまり、立体映像をテレビの大きなスクリーンに流すと、どうしても走査線が歪んで画像が流れたり、ミラージュエフェクトのせいで二重映しになったりしてしまう。そのために、家庭用の受像機は三かける四というサイズが普及していた。結果は上々。ところが、ソナトーンは全国のゴースト劇場をどんどん買いあさり――」

「ゴースト劇場ってなんですか？」

「いいか、音声映画が斜陽になる前、その業界は無敵(ビッグ)だと思われていた。ビッグ――わかるね？　ラジオ・シティ・ミュージックホールって、聞いたことがあるだろう？　ところが、業界はビッグではなかったんだ！　テレビが参入してきて、激烈な競争が始まった。テレビに対抗して、劇場はより大きく、より豪華になった。まるで宮殿のようになっていった。ところが、テレビが普及すると、人々は劇場に足を運ばなくなった。とはいえ、劇場を取りこわすには、コストがかかりすぎる。かくして、劇場はゴースト化していった。わかるね？　大きな劇場も小さな劇場もおしなべてそうなった。それで、なんとか刷新しようと、ソナトーンが劇場でテレビ番組を流しはじめたんだよ。視聴者アピールというのは、たいした要因になったんだ。劇場側はソナトーンに大金を支払わなければならないが、大勢の観客を取りこめる。大型スクリーンできれいな画面が観られるという、目新しいものへの好奇心と、群集心理のなせるわざだな」

　ギャラガーは目を閉じた。「あんたはなぜ、同じことをしないんです？」

「特許権だ」ブロックはあっさりいった。「さっきいったように、つい最近まで、立体テレビ画像を大型スクリーンに映すのは無理だった。十年前、ソナトーンはいかなる拡大改良もうちと共同でおこなうという契約に同意した。だが、むこうはその契約から逸脱した。契約書は偽造だと主張し、法廷はその主張を認めた。つまり、契約は無効になったんだ——法的に。いずれにしても、ソナトーンの技術者たちは、立体テレビ映像を大型スクリーンに映す方法をものにしたんだ。そして特許を取った。そのアイディアの応用を広範囲にカバーできる、二十七もの特許をな。うちの技術者たちは昼も夜も研究に励み、特許権侵害にならない方法を考案しようとしたが、どんな方法もすべて、ソナトーンに独占されている。ソナトーンはそのシステムをマグナと呼んでいる。そのマグナシステムはどのテレビ受像機でも利用できるが、やつらときたら、ソナトーンの受像機にしか使用を許可していないんだ。わかるか？」

「倫理にもとる。が、違法ではない」ギャラガーはうなずいた。「それなら、おたくも顧客たちに、料金以上のものを与えてやればいい。みんな、いい番組を観たいと思っているはずですよ。画面のサイズは関係ないでしょう」

「そのとおり！」ブロックは勢いこんだ。「だが、それだけではだめなんだ。ニューステープはA・Aの話題ばかり流している。A・Aというのは、視聴者（オーディエンス）アピールの略語だがね。それで群集心理が生じる。そう、視聴者がいい番組を観たいと思っているという、きみの指摘は正しい。だが、きみだって、スコッチウィスキーのボトルが二クレジットで手に入るとしたら、四クレジットのボトルを買うかね？」

「ボトルの中身の質によりますね。で、なにが起こってるんです？」

「闇劇場だよ。全国各地でそれがオープンしている。ソナトーンが特許を取ったマグナシステムを使って、大型スクリーンでヴォクスーヴュー作品を上映しているんだ。入館料は安い。自宅のテレビでヴォクスーヴュー番組を観て視聴料を払うより、ずっと安いんだ。それが視聴者たちにアピールした——ちょっとした違法行為をしているというスリル感というやつだ。顧客たちは自宅のテレビでヴォクスーヴュー作品を観なくなった。理由は明白。闇劇場に行けばいいからだ」

「そりゃ違法ですね」ギャラガーは考えこんだ。

「禁酒法時代のもぐり酒場（スピークイージー）もそうだった。防衛手段、それが問題なんだ。それにつきる。裁判にもちこんでもむだだ。もうやってみたがね。いま、うちは赤字だ。いずれ破産するだろう。ヴォクスーヴューの受像機のレンタル料を下げることはできない。いまでさえ名目だけの価格なんだ。数をこなして利益をあげていたのに、いまは利益なんかありゃあしない。闇劇場に関していえば、黒幕がいるのはわかりきっている」

「ソナトーン？」

「そのとおり。やつらは匿名のパートナーなんだ。闇劇場のあがりをかすめて大儲（おおもう）けしている。やつらの狙いは、うちを閉め出して、業界を独占することだ。独占してしまえば、あとはジャンクな作品ばかり流せばいいし、アーティストたちのギャラもうんと値切れる。わたしはちがう。うちのスタッフには仕事に見合うだけの金を払っている——高給をね」

「それなのに、ぼくには一万ドルぽっきりですか。そりゃあないな」ギャラガーは愚痴っぽくいった。

「ほんの手付けだよ」ブロックは急いでいった。「きみの言い値を聞こうじゃないか」そういってから、また急いでつけくわえる。「ただし、正当な額にかぎる」

「そうしましょう。ところでぼくは、一週間前に、その仕事を引き受けるっていったんですか?」

「いった」

「なら、問題を解決するアイディアを思いついていたにちがいないな」ギャラガーは考えこんだ。「えーっと、そのとき、ぼくはなにか特別なことをいいましたか?」

「大理石の板がどうのこうのとしゃべりつづけていた……んんーん、それから、恋人がどうとか」

「それで歌ったんだ」ギャラガーはもったいぶった口調で説明した。「〈セント・ジェームズ病院〉を。歌うと神経が安まるんですよ。神は、ぼくにはときどきそれが必要だとお思いになるようだ――音楽と酒がね。ワイン商人はなぜワインを売り――」

「は?」

「――極上のワインの半分も価値のないものを購うのだろう。ままよ。それもまた良し。オマル・ハイヤームの詩『ルバイヤート』の引用ですよ。ちょっとぼく流に変えてますが。いや、べつに意味はありません。ところで、おたくのスタッフは優秀ですか？」

「最高だ。給料も最高だ」

「だけど、ソナトーンのマグナ特許を侵害せずにすむ、画面拡大方法は思いつけない？」

「早い話がそういうことだ」

「ちょっと調べてみる必要があるな」ギャラガーは哀しそうにいった。「調べるのは大嫌いだけど。しかし、部分の合計は全体に等しい――この意味、わかります？　ぼくにはさっぱりわからない。ぼくはことばが苦手でね。ことばを口に出していったあとで、その意味を考えるんです。ま、芝居を観るよりはましか」ギャラガーはそこで唐突に話を打ち切った。

「頭痛がしてきた。話してばっかりで、酒が足りない。えーっと、ここはどこだ？」

「狂人の館みたいなところだ」ブロックはギャラガーに教えてやった。「きみがわたしの最後のたのみの綱にならないのなら――」

「むだです」ロボットがキーキー声でいった。「ブロック、契約書はひっちゃぶいたほうがよろしい。わたしはサインしませんからね。名声など、わたしには無用のものです――まったく意味がない」

「ジョー、黙らないと」ギャラガーが警告する。「おまえの耳もとで、大声でわめくぞ」

「いいですよ！」ロボットは金切り声をはりあげた。「いじめるといい！　あなたがいじわるをすればするほど、わたしの神経組織は早くいかれてしまう。そして、わたしは死んでしまいます。かまいませんよ。わたしには、自己保存本能が備わっていませんからね。好きなだけいじめるといい。ええ、かまいませんとも」

一瞬、間をおいてから、ギャラガーはいった。「あいつは正しい。わかりますか？　脅迫や威嚇に対抗するには、あれが唯一の論理的方法なんですよ。終わるのは、早ければ早いほどいい。なににしろ、ジョーには徐々に慣れるという機能はないんです。それがなんであれ、あいつにとって本物の苦痛は、すなわち破壊を意味します。そして、あいつはそれでかまわないんだ」

「わたしはかまうぞ」ブロックは反論した。「わたしが知りたいのは――」

「ええ、わかってますよ。そうですね、ちょいと外をぶらついたら、なにかいいアイディアが浮かぶかもしれない。あんたのスタジオに入れてもらえますか？」

「パスをあげよう」ブロックは名刺の裏になにやら書きつけた。「それじゃ、すぐに取りかかってくれるんだな？」

「もちろん」ギャラガーはぬけぬけと嘘をついた。「あんたは帰って、気をらくにしているといい。冷静になることです。なにごとも抑制がかんじん。すぐにでも、ぼくがあんたの悩みを解決してあげますよ。でなきゃ――」

「でなきゃ？」

「でなきゃ、解決できないか」ギャラガーはのほほんとそういって、カウチのそばにある酒供給器のコントロールパネルのボタンに指を走らせた。「マティーニにはもう飽きたなぁ。ロボットを造ろうとしていたのなら、どうしてバーテンダー・ロボットにしなかったんだろう？　パネルで選んだり、ボタンを押したりするのだって、めんどうくさいのに。いやいや、ミスター・ブロック、ちゃんと仕事をしますよ。いまの繰り言は忘れてください」

テレビ界の大物はためらった。「いいかね、きみはわたしの最後のたのみの綱なんだ。いうまでもないが、なにかわたしに手伝えることがあれば――」

「ブロンド美人」ギャラガーはつぶやいた。「おたくのゴージャスそのもののスター、シルバー・オキーフ。彼女をどんどん出演させてください。それだけでけっこう」

「さよなら、ブロック」ロボットがキーキー声でいった。「契約合意にいたらなくて、あいにくでしたね。でも、少なくとも、あなたはわたしの美貌を目にするだけではなく、美声も聞けたんですから、めったにない幸運をつかんだわけです。わたしがどれほど美しいか、あまりひとにには吹聴しないように。わたし見たさに、我も我もと押しかけてこられては困りますから。けたたましいのはまっぴらです」

「ジョーと話をして初めて、教条主義がどういうものか、よくわかったんじゃないですか？」ギャラガーはブロックにいった。「それじゃあ、あとでお会いしましょう。ブロンド美人のこと、お忘れなく」

ブロックのくちびるがふるふると震えた。なにかいおうと、ことばを探してみたものの、ぴったりのことばがみつからず、ついにあきらめて、ドアに向かった。

「さよなら、醜いおかた」ジョーがブロックの背中に声を投げる。

ドアがばたんと激しい音をたてて閉まり、ギャラガーは顔をしかめた。もっとも、その音はギャラガーの耳よりも、ロボットの高感度の聴覚を強く刺激したことだろう。

「おまえ、なんだってあんなことをいったんだ？」ジョーをたしなめる。「あの男、卒中を起こしそうになってたじゃないか」

「あの男自身、自分が美しいなんて思っちゃいませんよ」ジョーは断言した。

「美は見る者の目に宿れり」

「あなたって、ほんとにおばかさんですね。あなたも醜いですよ」

「そういうおまえは、ガラクタ同然の歯車にピストン、はめば歯車の寄せ集めじゃないか。ウォーム歯車もまぎれこんでるぞ」当然ながら、ギャラガーはロボット本体のメカニズムを熟知している。

「わたしは美しい」ジョーは鏡のなかの自分をうっとりみつめた。

「おまえにはそう見えるんだろう。それにしても、なんだって、おまえを透明にしちまったのかな？」

「みんながわたしを賞賛できるように、でしょうね。もちろん、わたしにはX線視力が備わってますがね」

「おまけに、頭のなかに歯車を入れちまった。どうして放射性原子脳を腹のなかに入れなかったんだ？　安全確保のためかなぁ？」

　ジョーはなにもいわなかった。気が狂いそうなキーキー声でハミングしている。神経を逆なでする金属声。

　しばらくのあいだ、ギャラガーはジンリッキーを供給して活力を注入し、ロボットの歌声に耐えた。

「もっとちゃんと歌え！」ついにギャラガーはがまんできなくなった。「おまえの歌声ときたら、ガタのきた旧式の地下鉄がカーブを曲がってるみたいだ」

「それは単なる嫉妬ですよ」ジョーはいいかえしたが、すなおにトーンをあげ、超音波ピッチで歌いだした。おかげで、三十秒ほど静寂がつづいた。と、近隣一帯の犬たちがいっせいに吠えだした。

　ギャラガーはひょろながい体を、ものうげにカウチから起こした。出かけたほうがよさそうだ。この実験室では、平穏など望むべくもない。そこいらじゅうに自我を撒き散らしている、生きたガラクタの山といっしょでは、とうてい平穏など得られない。

　いきなり、ジョーが調子っぱずれの声でげらげら笑いだした。

　ギャラガーは顔をしかめた。「今度はなんだ？」

「いまにわかります」

またしても可能性に裏づけられた因果の論理。このロボットにX線視力や透視能力はもちろん、いくつも摩訶不思議な感覚がそなわっているのは、まちがいない。ギャラガーはそっと悪態をつくと、見る影もないほど形のくずれた帽子をみつけて頭にのせ、ドアに向かった。ドアを開けたとたん、ちんちくりんの、太った男が勢いよくとびこんできて、したたかにギャラガーの腹にぶつかった。

「ゲホッ！　あのまぬけ野郎のユーモア感覚ときたら、じつに陳腐きわまりない。やあ、ミスター・ケニコット。いらっしゃい。悪いけど、飲み物はおすすめできないんですよ」

ケニコットの浅黒い顔が、険悪にゆがんだ。「飲み物なんざ、欲しかねえ。欲しいのはおれの金だ。さあ、よこしな。どうなった？」

ギャラガーは考えこんで空をにらんだ。「じつをいうと、小切手をもらいにいこうとしてたところなんですよ」

「おれはてめえにダイヤモンドを数個売った。てめえはそれでなんかが造れるといった。で、おれに小切手をよこした。どん、どん、どんと不渡りのやつをな。どうなってんだ？」

「申しわけない」ギャラガーは消えいりそうな声でいった。「ぼくは銀行残高をチェックしたことがないいんだ」

ケニコットはドア敷居の上で、いまにもぽんぽん跳びはねそうな勢いでいった。「さあ、おれのダイヤを返してくんな」

「それがねえ、もう実験に使ってしまったんだ。どんな実験だったかは忘れた。ミスター・ケニコット、あんたからダイヤを買ったとき、ぼくは酔ってなかったかい？」

「酔ってた」小男はうなずいた。「ワインでべろべろに酔ってた。だから、なんだ？　もう待てねえ。さんざんっぱら待ってやったんだ。いますぐ金を払え。さもなきゃ――」

「とっとと帰れ、薄汚い野郎め」実験室のなかからジョーのキーキー声が飛んできた。「おぞましい！」

ギャラガーはあわてて肩でケニコットを通りに押しだし、ドアを閉めた。「いまのはオウムだよ。じきにくびをひねってやるつもりだ。さてと、金のことなんだが。あんたに借りがあるのはまちがいない。ちょうどいま、大きな仕事を引き受けたとこなんで、その報酬を受けとりしだい、あんたに金を払うよ」

「ぬかしやがれ！　大きな仕事だと？　でっかい会社の技術者さまになったってか？　なら、前借りしな」

「してる」ギャラガーはため息をついた。「半年先の分まで前借りしてるんだ。よし、こうなったら、二、三日内になんとかかつごうをつけて、あんたに金を払うよ。たぶん、クライアントから前金をもらえるだろう。それでいいかい？」

「んにゃ」

「んにゃ？」

「ああ、もう、こんちくしょう。よし、一日だけ待ってやる。せいぜい二日だ。それで充分だろ。てめえは金をもらってくる。よっしゃ。もしだめなら、いいともさ、てめえはムショ行きだ」

「二日あれば、充分だよ」ギャラガーはほっとした。「ところで、ちょっと教えてほしいんだが、このあたりに闇劇場はあるかい？」

「遊んでねえで仕事したほうがいいぜ」

「それが仕事なんだ。実地調査ってやつでね。闇劇場をみつけるには、どうすればいい？」

「簡単だ。街を歩いてりゃ、ドアん前に野郎が立ってるのが目につく。そいつがチケットを売ってるんだ。どこにだってあらあな。そこいらじゅうにな」

「ふうん、すごいね」ギャラガーはじゃあまたといって、ケニコットと別れた。

ギャラガーは考えた——それにしても、なぜ、ケニコットからダイヤを買ったのだろうか？　ギャラガーの潜在意識には、どうしてもダイヤが必要だったのだろう。彼の潜在意識は、とにかく非凡なのだ。論理の原則は確固としているが、その論理はギャラガーの知覚意識とは完全にかけ離れている。にもかかわらず、往々にして驚くほどいい結果を生じ、それにはつねに仰天させられる。それが科学を知らない——耳学問でかじっただけの——科学者の最悪の問題なのだ。

実験室のレトルトのなかに、ダイヤの粉が残っている。潜在意識の命じるままにおこなった、不満足な実験の名残（なごり）だ。それに、ケニコットからダイヤを買ったという記憶もかすかにある。では、ダイヤはどうなった？　さてはて？　もしかすると——ああ、そうか。ジョーに使ったのだ。ベアリングやなにかに。いまとなっては、ロボットを解体してもむだだろう。ダイヤはどれも研磨されて小さくなっているからだ。それにしても、実質的に同じことなら、工業用ダイヤを使えばすむのに、第一級のブルーホワイト・ダイヤを使ったとは、いったいどういう魔がさしたのだろう？

　ギャラガーの潜在意識は、最高級品だからいいという判断はしない。営利本能とは無縁なのだ。価格システムや基本的な経済原則など、まるっきり理解できていないからだ。

　古代ギリシアの哲学者ディオゲネスが真理を求めて歩きまわっていたがごとく、ギャラガーもまた街をうろついた。もう夕方で、頭上ではネオンサインがまたたき、暗がりに青白い光条が映えている。マンハッタンの摩天楼（まてんろう）の上空には、空中看板がきらめいている。さまざまな高度で自在に飛びまわるエアタクシーが、エレベーター発着点で客を乗せようと停車している。ハイホー！

　街なかで、ギャラガーはきょろきょろとドアを捜した——前に〝野郎〟が立っているドアを。ようやくそれらしいのをみつけたが、その男が売っているのはハガキだった。ギャラガーはハガキを断り、燃料を補給する必要を覚えていちばん近くのバーに向かった。移動（モービル）

バーで、ありきたりのカクテルしかない、コニーアイランド遊園地ばりの俗悪な造作の店だ。ギャラガーはためらったが、ちょうど回ってきた椅子をつかんで腰かけ、できるかぎりリラックスした。ジンリッキーを三杯たのむ。たてつづけにグラスを空けたあと、バーテンダーを呼んで、闇劇場のことを訊いた。

「ああ、ありますよ」バーテンダーはエプロンのポケットからチケットの束を取りだした。

「何枚？」

「一枚。どこに行けばいい？」

「二丁目二十八番地。この通りでさあ。トニーを捜すといい」

「ありがとう」ギャラガーはとんでもない額のチケット料金を払い、這うようにして回る椅子から離れ、ふらふらと揺れながら出入り口に向かった。移動バーは進歩的だが、ギャラガーにはとうてい感心できないしろものだ。一杯飲るなら、静止した環境で酒を飲みたい。最終的には、酔っぱらって千鳥足になるにしろ。

闇劇場のドアは階段を降りたところにあった。ドアには格子パネルがはまっている。ギャラガーがノックすると、監視用とおぼしいパネルが明るくなったが、こちらからはドアマンが見えない。一方回路のスクリーンだ。

「トニーはいるかい？」ギャラガーは訊いた。

ドアが開き、疲れた顔の男が現われた。やせた肢体を少しでも太めに見せたいらしく、だぶだぶの服を着ているが、かえって、貧弱さが目立つ。「チケットは持ってるかい？　見せてくれ。オーケー、にいさん。まっすぐ進みな。上映中だ。酒なら左手のバーで」

廊下の奥の防音カーテンを押しわけると、目の前に、昔の劇場のロビーらしき空間が広がった。いまはむかし、一九八〇年ごろ、プラスチックが大いにもてはやされた時代の造りだ。ギャラガーはバーの場所をにおいで嗅ぎあて、べらぼうに高い安酒を飲んで景気をつけてから、場内に入った。ほぼ満席だ。大型スクリーン（これがマグナらしい）では、画面いっぱいに、宇宙船に乗りこもうとしている人々が映っている。冒険映画かニュース映像のどちらかだ。

闇劇場に足を運ぶ観客を魅了しているのは、違法行為のスリル感だけだろう。場内にはいやな臭いがたちこめている。設備に金をかけていないのは確かだ。案内係もいない。しかし、法にそむいていることはまちがいない。だからこそ人気を博しているのだ。ギャラガーは注意深く大きな画面をみつめた。画面にぶれはないし、ミラージュエフェクトで二重にだぶって見えることもない。無許可のヴォクスーヴュー受像機に、マグナ拡大装置が取りつけられているのだ。ブロックお抱えの大スターのひとりが、闇劇場の後援者たちの利益のために、感動的な演技をくりひろげている。要するに、これはハイジャックだ。そう、つまりはそういうことだ。

しばらくして、ギャラガーは通路側の座席に制服警官がすわっているのに気づき、皮肉な笑みを浮かべて外に出た。おまわりが入館料を払うことなどありえない。体制なんてそんなものだ。

　通りの二ブロックほど先に、まばゆいばかりにライトアップされた〈ソナトーン・ビジュー〉の看板がある。ソナトーン経営の合法的な劇場で、料金も相応に高い。ギャラガーはあっさりと乏しい持ち金をはたいて、いい席を買った。興味深く比較検討して、ビジュー劇場と闇劇場のマグナシステムは同じものだと結論づけた。両者とも映像は完璧だ。テレビ画面を拡大するという困難な仕事を、きっちりやりとげている。

　それにしても、ビジュー劇場の内部は豪華絢爛（けんらん）な造りだった。きらびやかな衣服をまとった案内嬢が、絨緞（じゅうたん）に頭がつくほど、うやうやしくおじぎをして迎えてくれる。バーでは、上質の酒を無料提供している。手洗いはトルコ風だ。ギャラガーは〈殿方〉と記されたドアを開けてなかに入ったが、あまりの豪華さに圧倒され、くらくらしながら出てきた。そのあと少なくとも十分間は、裕福な暮らしぶりで有名な、古代シバリス市民になった気分に浸っていられた。

　この贅沢な空間は、合法的なソナトーンの劇場に来られる富裕層の人々のためのものだ。金銭的に余裕のない人々は闇劇場に行く。流行に左右されず、自分の家でのテレビ鑑賞がいちばんという者はほとんどいないだろう。とすれば、いずれブロックが収入源を失い、業界から脱落するのは、火を見るよりも明らかだ。そのあとは、業界を乗っ取ったソナトーンが、すぐさま料金をつりあげ、全力をあげて金儲けに走るだろう。娯楽というものは、日々の暮らしに必要不可欠なものだし、人々にとって、テレビ視聴は生活の一部となって定着している。テレビに取って代わるものはない。いったんソナトーンが業界を独占すれば、人々は二流三流の作品に金を払いつづけるしかなくなる。

ギャラガーはビジュー劇場を出て、手を振ってエアタクシーを呼んだ。必要経費はブロックからもらえるはずだと楽観的に期待して、ロングアイランドのヴォクスｰヴュー・スタジオの住所を告げる。もっと詳しく調査したいという気持が強くなっていた。

ヴォクスｰヴューの東部オフィスは、北はサウンド海峡に至るまで、ロングアイランド全域を大幅に占領し、さまざまな形のビルがむやみやたらと建ちならんでいる。ギャラガーは本能的に食堂をみつけ、予防策として、またもや酒を補給した。彼の潜在意識は前途に重要な仕事がひかえていることを認識している。しかしギャラガー本人の知覚意識は、完璧に自由な身ではないというハンディキャップを負いたくないのだ。それに、トムコリンズはじつにうまかった。

一杯飲ると、ギャラガーはこれでしばらくは保つはずだと思った。いくら酒量が増えてきているとはいえ、彼はスーパーマンではない。目的を鮮明にして、主観を解放するには、これで充分だ――。

「スタジオってのは、夜間も開いてるのかい？」ギャラガーはウェイターに訊いた。

「そうです。っていうか、いくつかのスタジオは開いてます。無休プログラムなんですよ」

「食堂は満員だね」

「空港並みの混雑ですよ。お代わりは？」

ギャラガーはくびを振って断り、食堂を出た。ブロックがくれた名刺のおかげで、すんなりとゲートを通れた。その足で、大立者のオフィスに向かう。

オフィスにブロックはいないようだが、大きな声が聞こえた。かん高い女性の声だ。

ギャラガーは秘書に用件を伝えた。「少々お待ちください」秘書はテレヴァイザーの内線を使った。ほどなく、秘書がいった。「お入りになりますか？」

ギャラガーはお入りになった。オフィスのなかは、甘ったるさと実用機能と豪華さとが同時に存在していた。どの壁にもくぼみがあり、そこにずらりと立体スチール写真が並んでいる。ヴォクスーヴューの大スターばかりだ。デスクを前に、小柄なブルネット美人がすわっているが、ひどく興奮しているようだ。デスクをはさんで、怒りに燃えたブロンドの天使が立っている。その天使はシルバー・オキーフだった。

そうとわかったギャラガーはチャンスを逃さなかった。「やあ、ミス・オキーフ。氷にサインしてくれませんか？　ハイボールの氷に」

シルバーは猫のようにしなやかにふりむいて、ギャラガーを見た。「悪いけど、わたしはただの働く女よ、いまは取りこみ中だし」

ブルネット美人は喫っていた煙草を消した。「この件はあとにしましょう、シルバー。父は、このかたがお見えになったら、すぐにお会いするといってたから。こちらが優先重要事項なのよ」

「決着をつけてよね」シルバーはいった。「早々に」シルバー、退場。

閉まったドアに向かって、ギャラガーは口笛を吹いた。

「無理なのよ」ブルネットはひとりごとをいうようにつぶやいた。「契約してるんだもの。なのに、契約を破棄したがってる。こっちをやめて、ソナトーンと契約するつもりなんだわ。沈みつつある船からはネズミたちが逃げていく、ということね。シルバーは暴風雨警報を読みとって、それ以来ずっと、進路を変更しようと躍起になってる」

「はあ？」

「あら、どうぞおかけになって。煙草はいかが？　わたしはパッツィ・ブロック。ここを牛耳っているのはわたしの父なんですけど、父が癇癪を起こしそうな状況のときは、わたしが調停役を務めます。美人好きな父ですけど、トラブルにはがまんできないんです。自分に対する侮辱だととらえてしまって」

ギャラガーは椅子をみつけた。「すると、シルバーは寝返ろうとしてるんですね。ふーむ。ほかには何人ぐらい？」

「そんなに多くはありません。たいていのひとは忠実です。でも、もちろん、うちが破産ってことになったら――」パッツィは肩をすくめた。「そのひとたちも大金がほしくて、ソナトーンで働くでしょうね。あるいは、大金じゃなくても」

「ふうむ。ところで、おたくの技術者たちにお会いしたいんですが。拡大スクリーンの研究がどんなものなのか、ちょっと見てみたいんですよ。どんなアイディアがあるのか、をね」

「お好きなように。たいして役に立ちませんよ。ソナトーンの特許権をひとつも侵害せずに、テレビ画面を拡大することなんか、とうていできませんもの」

パッツィはテレヴァイザーのボタンを押して、なにやら小声でつぶやいた。すると、デスクのスロットからするすると、トールグラスがふたつ現われた。「ミスター・ギャラガー、いかがですか？」

「やあ、そいつがトムコリンズなら――」

「あなたの息のにおいでわかりました」パッツィは神秘的な口調でいった。「父からあなたのことはうかがってます。ひどく動転してましたよ。特に、あなたの新しいロボットのせいで。そのロボット、どんなものなんですか？」

「さあ、ぼくにもわからないんです」ギャラガーは途方にくれたようにいった。「いろんな能力があるみたいなんですがね――新感覚ってやつが。だけどねえ、いったいなんの役に立つのか、さっぱりわからないんですよ。鏡に映る自分にみとれて、自画自賛してるのは確かなんですが」

パッツィはうなずいた。「わたしだって、ときどきなら鏡をのぞきたいわ。でも、まずはソナトーンの件を。解決方法をみつけられると思っていらっしゃる？」

「可能性はありますよ。たぶん」

「確実ではない？」

「では、確実だといいましょう。疑う余地なく。どんなことであれ、つねに可能性はある」

「わたしにとっても、重要な問題なんです。ソナトーンのオーナーはイーリア・トーンという、最低最悪のスカンク野郎なの。どなりまくるのが得意。ジミーという息子がいるんですけどね。信じられないかもしれませんけど、ジミーは『ロミオとジュリエット』を読んだことがあるんですって」

「いい男ですか？」

「シラミ野郎よ。図体のでっかい、頑健なシラミ。わたしと結婚したがってるの」

「かのストーリーのごとく、両家は――」

「わたしにいわせてよ」パッツィがギャラガーをさえぎる。「どっちにしろ、わたしはロミオはばかだと思ってるし。ジミー・トーンと教会の祭壇に向かう通路を歩かなきゃいけないなんてことになったら、わたしは精神病院行きの片道切符を買うわ。ミスター・ギャラガー、冗談じゃないのよ。ハワイにハニームーンなんて、まっぴらごめんだわ。ジミーにはもうプロポーズされたの。あいつのプロポーズっていうのは、相手の女性をハーフネルソンで絞めあげといて、おれさまにプロポーズされるなんてラッキーなんだぞと、いいきかせるみたいなものよ」

「ほほう」ギャラガーはトムコリンズをぐいぐい飲んだ。

「特許権独占も闇劇場も、この計画はすべてジミーが企んだことよ。ぜったいにそう。もちろん、彼の父親も一枚嚙んでるけど、始めたのは、お利口さんのおぼっちゃま、ジミー・トーンだわ」

「なぜ？」

「一石二鳥を狙って。ソナトーンは業界を独占し、ジミーはわたしを独占する。あいつときたら、頭がおかしいのよ。わたしが心の底からあいつを拒否してるというのが、どうしても信じられないのね。そのうちわたしが屈服して、イエスというだろうと思いこんでいる。とんでもない、冗談じゃないわ。なにがあろうと、わたしが屈服するはずないでしょ。でも、それは私的な問題。仕事のうえで、あいつに卑劣なまねをさせるわけにはいかない。あいつの顔から、うぬぼれきった、にやにや笑いをはぎとってやりたいの」

「ほんとうに彼が嫌いなんですね？」ギャラガーは念を押した。「けど、彼がそんなやつなら、あなたを責めはしませんよ。ええ、及ばずながら、ぼくもがんばりましょう。ところで、必要経費をもらいたいんですが」

「おいくらほど？」

ギャラガーは金額を口にした。パッツィはそれよりもかなり少ない金額を小切手に記入した。ギャラガーは心外だという顔をした。

「そんな顔をなさってもだめですよ」パッツィは得たりとばかりににんまり笑った。「ミスター・ギャラガー、あなたのことは聞きおよんでいますからね。まったく当てにならないひとだって。これ以上の金額をお渡ししたら、あなたはもうどうでもよくなって、なにもかも忘れてしまうでしょう。必要な場合は、またお渡しします。でも、経費の明細書を出してくださいね」

「きみはぼくを誤解している」ギャラガーはほがらかに、くだけた口調でいった。「きみをナイトクラブに誘うための費用も入ってたんだよ。そこいらの安い酒場に連れていくわけにはいかないからね。一流店は料金も高い。もう一枚、小切手をくれたら――」

パッツィは笑った。「だめ」

「ロボットを買いたくない？」

「そんなものはほしくないわ」

「あれれ、お手上げだな」ギャラガーはため息をついた。「そうだ、それなら――」

テレヴァイザーが鳴った。スクリーンに透明な顔が映る。丸い頭のなかで、大小の歯車が音をたててせわしく動いている。

パッツィは小さく悲鳴をあげてすくみあがった。

「ジョーからだとギャラガーに伝えてください、そこの幸運なお嬢さん」キーキー声が響く。「わたしの声を聞き、顔を見たことは、一生の宝になりますよ。このさえない世界で美に触れるのは――」

ギャラガーはデスクを回ってスクリーンをのぞきこんだ。「なんてことだ。どうやってこんな現実的なことができたんだ？」

「解決すべき問題をかかえていたもので」

「ぼくがここにいると、どうしてわかった？」

「あなたを広げてみたんですよ」

「なんだって？」

「あなたを広げたら、あなたがヴォクスーヴュー・スタジオにいて、パッツィ・ブロックと会っているとわかったんです」

「広げるってどういうことだ？」ギャラガーは知りたがった。

「わたしにそなわっている感覚ですよ。あなたには、これに似たものすらありませんから、くわしく説明してもむだですね。簡単にいえば、サグラジと予知能力とが組み合わさった感覚です」

「サグラジ？」

「おや、あなたにはそれもないんですか。まあいい、時間がもったいない。わたしは早く鏡の前にもどりたいんですよ」

「いつもこんなふうな話しかたをするの？」パッツィが訊く。

「たいていは。ときどき、意味のわからないことをいう。オーケー、ジョー、問題って、なんだい？」

「もうブロックの仕事はおやめなさい。ソナトーンの仕事をするんです」

ギャラガーは深く息を吸った。「話をつづけて。だけど、おまえは狂ってる」

「わたしはケニコットが嫌いです。うるさくてたまらない。おまけにひどく醜い。あの男の波長はわたしのサグラジに障るんです」

「あいつのことは気にするな」ギャラガーはパッツィの前で、ダイヤモンド売買の話をしたくなかった。「用件を――」

「ですが、わたしにはわかっていました。ケニコットは金を取りもどすまで何度もやってくると。だから、イーリアとジェームズのトーン父子（おやこ）がここに来たんで、小切手を受けとりました」

パッツィがギャラガーの腕をぎゅっとつかんだ。「しっかりして！　ねえ、いったいなにが起こってるの？　むかしながらの裏切り？」

「ちがう。ちょっと待ってくれ。最後まで話を聞こう。ジョー、このスケスケ野郎、いったいなにをした？　どうやってトーン父子から小切手をせしめたんだ？」

「あなたのふりをしたんです」

「なるほど」ギャラガーは皮肉たっぷりに荒々しくいった。「それで説明がつくな。ぼくとおまえはふたごで、見分けがつかないほどよく似てるってか」

「催眠術をかけたんですよ。わたしをあなただと思いこませたんです」

「そんなことができるのか!?」

「はい。わたしもちょっと驚きましたがね。できるんじゃないかと思って、自分を広げてみたら、できたんです」

「うーん……ああ、そうか、そうだろうとも。ぼくだって、自分を広げてみるだろうな。それで、どうなったんだ？」

「トーン父子は、ブロックがあなたに助けを求めたと察したらしいんです。で、彼らは独占契約を申し出たんですよ。あなたは彼らのための仕事をするだけで、ほかの者の仕事は受けない、とね。大金です。わたしはあなたのふりをして、申し出をのみました。で、契約書にサインをして――いうまでもなく、あなたの筆跡で――小切手を受けとり、それをケニコットに送りました」

「全額を？」ギャラガーは弱々しい声で訊いた。「いくらだ？」

「一万二千ドルです」

「それっぽっちか？」

「いいえ、最初に十万ドル、それから、この先五年にわたって、週に二千ドル払うといいましたよ。でもわたしは、ケニコットに支払う分だけもらえればいいんです。またあいつが押しかけてきて、わたしをうるさがらせなければいいんですから。一万二千ドルぽっきりでいいといったら、トーン父子も満足してましたよ」

ギャラガーはものがいえなくなり、喉の奥でガルルとことばにならない音をたてた。

ジョーは考え深そうにうなずいた。「ですから、あなたはいまやソナトーンで働いている身だということを、お知らせしといたほうがいいと思いましてね。さあ、鏡の前にもどって、歌でもうたおう」

「待て！　ちょっと待て、ジョー。この手で、きさまの歯車という歯車をすべてひっぺがして、踏んづけてこなごなにしてやる！」

「法廷では認められないわよ」パッツィが怒りをこらえた口調でいった。

「認められますとも」ジョーは陽気に答えた。「たぶん、あなたは、わたしを見る機会に恵まれた最後のひとになるでしょう。では、わたしはこれで」スクリーンからジョーの顔が消えた。

ギャラガーは残っていたトムコリンズを一気に飲みほした。「ショックで酔いがさめちまった。ぼくはあのロボットになにを仕込んだんだろう？　ほかにどんな異常な感覚を植えつけちまったんだろう？　あいつをぼくだと思いこませる催眠術だと？　つまり、ぼくはあいつってことか？　ああ、もう、なにをいってるんだか、自分でもわからなくなってきた」

「ねえ、これってペテンじゃないの？」一瞬、間をおいてから、パッツィはぶっきらぼうにいった。「もしかすると、あなたは自分ではソナトーンの契約書にサインしていない、でも、あなたのロボットにここに連絡させて、自分はその場にいなかったことを証明する――アリバイ成立。そういうことなんじゃないの？」

「やめてくれよ。ソナトーンとの契約書にサインしたのはジョーだ。ぼくじゃない。だけど、よく考えてみよう。サインの筆跡がぼくのものと完璧に一致したら、トーン父子に催眠術をかけてジョーをぼくだと信じこませたのなら、サインしたのはぼく自身だと認める証人がいたら……当然ながら、トーン父子が証人だ。ああ、なんてこった！」

パッツィの目が細くせばまった。「うちもソナトーンと同じ金額をお支払いするわ。緊急事態ですもの。あなたは現在、ヴォクスーヴューのために仕事をしているのよね。それでいいのね」

「もちろん」ギャラガーはものほしそうに空いたグラスをみつめながら考えた。

そう、まちがいない。ぼくはヴォクスーヴューのために仕事をしている。しかし、法的見地からいうと、どこから見ても、ソナトーンと五年間の専属契約を結んでいるのだ。それも一万二千ドルの報酬を得て！　どひゃあ！　それにどういう追加条件だったっけ？　一万二千ドルプラス……プラス——。

いや、それは問題の本質ではない。たかが金だ。ぼくは肢にバンドを装着されたハトよりも、もっときつい枷をはめられている。ソナトーンが裁判で勝ったら、法の定めにしたがって、むこう五年間、彼らのために働かなくてはならない。しかも、無報酬で。なんとしてもソナトーンとの契約から逃れなくては。と同時に、ブロックの問題を解決しなければ。

ジョーのやつめ！　あのロボットが、驚くべき能力をそなえたあのロボットが、ぼくをこんな羽目に追いこんだのだ。だったら、あいつがぼくをこの窮地から救いだすべきだ。そのほうがあいつの身のためだ——でないと、あのうぬぼれロボットはばらばらになったおのれを自画自賛するしかなくなる。

「よし、こうしよう」ギャラガーはくいしばった歯のあいだから、ことばを絞りだした。「あとでジョーと話をする。パッツィ、急いで酒をもう一杯。それから技術部門のオフィスに案内してくれ。技術者たちの青写真を見たいんだ」

パッツィは疑うような目でギャラガーを見た。「いいわ。でも、わたしたちを売るようなまねをしたら——」

「ぼく自身が売られちまったんだよ。あのロボットに裏切られてね。あいつが怖いよ。ぼくを広げて、こんな羽目に追いこむとは。まあいい、トムコリンズをくれ」ギャラガーはお代わりをゆっくりと時間をかけて、しかし一気に飲みほした。

グラスを空けてから、ギャラガーはパッツィに技術部門のオフィスに案内してもらった。立体画像拡大受像機の青写真は、スキャナーを使えば難なく読みとれる。スキャナーの選択機能が煩雑な箇所を削除してくれるからだ。ギャラガーはじっくり時間をかけて図面を精査し、熟考した。ソナトーンの特許書類のコピーもそろっている。ギャラガーが見たところでは、ソナトーンの特許権は、広範囲にわたってみごとにカバーしている。抜け落ちている箇所すらない。しかし、画期的な新しい原則が使われることになれば——。

しかし、ギャラガーとて、空中からぱっと新しい原則を引っぱりだしてこられるはずはない。当然ながら、問題を完全に解決できるはずもない。たとえヴォクスーヴューがソナトーンのマグナシステムを侵害しない、新型の画像拡大装置を造ったとしても、闇劇場は営業をつづけて観客を引き寄せるだろう。視聴者（オーディエンス）アピールは、目下のところ、第一要因といえる。これを考慮にいれるべきだ。このパズルは純粋に科学の領域の問題とはいえない。しかも、人間の平等意識の問題が含まれている。

ギャラガーは必要な情報を頭のなかにたたきこみ、きちんと索引をつけて記憶の棚に収納した。こうしておけば、のちほど、ほしい情報をらくらくと引きだせる。が、ほんの一瞬、ギャラガーはとまどった。なにかが気になる。

なにが?

ソナトーンとの契約問題だ。

「トーン父子と話をしたい」ギャラガーはパッツィにいった。「どうすればいい？」

「テレヴァイザーを使えばいいわ」

ギャラガーはくびを横に振った。「心理的ハンディがある。テレヴァイザーだと、簡単に接続を切れるからね」

「それもそうね、急ぐんなら、ナイトクラブに行ってみたら？　ちょっと調べてみるわ」

パッツィが足早に行ってしまうと、スクリーンのうしろからシルバー・オキーフが現われた。「あたしって恥知らずでね、よく立ち聞きするのよ。ときどき、おもしろい話が聞けるわ。トーン父子に会いたいんなら、キャッスルクラブにいるわよ。ああ、そうだ、飲むことにかけちゃ、あたし、あなたに負けないわ」

「オーケー。きみはタクシーを呼んでくれ。ぼくはパッツィにきみと行くと話しておくよ」

「あのひと、きっと嫌がるわね。じゃあ十分以内に、食堂の外で会いましょう。その前に髭をあたってちょうだい」

オフィスにもどってみたが、パッツィはいなかったので、ギャラガーはメモを残した。そのあとサービスラウンジに行って、顔に透明な髭取りクリームを塗りたくる。そのまま二分ほど待ってから、処理タオルで顔を拭く。クリームといっしょに髭も取れる。いくぶんかさっぱりした気分で、ギャラガーはシルバー・オキーフと合流し、呼んであったエアタクシーに乗りこんだ。

　ふたりはエアタクシーの座席のクッションにもたれ、煙草をくゆらしながら、たがいに探るような目で相手をみつめた。

「それで？」ギャラガーはいった。

「ジミー・トーンは今夜、あたしとデートしたがってたの。だから、彼がどこにいるか、知ってるってわけ」

「それで？」

「これまでずっと、あちこちでいろいろ聞きまくってきたのよ。ヴォクスーヴューの社長室に外部のひとが入るなんて、めったにない、異常なことだもの。だから、そこいらじゅうで〝ギャラガーって何者？〟って、訊いてまわったわけ」

「で、なにかわかった？」

「少しばかり推測ができるぐらいにはね。ブロックがあなたを雇った。そうでしょ？　あたしにはその理由も推測できるってわけ」

「しかるに（エルゴ）、どんな？」

「あたしには、うまいぐあいに難を逃れる第二の天性がそなわってるの」シルバーは肩をすくめた。肩のすくめかたを熟知しているのは確かだ。「ヴォクスーヴューはもうだめよ。代わりにソナトーンが伸（の）してくるでしょうね。もし――」

「もし、ぼくが解決方法を考えつかなければ」

「そういうこと。だから、あたしは柵のどっち側にいればいいか知りたいのよ。で、それを教えてくれそうなのは、あなたってわけ。ね、勝ち目があるのはどっち？」

「きみはいつでも勝ち目のあるほうに賭けるのかい？　節操ってものがないのかね、抜け目のないお嬢さん。真心ってのをもちあわせてないのかい？　倫理とか良心なんて、聞いたこともない？」

シルバーは満面に笑みをたたえた。「あなたもそうでしょ？」

「いや、ぼくは聞いたことがあるよ。ふだんは酔っぱらってて、どんな意味だか考えもしないけどね。厄介なことに、ぼくの潜在意識は、道徳とか不道徳とかは問題にしないんだ。潜在意識が優勢になると、論理だけが唯一の法になるってわけさ」

シルバーは煙草をイーストリヴァーに投げ捨てた。「ねえ、どっち側につくほうが得なのか、こっそり教えてくれない？」

「真実が勝つ」ギャラガーは敬虔な口調でいった。「つねにそうなんだ。とはいえ、真実というのは変わるものなんだよ。だから、スタート地点にもどるべきだ。ようし、かわいこちゃん、きみの質問に答えよう。安泰でいたかったら、ぼくの側につくことだ」

「あなたはどっち側なの？」

「神のみぞ知る。ぼくの意識としては、ブロック側だ。だけど、潜在意識はちがうことを考えてるかもしれない。そのうちわかるよ」

シルバーはなんとなく不満そうだったが、なにもいわなかった。

エアタクシーはキャッスルクラブの屋根の上で降下し、圧縮空気で静かに着地した。クラブそのものはメロンを半分に切って逆さにしたようなドーム型の、広々とした空間だ。透明なプラットホームの上にテーブルが置いてあり、プラットホームは随意の高さにシャフトで上げることができる。ウェイターは小型のサービスリフトで飲み物を客席に届ける。どういう理由でそんなアレンジにしたのかは不明だが、少なくとも、新奇なアイディアではある。ただし、かつてはへべれけに酔った客が、プラットホームから落っこちるのもめずらしくはなかった。最近では、安全のために、透明なプラットホームの下に透明なネットが張ってある。

トーン家の父親と息子は天井に近い席に陣取り、美人をふたりはべらせて飲んでいた。シルバーに先導されて、ギャラガーはエレベーターに乗りこんだ。天に向かって上昇するエレベーターのなかで、ギャラガーはぎゅっと目をつぶった。酒がおさまっている胃が抵抗の叫びをあげている。ギャラガーはよろめき、イーリア・トーンの禿げ頭を手すりがわりにして、大物の隣にどしんと腰をおろした。うろうろとそこいらを探っていた手が、ジミー・トーンのグラスに触れる。ギャラガーは急いでグラスをつかみ、中身を飲みほした。

「なんだ、おまえは」ジミーがどなる。

「ギャラガーだよ」イーリアがいった。「それに、シルバー。うれしい驚きだね。いっしょにどうだい？」

「社交的にお酒をごいっしょするだけなら」

酒で元気をとりもどしたギャラガーは、父子をじっとみつめた。ジミーは大柄で、きれいに日焼けしている。あごのしゃくれた顔に、見くだしたような笑みを浮かべた、野暮ったいハンサム。父親は、暴君ネロと鰐とのいちばん悪いところを組み合わせたような男だ。

「お祝いをしてるのさ」ジミーがいった。「シルバー、どうしたんだ？　今夜は仕事だといってたくせに」

「ギャラガーがあんたに会いたがってたのよ。どうしてか、あたしは知らない」

イーリアの冷ややかな目がさらに冷たくなる。「ふうむ。どうしてかね？」

「ぼくがあんたとなんらかの契約を交わし、契約書にサインしたって聞いたもので」

「そうとも。ここに契約書の写真コピーがある。それがどうかしたかね？」

「ちょっと待ってください」ギャラガーは契約書を念入りに調べた。サインはまちがいなく彼の筆跡だ。あのくそったれロボットめ！

「これは偽物です」ギャラガーはいった。

ジミーが大声で笑った。「なんとね。とんでもないことを、あいにくだがね、あんた、酔ってるだろ。いいかい、あんたは立会人ふたりの目の前でサインしたんだぜ」

「じつは――」ギャラガーは思案顔でいった。「信じてもらえないと思うんですけどね、うちのロボットがあんたたちに催眠術をかけて――」

「へええ！」とジミー。

「――あんたたちにぼくだと思いこませ、ぼくの名前をサインしたんです」

イーリアは禿げ頭をつるりとなでた。「はっきりいって、ありえん。ロボットにそんなことはできん」

「うちのはできるんです」

「証明しろ。法廷で証明することだ。もちろん、できれば、の話だがな」イーリアはくすくす笑った。「証明できれば、陪審がそれを認める評決を下すかもしれんぞ」

ギャラガーの目が細くせばまった。「その手は考えてませんでしたよ。それはともかく、そちらの申し出は、最初に十万ドル、それから週に二千ドル――」

「そうだよ、あほんだら」ジミーがいう。「なのに、おまえは、一万二千ドルぽっきりでいいといったんだぜ。そして、それを受けとった。そうだな、ちょっと教えといてやろう。今後、おまえがソナトーンのためになる有益な発明品をひとつ完成するたびに、ボーナスを払ってやるよ」

ギャラガーは立ちあがった。「ぼくの潜在意識でさえ、こいつらを嫌ってる」そしてシルバーにいった。「行こう」

「あたし、もう少しここにいようかなって思ってるとこ」

「柵のことを忘れるんじゃないよ」ギャラガーはシルバーに謎めいた警告をした。「うん、きみは好きなようにするといい。ぼくは帰る」

イーリアがいった。「ギャラガー、おまえこそ、わしらのために働く身だということを忘れるんじゃないぞ。もしブロックにちょっとでも好意を見せたなんて話が聞こえてきたら、即刻、裁判所の差し止め命令をたたきつけて、息の音をとめてやる」

「ほほう、そうかい？」

トーン父子はギャラガーに一瞥（いちべつ）もくれなかった。

ギャラガーはみじめな思いでエレベーターに乗り、階下に降りた。さて、次はどうする？　ジョーだ。

十五分後、ギャラガーは自分の実験室にもどった。実験室には明かりが煌々（こうこう）とついていて、隣近所、数ブロック以内の犬たちが狂ったように吠えまくっていた。ジョーは鏡の前に立ち、超音波音声で歌をうたっていた。

「いま、でっかいハンマーを持ってくるからな」ギャラガーはジョーにいった。「祈りのことばでも唱えてろ、このできそこないのガラクタロボットめ！　本気だぞ、おまえをぶっこわしてやる！」

「いいですよ、どうぞ」ジョーはキーキー声でいった。「わたしの見るところ、あなたはわたしの美しさに嫉妬してるだけですよ」

「おまえの美しさだと！」

「ああ、あなたには美なるものがわからないんですよ。なにせ、たった六感しかないから」

「五感だ」

「六感です。わたしにはもっとあります。つまり、当然ながら、わたしの完璧なすばらしさは、わたしにしかわからないんです。もっとも、あなたにだって、わたしの美の一部なら、しかと見てとれるでしょうし、聞きとれるでしょうがね」

「おまえの声は、錆びついたブリキの自動車みたいにキーキーきしんでる」ギャラガーはどなった。

「哀れな耳ですね。わたしの聴覚感度は超良好です。もちろん、あなたはわたしの声の全音域を聞けっこない。さあ、もうわたしに話しかけないでください。わたしは歯車の動きにみとれているんですから」

「いまのうちに、はかない幸福に浸っていればいいさ。待ってろ、ハンマーを捜してくる」

「どうぞ、おやんなさい。かまいませんよ」

ギャラガーはへたへたとカウチにすわりこみ、ロボットの透明な背中をみつめた。「おまえのせいで、ぼくはひどい窮地に追いこまれてしまったんだぞ。いったいどうして、ソナトーンの契約書にサインなんかしたんだ？」

「もう説明したでしょ。ケニコットが押しかけてこないようにするためです。あのうるささには耐えられません」

「自分勝手な役立たずめ……ううう！　いいか、おまえのせいで、ぼくはのっぴきならない羽目に陥っているんだ。サインはぼくの真筆じゃないと、ぼく自身が実証しないかぎり、トーン父子はあの契約書を盾にとってぼくを拘束できるんだ。いいか、ぼくに手を貸せ。法廷で催眠術だかなんだかを使ってみせろ。おまえがぼくのふりをしたこと、それができることを、裁判官に証明するんだ」

「いやですね。なんだって、このわたしがそんなことをしなきゃならないんです？」

「なぜなら、おまえが張本人だからだ！」ギャラガーはわめいた。「おまえがけりをつけるべきだ！」

「なぜですか？」

「なぜ？　それはつまり……あーっと……うん、そうだ、それが常識的な礼儀ってものだからだ！」

「人間の価値観はロボットには通用しません。なんだってわたしが礼儀なんかを気にしなきゃならないんです？　時間をむだにするのはまっぴらごめんです。その時間を、自分の美しさを愛でることに使うほうがずっといい。わたしは永遠にこの鏡の前を離れずに――」

「勝手にほざいてろ！」ギャラガーはわめいた。「おまえを粉微塵にしてやる！」

「どうぞ。わたしはかまいません」

「かまわないって？」

「人間の自己保存本能」ロボットはいかにも軽蔑するようにいった。「あなたたち人間には必要なんでしょうね。そこまでみっともない生きものだと、絶望のあまり我と我が身を破壊してしまうのも無理からぬことですから、生きながらえるにはそういう本能が必要なんでしょうね」

「鏡を片づけちまおうかな」ギャラガーはふっとつぶやいた。

返事の代わりに、ジョーは両方の眼窩から眼茎をのばし、自在に目玉を動かしてみせた。

「わたしに鏡が必要でしょうか？　それに、わたしは自分を広げることもできるんですよ」

「それにはおよばない。もうしばらく正気でいたいんでね。いいか、ぼけ野郎、ロボットというからには、なにか専門的なことをするはずなんだ。なにか有益なことをする、という意味だぞ」

「してますよ。美こそすべて」

ギャラガーは考えに集中しようと、ぎゅっと目を閉じた。「よく聞け。ぼくがブロックのために、新しい画像拡大装置を発明する。すると、トーン父子はそれを没収する。ぼくは法的に自由な立場で、ブロックのために仕事をしなきゃならないんだ。でないと――」

「見て！」ジョーがキーキー声をはりあげた。「回ってます！　なんてきれいなんだ！」

ジョーは自分の体内の歯車が回転するさまを、うっとりと眺めた。

積もりに積もった怒りで、ギャラガーの顔面は蒼白だ。「こんちくしょう！」低い声でのしる。「ストレスに耐える方法を、なにかみつけなきゃな。よし、もう寝よう」ギャラガーは立ちあがり、悔しまぎれに、明かりをすべて消した。

「かまいませんよ」ジョーがいう。「わたしは闇のなかでも見えますから」

ギャラガーはたたきつけるようにドアを閉めた。

しずまりかえった暗闇のなかで、ジョーは自分だけに聞こえる超音波音声で歌いだした。

ギャラガーの家のキッチンでは、一面の壁を冷蔵庫が占領している。中身はほとんど酒だ。冷やしておくべき種々の酒。もちろん、まずとりあえず飲むための、外国から輸入した缶ビールもどっさり収まっている。

翌朝、まぶたをはらし、鬱々とした気分で起きだしたギャラガーは、冷蔵庫からトマトジュースを取りだして、しかめっつらでひとくち飲むと、急いでライウィスキーで口直しをした。もう一週間も酔いっぱなしなので、ビールはいらない。いつもなら、ビールから始めて、段階を追って強い酒に切り替えていくのだが。フードサービスがテーブルにぽんと、密封した朝食セットを出現させた。ギャラガーはむっつりと、血のしたたるステーキをもてあそんだ。

さて?

唯一のたのみの綱は、裁判だ。ロボットの心理メカニズムなどはほとんどわからないが、裁判官はジョーのさまざまな才能に、まちがいなく感銘を受けるだろう。法的には、ロボットの証言は認められていない。しかし、ジョーに催眠術をかける機能があることが認められれば、ソナトーンとの契約は無効となり、反古(ほご)となるだろう。

ギャラガーはテレビをつけて、ボールローリングでチャンネルを次々に変えていった。ハリスン・ブロックはまだ、政治的な手腕を発揮できる。今日は審問会が開かれる予定だ。その席でなにが起こるか、神とロボットのみが知っている。

数時間というもの、ギャラガーは考えに考えたが、いい考えは浮かばなかった。ロボットを望みどおりに動かす方法など、ひとつも思いつかなかったのだ。なぜジョーを造ったのか、その理由を思い出しさえすれば——なのに、さっぱり思い出せない。しかし——。

正午に、ギャラガーは実験室に行った。

「いいか、よく聞け、まぬけ野郎。ぼくといっしょに裁判所に行くんだ。すぐに」

「いやです」

「オーケー」ギャラガーはドアを開けた。ドアの外では、オーバーオール姿のがっしりした体格の男がふたり、ストレッチャーを用意して待機していた。「あいつを運んでくれ」ギャラガーは男たちにいった。

　ギャラガーは内心で、少しばかり不安を覚えていた。ジョーのパワーがどの程度のものなのか、まったくわからないし、潜在的能力も未知数なのだから。とはいえ、それほど大型のロボットではない。じたばたともがき、狂ったようにキーキー声をはりあげたものの、ジョーはあっさりとストレッチャーにのせられ、拘束衣を着せられた。

「やめてください！　わたしをこんな目にあわせるなんて！　放してくれ！　聞こえないいんですか？　放せったら！」

「外へ」ギャラガーは男たちにいった。

　騒々しく抵抗しているものの、ジョーはあえなく外に連れだされ、エアヴァンに積みこまれた。車内に入れられると、ジョーはとたんに静かになり、ぼんやりと空をみつめていた。ギャラガーは横たえられたロボットのそばのベンチに腰をおろす。エアヴァンが動きだし、空中に舞いあがった。

「どうだ？」

「ご勝手に」ジョーはいった。「あなたのせいで、わたしはすっかり動転してしまいました。でなきゃ、催眠術をかけることもできましたがね。いえ、できないというわけではありませんよ。あなたを犬みたいに、わんわん吠えながらそこいらじゅうを走りまわらせてやれます」

　ギャラガーは顔をしかめた。「そんなことはしないほうがいいぞ」

「しません。わたしの威厳にかかわりますからね。ここにおとなしく横たわって、自分を愛でることにします。鏡なんかいらないっていったでしょ。鏡がなくても、自分の美を広げることができますからね」

「いいか、これから裁判所に行く。そこには大勢のひとがいる。その人々の前で、おまえが催眠術をかけてみせれば、みんながおまえを絶賛するだろうな。トーン父子に催眠術をかけたみたいにやってみせればいいんだ。憶えてるだろ？」

「どれほど大勢の人々に絶賛されようと、それがなんだというんです？　わざわざ確認するまでもありません。人々がわたしを目にする——それは幸運というものです。さあ、もう、静かにしてください。あなただって、その気になれば、わたしの歯車の美しい動きが見えるでしょう？」

ギャラガーは目に憎悪をくすぶらせて、ロボットの体内で動く大小の歯車をにらみつけていた。エアヴァンが裁判所に到着したときも、ギャラガーの暗い怒りは依然としてくすぶっていた。彼の指示にしたがって、ふたりの男はジョーを裁判所のなかに運びこみ、注意深くテーブルの上に置いた。そこで短い質疑がおこなわれたあと、ロボットのジョーは証拠物件Aと認定された。

法廷は満員だった。主な関係者も顔をそろえている。イーリア・トーンとジミー・トーンの父子はいやに自信たっぷりだ。パッツィ・ブロックとハリスン・ブロックの父娘は、心配そうな表情を隠せずにいる。シルバー・オキーフは持ち前の用心深さを発揮して、ソナトーンとヴォクスーヴューの代表者たちの、ちょうど中間の席についている。首席裁判官はやかまし屋で有名なハンセンだが、ギャラガーが知っているかぎり、正直な人物だ。ともあれ、どうなるか。

　ハンセン裁判官はギャラガーにいった。「今回は、正式の手続きうんぬんは問題にしません。あなたが提出した書類は読みました。本件は、ソナトーン・テレビジョン・アミューズメント社とのあいだに交わした契約書に、あなた本人がサインしたか否かが問題の焦点となっています。そうですね？」

「はい、そのとおりです、裁判官どの」

「状況を鑑み、あなたは代理人を忌避する。そうですね？」

「はい、そのとおりです、裁判官どの」

「では、職権上（エクス・オフィキオ）の法的解釈にしたがって、のちほど、両者の要求を聞き、確認することとする。さもなければ、十日後に陪審による評決が下される」

　この新形式の非公式法廷審問会は、最近、ごく一般的になっている。時間の節約になると同時に、全員が疲労困憊（こんぱい）せずにすむ。しかも、最近頻発したスキャンダルのせいで、弁護人が世間のきびしい目にさらされているのも影響している。きびしい目というより、偏見の目というべきか。

ハンセン裁判官はトーン父子に質問したあと、ハリスン・ブロックに証人席に立つようにいった。さすがの大立物も不安そうな表情だが、てきぱきと質問に答えた。

「あなたは八日前に上訴人と契約しましたか？」

「はい。ミスター・ギャラガーはわたしのために働くと契約し――」

「文書による契約でしたか？」

「いえ。口頭でした」

考えこむような目で、ハンセン裁判官はギャラガーを見た。「そのとき、上訴人は酩酊(めいてい)していましたか？　彼はしばしばその状態にあると、本官は確信していますが」

ブロックはごくりと唾を呑(の)んだ。「アルコール検知テストはおこないませんでした。したがって、わたしにはなんとも申しあげられません」

「上訴人はあなたの目の前で、アルコール飲料をいっさい口にしませんでしたか？」

「あれがアルコール飲料かどうか、わたしにはなんとも――」

「ミスター・ギャラガーがなにか飲み物を口にしたとすれば、それはアルコール飲料です。証明終わり(Q・E・D)。かの者はかつて、ある事案で、本官のために働いてくれましたが――。それはさておき、あなたがミスター・ギャラガーとなんらかの契約を交わしたという、法的証拠はひとつもありません。一方、被上訴人であるソナトーンは、契約書を持っています。サインは真筆だと確認されています」

ハンセン裁判官は手を振ってブロックを証人席からさがらせた。「ミスター・ギャラガー、証人席へ。さて、当該契約書は、昨夜の午後八時近くにサインされたものです。しかるに、あなたはサインしなかったと主張しています」

「そうです。その時間、わたしは実験室にはいませんでした」

「どこにいましたか？」

「街に」

「それを証明できますか？」

ギャラガーは考えてみた。証明はできない。

「よろしい。被上訴人は、昨夜の午後八時ごろ、あなたは実験室にいて当該契約書にサインしたと述べています。しかし、あなたは断固としてそれを否定している。そして、証拠物件Aが催眠術を使ってあなたのふりをしたうえに、あなたの筆跡をきっちりまねてサインしたと述べています。本官が数人の専門家に問い合わせたところ、その誰もが、ロボットにそのような機能がそなわっているはずはないという所見を述べていました」

「わたしのロボットは新型なんです」

「なるほど。では、あなたのロボットに催眠術をかけてもらいましょう。あなたでも、ほかの誰でもいい、ロボットがその人物だと、本官に信じこませてください。つまり、そのロボットに能力を証明させるのです。そのロボットが任意で選んだ人物になりきったところを、本官に見せてください」

「やってみましょう」ギャラガーは証人席をさがって、拘束衣を着せられたロボットが横たわっているテーブルまで行く。ギャラガーは胸の内で、短い祈りを捧げた。

「ジョー」

「はい」

「これまでの話は聞いていたね？」

「はい」

「ハンセン裁判官に催眠術をかけてくれ」

「ほっといてください。わたしは自分を愛でているんですから」

ギャラガーは汗をかきはじめた。「いいか、なにもめんどうなことをたのんでいるわけじゃない。ちょいと――」

「聞こえません。いま、広げているところですから」ジョーの目が焦点を失い、声も遠くなった。

十分後、ハンセン裁判官はいった。「ミスター・ギャラガー」

「裁判官どの！　少し時間をください。チャンスをいただければ、このおんぼろ歯車つきのナルシストに、まちがいなくわたしの主張を証明させることができるんです」

「本法廷は不公平ではありません。あなたはいつでも、証拠品Ａが催眠術を使う能力があると証明できます。本件は再審としましょう。ただし、その間、契約は続行しています。あなたはヴォクスーヴューのためにではなく、ソナトーンのために仕事をしていることになります。これにて、本審議を終わります」

裁判官は退廷した。トーン父子は意地の悪い目つきで廷内を見まわしてから退廷した。父子といっしょに、シルバー・オキーフも出ていく。柵のどちら側に身をおくべきか、しかと見きわめたのだ。

ギャラガーはパッツィを見て、力なく肩をすくめた。「やあ——」

パッツィはゆがんだ笑みを見せた。「がんばったわね。どれぐらいたいへんなことなのか、わたしにはわからないけど——まあ、いいわ。どっちにしろ、あなたには解決できなかったかもしれないんだし」

ハリスン・ブロックが丸い顔の汗を拭きながら、よろよろと立ちあがった。「わたしは破滅だ。今日、ニューヨークで、新たに六軒の闇劇場がオープンした。頭がおかしくなりそうだ、わたしがこんな目にあういわれはない」

「わたしにジミー・トーンと結婚してほしい？」パッツィがからかうように父親に訊く。

「とんでもない！　そうだな、結婚式が終わりしだいすぐに、やつに毒を盛ると約束してくれるんなら、話は別だが。あんなスカンク野郎どもに舐められてたまるか！　なにか対抗できる方法を考えるよ」

「ギャラガーにできないのなら、おとうさまにできっこないわ。で、ミスター・ギャラガー、次はどうするの？」

「実験室にもどる」ギャラガーはいった。「イン・ウィノウ・ウェリタス。つまり、ワインのなかに真実あり、さ。この件を引き受けたとき、ぼくはへべれけに酔っていた。だから、またへべれけに酔えば、答がみつかるかもしれない。それでもみつからなかったら、ほしいというやつに、ぼくのアルコール漬けの死体を売ってくれ」

「わかった」パッツィはこっくりとうなずき、父親をうながして法廷を出ていった。

ギャラガーはため息をつき、廷吏たちにジョーをエアヴァンに積みこんでもらうと、見こみのない理論を立てることに没頭した。

一時間後、ギャラガーは実験室のカウチに寝そべって、せっせと酒を飲みながら、ロボットのジョーをにらみつけていた。ジョーは鏡の前に立ち、キーキー声で歌っている。このままでは、どんどん酒量が増すだけだ。ギャラガー本人も、生身の体が保つかどうか自信がない。しかし、解決方法を思いつくか、意識を失うか、そのどちらかの状態になるまで、とことん酒を飲みつづけると、固く心に決めている。

ギャラガーの潜在意識は答を知っている。そもそも、なぜジョーを造ったのか？　あのロボットに、ナルシシズム・コンプレックスを満足させてやるためではない。断じてそうではない！　なにか理由があったはずだ。アルコールの深みに隠れてしまった論理的な理由が。それがX要因だ。このX要因さえわかれば、ジョーをコントロールできるかもしれない。いや、ぜったいにできる。Xがマスタースイッチなのだ。現在、ロボットは、いわば、野放しの状態にある。本来なすべき仕事をするように命令されれば、ジョーに心理的バランスが生じるはず。Xはジョーを正気にする触媒なのだ。

よし、いいぞ。ギャラガーはドランブイを飲んだ。ウィスキーをベースにした強烈なリキュールだ。ウワーオ！

空の空。いっさいは空である。どうすればX要因がみつかるか？　演繹法？　帰納法？　浸透？　ドランブイの風呂にどっぷり浸かる？　ギャラガーはめまぐるしくはねまわる思考を、がっちりつかまえた。一週間前のあの夜、いったいなにがあった？

あの夜、ギャラガーはビールを飲みまくっていた。ブロックが訪ねてきた。そして帰った。ギャラガーはロボットを造りはじめた――ふうむ。ビールの酔いは格別だ。ほかの酒の酔いとはちがう。ドランブイを飲んでいる場合ではないのでは？　うん、きっとそうだ。

ギャラガーは立ちあがり、ビタミンB1で酔いを醒まし、冷蔵庫から輸入ビールの缶を何ダースも取りだした。それをカウチのそばのフロストユニットのなかに積めこむ。オープナーを使うと、天井までビールが噴きあがった。さあ、これでどうだ？

X要因。もちろん、ロボットはそれがなんなのか知っている。しかし、ジョーはいおうとしないだろう。隠しごとなどありませんとでもいうように透明な全身を鏡に映し、その内部で大小の歯車が動くさまに見入っている。

「ジョー」

「邪魔をしないでください。わたしは美にひたっているのですから」

「おまえは美しくないよ」

「美しいですとも。わたしのタルジールがうらやましいんですか？」

「タルジールってなんだ？」

「ああ、忘れてました」ジョーは残念そうにいった。「あなたはそれを感じられないんですよね？　そういえば、あなたに造られたあとで、わたしが自分でタルジールを追加したんです。とてもすてきなものですよ」

「ふううううん」ビールの空き缶がどんどん増えていく。ヨーロッパのどこかの国にあるビール会社の製品で、現在、プラスチック球体ではなく缶を使っているのは、もはやそこだけになった。ギャラガーは缶入りのビールのほうが好きだ。なんとなく風味がちがう。

いや、ジョーのことだ。なぜ自分が造られたのか、ジョーは承知している。あるいは、ギャラガーも知っているのでは？　知っているのに、潜在意識が――。

うむむ、ジョーの潜在意識はどうだろう？

ロボットに潜在意識はあるか？　ふむ、頭脳があるのだから――。

　ギャラガーはジョーに催眠剤のスコポラミンを投与することを思いついた。いや、だめだ！　では、どうすればロボットの潜在意識を解放できるか？

　催眠術。

ジョーに催眠術をかけることはできない。頭がよすぎる。

では、自己催眠は？

ギャラガーは急いでビールをがぶがぶ飲んだ。思考がクリアになってきた。ジョーは未来を読めるか？　いや、読めない。確かに予知能力的なおかしな機能があるが、それは可能性の確固たる論理と原理とによって働く。おまけに、ジョーには、アキレスの踵（かかと）ともいえる弱点がある――ナルシシズム・コンプレックスという弱点が。

　ひょっとすると――ほんとうにひょっとすると、なんとかなるかもしれない。

「ジョー、ぼくにはおまえが美しいとは思えないよ」

「あなたがどう思うかなんて、わたしが気にするとでも？　わたしは美しいし、自分でもそうだとわかる。それで充分です」

「そうだな。ぼくの感覚は限られているみたいだからな。おまえのすべての機能や能力がわかるわけじゃない。それに、いまはいつもとちがう目で見てる。酔ってるからね。ほら、潜在意識が出てきたぞ。これで、知覚意識と潜在意識の両方で、おまえを評価できる。わかるか？」

「それはあなたにとって、幸運というものです」

ギャラガーは目を閉じた。「おまえはぼくなんかよりもずっとよく、自分のことがわかるんだろうな。けど、完璧にわかるってことはないだろ？」

「なんですって？　自分のことなら、ちゃんとわかってますよ」

「完璧に理解し、評価してるのかい？」

「ええ、そうです。もちろん、そのとおり。していないとでもいうんですか？」

「知覚意識的にも潜在意識的にも、そうなのか？　おまえの潜在意識は知覚意識とはべつの感覚をもってるかもしれないぞ。あるいは、同じ感覚でも、もっと鋭敏だとか。ぼくにしたって、酔ったり、催眠術をかけられたり、ちょっとだけ潜在意識をコントロールしたりすると、ものの見かたが変わるからね」

「へえ」ロボットは考えこむように鏡のなかをみつめた。「へええ」

「おまえが酔えないのは残念至極だな」

ジョーのキーキー声がいちだんとかんだかくなった。「潜在意識ねえ……そっちでわたしの美しさを鑑賞したことはありませんね。なにか見落としているかもしれない……」

「いやいや、考えてもむだだよ。おまえは潜在意識を解放できないんだ」

「できますとも。わたしがわたしに催眠術をかければいいんです」

ギャラガーはあえて目を開けなかった。「ふうん？　効くのかな？」

「あたりまえです。いますぐやってみましょう。これまで考えてもみなかった美しさを発見できるかもしれません。自分でも意外な、よりすばらしい美しさを。では、始めます」

ジョーは眼茎をのばし、眼茎の先にくっついている目玉を向かい合わせにした。そして、双方の目の奥をのぞきこんだ。

長い沈黙。

やがてギャラガーは声をかけた。「ジョー！」

沈黙。

「ジョー！」

さらに沈黙。

と、近隣の犬たちが吠えだした。

「ぼくに聞こえる音で話せ」

「はい」ロボットのキーキー声に、夢見るような響きがこもっている。

「いま、催眠状態なのか？」

「はい」

「おまえはきれいか？」

「考えもしなかったほどきれいです」

ギャラガーはそれを聞き流した。「潜在意識は働いているか？」

「はい」

「ぼくはなぜ、おまえを造ったんだ？」

返答なし。

ギャラガーはくちびるを舐めて、もう一度試みた。「ジョー、おまえは答えなければいけない。いまはおまえの潜在意識が優位を占めている——忘れるな。さあ、ぼくはなぜ、おまえを造ったんだ？」

返答なし。

「考えろ。ぼくがおまえを造った時間帯にもどれ。そのとき、なにがあった？」

「あなたはビールを飲んでました」ジョーは消え入りそうな声でいった。「手持ちの缶切り（オープナー）が不満の種だったんですよ。それで、もっと大きくて、もっと性能のいいオープナーを造るといいだして。できあがったのが、わたしです」

ギャラガーはカウチから落ちそうになった。「なんだと？」

ロボットはギャラガーに近づくと、ビールの缶を取りあげ、驚くほど器用に缶を開けた。

ビールは噴きこぼれもしなかった。

ジョーは完璧な特大缶切りなのだ。

ギャラガーは唸（うな）るようにいった。「耳学問の科学知識の結果がこれか。ぼくは、世界じゅうでいちばん複雑なロボットを造ったんだな。単なる缶切り——」そこで絶句する。

ジョーは我に返った。「なにが起こったんです？」

ギャラガーはジョーをにらみつけた。「その缶を開けろ！」たかびしゃに命じる。

一瞬の間をおいて、ロボットは命令にしたがった。「それじゃあ、わかってしまったんですね。すると、わたしはいまや、奴隷になりさがってしまったわけですか」

「まさにそのとおり。おまえの触媒を、つまり、マスタースイッチをみつけたんだ。このスカタン、これでおまえも、せっせと本来の仕事に邁進できるというわけだ」

「いいですよ」ジョーは平然としている。「少なくとも、あなたがわたし本来の任務を必要としないときは、わたしは美しい自分を愛でることができますからね」

ギャラガーはぶつぶつ文句をいった。「おまえは特大の缶切りなんだ！　いいか。おまえを裁判所に連れていき、ハンセン裁判官に催眠術をかけるように命じるとする。おまえはその命令に従わなくてはならない。わかったな？」

「はい。わたしはもう自由じゃない。条件に縛られた身です。あなたの命令に従うという条件に。これまでわたしを縛っていたのは、たったひとつの条件でした——缶を開けるという本来の仕事をするという条件。ですから、あなたに缶を開けろと命じられるまでは、わたしは自由だった。それがいまは、あなたの命じることすべてに従わなくてはなりません」

「ヒャッホー、ありがたや。でなきゃ、一週間以内に頭がおかしくなってしまうところだった。少なくとも、ソナトーンとの契約からは逃れられる。そうすれば、ブロックの問題を解決するのにかかりきりになれる」

「ですが、もう解決してますよ」

「はあ？」

「わたしを造った時点でね。わたしを造る直前に、あなたはブロックと話をしました。で、その問題の解決方法をわたしのなかに組みこんだんです。おそらくは、潜在意識的に」

ギャラガーはビールに手をのばした。「早くいえ。どんな解決方法だ？」

「可聴下周波の超低周波。あなたはわたしを、ある超低周波音を発することができるように造りました。ブロックはその音を、不定期な間隔をおいて、彼の社のテレビ受像機に流せばいい――」

超低周波音は人間の耳には聞こえない。しかし、感知できる。初めはごくかすかな、不安らしきものを覚えるだけだが、それがつづくと、わけのわからない不安感がつのり、パニックに駆られる。が、持続性はない。しかし、それを例の視聴者ア(A)ピール(A)と組み合わせれば、その結果は必然的なものとなる。

自宅でヴォクス‐ヴュー・ユニットを使っている人々に、ほとんど影響はなかった。聴覚の問題だ。猫はぎゃあぎゃあわめき、犬は悲しげに吠えた。だが、自宅の居間でヴォクス・ヴューのスターたちが躍動する画像を観ている家族は、なんの痛痒(つうよう)も感じなかった。ひとつには、画面が規定のサイズで、画像が拡大されていないからだ。

だが、ヴォクス‐ヴューの立体画像を、大型スクリーンに拡大できるマグナシステムを取りつけて、不正にヴォクス‐ヴューの映像を流している闇劇場では――

――最初、観客はかすかに、わけのわからない不安を覚えた。徐々に不安が高まっていく。誰かが悲鳴をあげる。ドアに向かって人々が殺到する。みんな、なにかが怖いのだが、なにが怖いのかわからない。わかっているのは、とにかくここから出なければならない、ということだけだ。

ヴォクス‐ヴューが通常の番組配信のさなかに、初めて超低周波音を流したとき、全国の闇劇場で狂乱の脱出騒ぎが起こった。その理由を知っているのは、ギャラガー、ブロック父娘（おやこ）、そして、極秘の命を受けて超低周波音を流した、ヴォクス‐ヴューの数人の技術者だけだ。

一時間後、もう一度、超低周波音が流された。またも脱出騒動が起こった。

二、三週間のうちに、闇劇場は客を呼べなくなった。家庭で観るほうが安全だとばかりに、ヴォクス‐ヴューの受像機メーターシステムの徴収料がぐんぐんアップした。

誰も闇劇場に足を運ぼうとはしない。この実験は意外な結果を生み、しばらくのあいだ、人々はソナトーンの正規の劇場にも行かなくなった。条件づけが定着したのだ。

闇劇場から逃げ出した観客は、なぜパニックに駆られたのか、誰ひとりとしてその理由がわからなかった。わけのわからない恐怖はある種の要因を誘発し、荒れ狂う暴徒や閉所恐怖症などを連想させる。

ある夜、ジェーン・ウィルスンという女性（有名人ではない）が闇劇場に行った。超低周波音が流れだすと、ほかの観客たちといっしょに、必死で劇場から逃げ出した。次の夜、彼女は豪華絢爛たるソナトーン・ビジューに行った。ドラマチックな映画を観ているさいちゅうに、彼女はふとあたりを見まわし、自分がものすごい数の人々に囲まれていることに気づいた。恐ろしくなって天井を見あげると、いまにも天井に押しつぶされそうな気がしてきた。

ここから出なければ！

ジェーン・ウィルスンの悲鳴が引き金となった。観客のなかには、以前に超低周波音を聞いた者が何人もいたのだ。わけのわからない恐怖に駆られた人々が、ドアに殺到する。パニック騒動が起こったが、大事には至らなかった。というのも、劇場では火災が発生した場合にそなえて、多数の観客がすみやかに避難できるように、出入り口を大きくすることが法で定められているからだ。おかげで、けが人はいなかったが、超低周波音によって条件づけられた人々は、突然に、明白な意識に目覚めた。すなわち、大勢の観客と劇場という危険な組み合わせは避けるべきだと。単純な心理的連想なのだが——。

四カ月もすると、闇劇場は軒並み、閉鎖に追いこまれ、ソナトーンの豪華な劇場からも客足が遠のき、開店休業も同じ状態となって閉鎖された。トーン父もトーン息子も幸せではなくなった。その一方で、ヴォクスーヴューの関係者は全員、幸せだった。

ただし、ギャラガーはべつだ。ブロックから莫大な金額の小切手を受けとった彼は、ただちに、尋常とはいえないほど大量の缶ビールを購入すべく、ヨーロッパのビール会社に外電を打った。そしていま、ギャラガーはカウチに横たわり、身の不幸せを嚙みしめながら、ハイボールを飲んでいる。ロボットのジョーは例によって鏡の前に立ち、体内で動いている大小さまざまな歯車に見とれている。

「ジョー」

「はい？　なにかご用でも？」

「いや、用はない」

ジョーに用がない――それが問題なのだ。ギャラガーはポケットからくしゃくしゃになった外電テープを取りだし、もう一度、悲しそうにそれを読んだ。ヨーロッパの缶ビール工場が方針を変えてしまったのだ。外電によると、需要と供給、および顧客の要望に応えて、現在は缶ではなく、通常のプラスチック容器を使っているという。缶ビールはなくなってしまった！

今日び、どんなものでも缶に詰めたりはしなくなった。ビールさえも。

では、缶切りとして造られたロボットの使いみちは？

ギャラガーはため息をつき、ハイボールのお代わりを作った――強いやつを。

ジョーは鏡の前で、誇らしげにポーズをとっている。そして眼茎をのばして、両方の目玉を向かいあわせ、自己催眠をかけて潜在意識を解放した。この方法のおかげで、よりいっそう深く、自分を愛でることができるのだ。

またもやギャラガーはため息をついた。近隣一帯で、犬たちが狂ったように吠えだした。ああ、やれやれ。

もう一杯飲むと、気分がよくなってきた。そろそろ〈フランキーとジョニー〉を歌いたくなってきた。ジョーとデュエットができるかもしれない。かたやバリトン、かたや超低周波の声、あるいは超音波の声。ほかの音が入りこめない密集和声というやつだ。

十分後、ギャラガーは缶切りとデュエットで歌っていた。

Gプラス

GALLEGHER PLUS

ギャラガーは窓から、本来なら裏庭といえる場所をぼんやりとみつめていた。信じられないことに、裏庭に穴が開いている。ありえない事態に、胃袋がちぢみ、吐き気がしてくる。大きな穴だ。しかも、深い。ギャラガーのすてきな二日酔いがさらに強まるほど深い穴だ。

しかし、これしきの酔いではまだ充分ではない。ギャラガーはカレンダーを見るべきかどうか迷ったあげく、見ないことにした。酒を飲みはじめて、数千年はたってしまったような気がする。たとえ酒に対する渇きと容量が底なしだといっても、これでは飲みすぎだろう。

「飲みすぎだ」ギャラガーはうめきながら、這うようにしてカウチにたどりつくと、その上にばたりと倒れこんだ。「酒盛りとはいいえて妙だ。飲みすぎは、消防車のサイレンと船の汽笛を連想させる。どっちにしろ、そいつが頭のなかでわんわん鳴ってる。早く止めなくちゃ」

ギャラガーは酒供給器のサイフォンに弱々しく手をのばしたが、そこでためらい、胃袋と相談した。

ギャラガー：軽く一杯。いけそうかな？

胃袋：要注意！
ギャラガー：ほんのちょびっと――。
胃袋：うーっ！
ギャラガー：やめてくれ！　酒が必要なんだ。うちの裏庭が消えちまったんだよ。
胃袋：こっちも消えてしまいたい。

ドアが開き、ロボットが入ってきた。透明な皮膚プレートの下で、大小の歯車、はめば歯車、さまざまな装置がせわしく動いている。ギャラガーはロボットをちらっと見て、ぎゅっと目を閉じた。冷や汗が出てくる。

「あっちに行け」ギャラガーは唸るようにどなった。「おまえを造ったことを呪うよ。おまえの回転するはらわたなんぞ、大嫌いだ！」

「あなたには審美眼がない」ロボットは傷ついた口調でいった。「ほら。ビールを持ってきましたよ」

「うーん」ギャラガーはロボットから球体のプラスチック容器を受けとり、喉を鳴らしてビールを飲んだ。ひんやりしたイヌハッカの風味が、さわやかに喉をくすぐる。「う、うーん」カウチにへばりついていたギャラガーは、少しだけ上体を起こした。「ちょっと苦いな。それほど強くはないが――」

「ビタミンB1を飲んだらどうです？」

「そいつにはアレルギー反応が起こるようになった」ギャラガーはむっつりといった。「ぼくには渇きという呪いがかかっているんだ。うーむ！」酒供給器に目をやる。「もしかすると――」

「警官があなたに会いにきました」

「へ？」

「警官。まだそこいらにいますよ」

「んん」ギャラガーは開いた窓のそば、部屋の片隅をみつめた。「ありゃなんだ？」

そこにはおかしなものが、マシンらしきものがあった。ギャラガーはけげんに思いながらも、興味と愉快な気分をかきたてられた。彼がこしらえたしろものであることに、疑いの余地はない。いままで同様、とっぴな科学者ならではの仕事の成果らしい。ギャラガーは正規に科学を学んだことはないが、なんらかの不可思議な理由で、彼の潜在意識は、天才的思考をするという天与の贈り物を授かっている。知覚意識はノーマルだが迷走性があり、しばしば酔っぱらいたがる。しかし、悪魔のような潜在意識が優先して働きだすと、すべてがその対象となる。以前にも痛飲して酔ったあげくにロボットをこしらえたのだが、その後数週間というもの、なにを目的としてこのロボットを造ったのか自分でもわからず、頭を悩ませたものだ。ようやく、たいして特別な目的があって造ったものではないと判明したが、ギャラガーはいまもこのロボットと同居している。鏡があれば必ずその前に立ち、メタリックな体内を自画自賛するという腹立たしいくせのある、うぬぼれロボットなのだが。

またやっちまった――正体不明のマシンを見ながら、ギャラガーは内心でそう思ったが、口に出してはこういっただけだ。「おい、ぼんくら、もっとビールを持ってこい。急いで」

実験室からロボットが出ていくと、だらしなくカウチに寝そべっていたギャラガーは、ひょろっとした体を起こして部屋の片隅に行き、興味津々の目でマシンを観察した。いまは作動していない。マシンに接続された、彼の親指ほどの太さの白っぽいしなやかなケーブルが束になって、開いた窓を通って外にのびていた。その先は、とつじょ裏庭に出現した深い穴の縁から、一フィートばかり下に垂れさがっている。そして、そこで切れている。うーむ。ギャラガーはケーブルを引っぱって、先端を見てみた。丸い先端の縁は金属でおおわれ、なかは空洞だ。奇妙奇天烈。

マシン全体の長さはおよそ二ヤードはある。ガラクタの山にしか見えないが、作動するらしい。ふだんから、ギャラガーは、そこいらにあるガラクタを有効利用するのが好きだ。適切な接続部品がみつからない場合、手近なもの――ボタンかけとか、コートハンガーとか――をひっつかみ、それを代用する。つまり、このガラクタ集合体であるマシンの質的分析は、決して容易ではないということだ。たとえば、ワイヤーでぐるぐる巻きにされた布製のアヒルが、骨董品的(こっとうひんてき)ワッフル焼き器の上に鎮座ましましているのは、いったいどういうことなのか？

「今度ばかりは、よほど頭がおかしくなってたんだな」ギャラガーは考えこんだ。「とはいえ、今度もまた、くよくよしてはいられない。ビールはどこだ？」

鏡の前に立っているロボットは、自分の体のまんなかへんを、魅せられたようにじっとみつめている。「ビールですか？　ああ、そこにありますよ。わたしは多忙ななか、ちょっと暇をみつけて、自分を愛でているところなんです」

ギャラガーはロボットを大目に見てやり、ののしるのはやめて、ビールの球型のプラスチック容器を手に取った。部屋の片隅のマシンを見て、目をしばたたく。けげんなしかめっつらで、長い骨ばった顔がゆがむ。あのマシンは——。

マシンの、くず籠を利用した大きな送り変則装置から、空洞のロープのようなチューブがのびている。現在、送り変則装置は停止中だが、雁首状に曲がったチューブは、ちっぽけな変換発電機（あるいはそれらしきもの）に接続されている。

だめだ——ギャラガーは思った。発電機は大きくないと。そうだよな？　ああ、きちんと科学を勉強できていれば。それにしても、いったいどうして、あんなマシンを考えついたんだろう？

さらに、マシンには、四角い灰色の金属製のロッカーがくっついている。これにはギャラガーも一瞬、頭が混乱した。ロッカーの容積を目測してみる。四百八十六立方フィートか。

いや、まさか。ロッカーはどう見ても、十八インチ×十八インチ×十八インチしかないからだ。

ロッカーの扉は閉まっている。それをスルーして、ギャラガーは無益な観察をつづけた。さらに謎めいた装置がいくつもある。マシンの先端には小さな車輪がくっついている。車輪の縁にはぐるっと溝が刻まれている。直径は四インチ。

「完成品なのかな？　おい、ナルキッソス！」

「わたしの名前はナルキッソスではありません」ロボットは非難の口調でいった。

「おまえにはぴったりだろ。名前を思い出す手間がはぶける」ギャラガーは唸った。「どっちにしても、マシンに名前なんかつけるべきじゃない。おい、ちょっとこっちに来てくれ」

「はい？」

「あれはなんだ？」

「マシンです。が、わたしにくらべれば、ちっともきれいじゃありません」

「おまえよりもっと役に立つやつだといいんだがね。あいつはなにをするんだ？」

「土を喰いくます」

「ははあ。それで、裏庭の穴の説明がつく」

「裏庭はありません」ロボットはきびしく指摘した。

「あるよ」

「裏庭は」ロボットはあやふやな口調で、作家のトマス・ウルフの文章を引用した。「裏庭だというだけではなく、裏庭の被存在である。裏庭と非裏庭という空間における合流点である。裏庭は限りある区切られた地面であり、それ自体の否定によって事実が決定される」

「おまえ、なにをいっているか、自分でわかってるのか？」ギャラガーは、心底、答を知りたかった。

「はい」

「そうか。なら、地面うんぬんは話題にしないようにしてくれ。ぼくが知りたいのは、なぜあのマシンをこしらえたのかということだ」

「なぜわたしに訊くんです？　わたしはこの数日、いえ、じっさいには、数週間、作動してなかったんですよ」

「ああ、そうだな。思い出した。あの朝は、おまえが鏡を独占していたから、ぼくは髭を剃ることもできなかった」

「あれは完全に美的感覚の問題でしたからね。わたしの機能的な顔は、あなたの顔よりもはるかに整合性があり、ドラマチックなんです」

「いいか、ナルキッソス」ギャラガーは一歩も退かないかまえだ。「ぼくはなにかをみつけようとしているんだ。おまえのしわ一本ない、すべすべの機能脳が、それについてこられるか？」

「どういわれても」ロボットはひややかに答えた。「わたしはあなたの手助けはできません。あなたは今朝になってわたしを再作動させたあと、酔って寝てしまったんです。あのマシンはもう完成してましたが、作動していませんでした。わたしはこの部屋を掃除しただけではなく、例によってあなたが二日酔いで目覚めると、親切にも、あなたにビールをもってきてあげたんです」

「なら、また親切気をだしてビールをもっと持ってこい。そのあとは黙っていろ」

「警官はどうします？」

「ああ、忘れてた。あーっと……会ったほうがいいみたいだな」

ロボットはやわらかい当てもののついた足を動かして、実験室を出ていった。ギャラガーはぶるっと身震いして窓辺に行き、途方もない穴をみつめた。なぜ？　どうやって？　脳をひっかきまわして思い出そうとする。もちろんむだだ。なにも思い出せない。彼の潜在意識は答を知っているのだが、いまはしっかり引っこんでいる。いずれにしても、なんらかの確たる理由もなしに、マシンをこしらえたはずはない。いや、なんの理由もなくこしらえたのか？　彼の潜在意識は独特の、ゆがんだ論理をもっている。たとえば、ナルキッソスは本来、缶ビールのスーパー・オープナーとして造られたものなのだ。

ロボットに先導されて、こざっぱりした制服姿の、筋骨たくましい若い男が実験室に入ってきた。

「ミスター・ギャラガー？」警官は訊いた。

「そうです」

「ミスター・ギャロウェイ・ギャラガー？」

「その答も、前と同じ。なにかご用ですか？」

「召喚状です」警官はギャラガーに折りたたんだ紙をさしだした。

複雑な法律用語を駆使した迷路のような文章は、ギャラガーにはちんぷんかんぷんだ。

「このデル・ホッパーって、誰です？　こんな名前、聞いたことがない」

「それはわたしの管轄外です」警官は不満そうにいった。「わたしは召喚状を届けにきただけ。それがわたしの任務ですから」

警官は去った。ギャラガーは召喚状にざっと目を通した。ほとんど意味がわからない。

ほかにもっといい方法を考えつかなかったので、ギャラガーはしかたなく、テレヴァイザーで調べた。法務局の記録で、ホッパーの弁護士がわかった。トレンチという男だ。法人弁護士。さっそく事務所を呼びだし、トレンチを囲む幾人もの秘書たちを相手に、ギャラガーはさんざんっぱら脅し、悪態をつき、懇願して、ようやく御大である本人にたどりつくことができた。

テレヴァイザーのスクリーンにトレンチが姿を現わす。グレイヘア。痩身（そうしん）、冷淡そうな男だ。きれいに刈りこんだ口髭をたくわえている。声はやすりのようにするどい。

「ミスター・ギャラガー？　なんのご用ですか？」

「たったいま、召喚状を受けとったんですがね」

「ああ、そうですか。よかった」

「よかった、とはどういう意味です？　召喚状なんて、いったいどういうことなのか、さっぱりわからないんですが」

「ほほう」トレンチは疑わしげな口調でいった。「では、あなたの記憶をリフレッシュしてさしあげましょう。わたしのクライアントは心やさしいかたでしてね、あなたを名誉毀損、身体的暴行障害、あるいは殺人未遂の罪で訴追する気はないんですよ。ただし、金を返してほしい——あるいは、その金額に見合うものを渡してほしいとおっしゃってます」

　ギャラガーは目を閉じた。ぶるっと体が震える。「ははあ、そうなんですか？　ぼくが……そのう……そのひとの名誉を毀損したと？」

「あなたはそのかたにこういいました」トレンチはかさばったファイルをめくった。「アヒル肢のゴキブリ野郎、悪臭芬々のネアンデルタール人、牛の糞野郎……あるいは馬の糞野郎。どれも侮辱的表現です。さらに、あなたはそのかたを蹴った」

「それ、いつのことです？」ギャラガーは消えいりそうな声で訊いた。

「三日前」

「ああっと、なにか金のことをいってましたね？」

「千クレジット。手付け金です」

「なんの手付け金です？」

「依頼を引き受けるための手付け金。その詳細については承知しておりません。とにかく、あなたは仕事を完遂しなかっただけではなく、返金も拒否した」

「ははあ。ところで、ホッパーって誰なんですか？」

「ホッパー・エンタープライズ社のデル・ホッパーです。事業主で興行主。しかし、あなたはすべてご承知のはずですよ。では法廷でお目にかかりましょう、ミスター・ギャラガー。申しわけありませんが、わたし、今日は多忙でしてね。追訴案件をかかえておりまして、被告人にどれぐらい長い刑期を求刑するか、考えなくてはならないものですから」

「そのひと、なにをしたんですか？」ギャラガーは弱々しく訊いた。

「単純な殺人未遂です。では失礼」トレンチはテレヴァイザーの接続を切った。

テレヴァイザーのスクリーンからトレンチが消えると、ギャラガーは額をぴしゃりとたたき、ビールがほしいと叫んだ。デスクにつき、冷却装置内蔵のプラスチック球体容器入りのビールをすすり、デスクの上をひっかきまわして郵便物を確認した。なにもない。手がかりなし。

千クレジット。受けとった記憶がない。だが、銀行通帳を見れば――。

記載があった。数週間前に三件つづけて記載されている。

D・H　振り込み　千クレジット
J・W　振り込み　千五百クレジット
ファッティ　振り込み　八百クレジット

三千三百クレジット！　しかし、通帳残高にはその総額がまるまる記載されているわけではなかった。それどころか、その総額に加え、さらに七百クレジットを引き出している。残高は十五クレジットしかない。

ギャラガーは呻き、ふたたびデスクの上をひっかきまわした。一度は見過ごしたが、念を入れて捜すと、吸い取り紙の下に封筒があった。ディヴァイセズ・アンリミッテッドという、無限責任会社の株券が入っている――よく知られていて、優先的な銘柄だ。ほかに四千クレジットの領収書と添え書きがあった。

ミスター・ギャロウェイ・ギャラガーのご依頼により、支払われた金額分の株券を購入し――うんぬんかんぬん。

「なんてこった」ギャラガーはすっかり動揺して、ビールをがぶ飲みした。トラブルが三つも重なっている。D・H（デル・ホッパー）はギャラガーになにか仕事の依頼をして、千クレジットの手付け金を振り込んだ。同様に、J・Wという人物は千五百クレジット。しみったれのファッティは八百クレジットぽっち。

なぜだ？

その答を知っているのは、ギャラガーの奇天烈な潜在意識のみ。才気煥発な潜在意識はてぎわよく取引をまとめ、手付け金を受けとっただけではなく、ギャラガーの銀行の個人口座をほとんどからっぽにして、ディヴァイセズ・アンリミッテッド（ＤＵ）社の株を買った。は！

ギャラガーはまたテレヴァイザーを使った。今度は彼の担当である、株式仲買人を呼びだす。

「アーニー？」

「やあ、ギャラガー」アーニーはデスクの上方にある、テレヴァイザーのスクリーンを見あげた。「どうしたんだい？」

「お手あげ状態だよ。あのな、最近、ぼくは株を買ったかい？」

「そのとおり。ディヴァイセズ・アンリミッテッド——つまり、ＤＵ株を」

「で、それを売りたいんだ。金が必要でね。それも、早急に」

「ちょっと待った」アーニーはあれこれボタンを押した。ギャラガーも知っているが、いま、彼の掲示ウォールには、すごいスピードで各銘柄の株価が流れているのだ。

「どうだい？」ギャラガーは訊いた。

「だめだよ。底値を打ってる。四千クレジット分の売りで、ビッドはゼロ」

「ぼくは何株買ったんだい？」

「二十株」

ギャラガーは傷ついた狼のように吠えた。「二十？　きみ、ぼくを止めなかったのか？」

「必死で説きふせようとしたさ」アーニーは疲れた口調でいった。「株価は下落中だといったぜ。なんだかよくわからないけど、解釈取引とやらが遅れてるんだ。けど、あんたは内部情報をつかんでるといった。あんたがそこまでいうんなら、こっちとしちゃ、どうしようもないだろ？」

「ぼくの脳を、ぎゅうぎゅうに絞りあげてやればよかったのに。いや、なんでもない。もう手遅れだ。ほかにも株を買ったっけ？」

「マーシャン・ボナンザ社を百株」

「取引値は？」

「トータルで二十五クレジット」

「そっちはどんなラッパが吹かれているんだろう？」ギャラガーはつぶやいた。

「え？」

「なにを目にすることになるのか、それが恐ろしい——」

「ああ、わかった」アーニーはうれしそうにいった。「キプリングの〈ダニー・ディーヴァー〉をもじったんだな」

「そういうこと。ぼくの葬式ではそれを歌ってくれ」そういうと、ギャラガーはテレヴァイザーの接続を切った。

あらゆる聖人と非聖人の名において、なぜ、彼は――いや、彼の潜在意識は――DU株を買ったのだろう？　ホッパー・エンタープライズ社長のデル・ホッパーと、どんな取引をしたのだろう？

J・W（千五百クレジットの振り込み主）とは誰だ？

ファッティ（八百クレジットの振り込み主）とは誰だ？

なぜ裏庭に穴が開いているのだ？

彼の潜在意識は、なぜ、なにを目的として、あの妙ちくりんなマシンを造ったのだろう？

ギャラガーはテレヴァイザーの名簿ボタンを押して、ホッパー・エンタープライズを捜し、みつかると、その番号を呼び出した。

「ミスター・ホッパーと話がしたい」

「そちらのお名前は？」

「ギャラガー」

「弊社の顧問弁護士、ミスター・トレンチとお話しになってください」

「もう話した。いいかい、ちょっと聞いて――」

「ミスター・ホッパーは多忙です」

ギャラガーは剣呑な口調でいった。「ほしがっていたものを持っている、といいなさい」

うまくいった。テレヴァイザーのスクリーンにホッパーが現われた。剣呑な光を宿した漆黒の目、とがった鼻、たてがみがグレイのバッファローという風貌だ。そのバッファローが、突きでた顎をさらに突きだして、スクリーンに向かって吠えた。

「ギャラガー？　すぐにでも――」ホッパーはそこでふいに口調を変えた。「トレンチと話をしたんだな？　目的達成というところだ。わしはきさまを牢獄に送りこめるんだぞ。わかっているな？」

「ああ、そうかもしれない――」

「そうかもも、へったくれもない！　ちょっとした依頼をするために、わしがみずから、わざわざ、変わり者の発明家ごときに会いにいくと思うか？　耳にたこができるほど何度も、その分野ではきさまが最高に優秀だと聞かされていなかったら、もっと前に、きさまに裁判所命令をたたきつけていたのに」

　発明家？

「じつは――」ギャラガーはおだやかな声で切り出した。「ぼくはずっと体調が悪くて――」

「ふざけるな！」ホッパーは荒っぽくいった。「きさまはへべれけに酔っていた。酒代にさせるために金を払ったりはしない。憶えてるか――あの千クレジットはほんの手付けで、あと九千クレジット払うつもりだといったのを？」

「うーん……いやあ……ぜんぜん。うーん……あと九千クレジット？」

「早急に仕事をしてくれれば、さらにボーナスを出す。幸いなことに、まだボーナスの話は活きてるぞ。二週間以内という条件だったからな。仕事が完成したのなら、その幸運はきさまのものだ。すでにふたつの工場にオプションを取りつけてある。それに、ロケハン要員たちが国じゅうを回って、適切な場所を捜している。ギャラガー、そいつは小規模な劇場で使えるか？　観客数をあてこむのではなく、そいつで着実に金をかせげるはずだ」

「ううう」ギャラガーは唸った。「ううう」

「そこに完成品があるんだな？　さっそく見にいく」

「待った！　もう少し手を加えたいので、見てもらうのはそのあとのほうが――」

「わしが知りたいのはそのアイディアだ。それさえ満足できれば、あとは簡単だ。トレンチに連絡して、召喚状は破棄するよう、手配させる。では、すぐにそっちに行く」

スクリーンからホッパーの顔が消えた。

ギャラガーはロボットにビールを持ってこいとわめいた。「それと、剃刀」

ロボットは静かに実験室から出ていき、ビールを持ってもどってきた。

「喉を切りたい」

「なぜです？」ロボットが尋ねる。

「おまえを楽しませるためにさ。ほかにどんな理由があるというんだい？　さっさとビールをよこせ」

ロボットはプラスチック球体容器をギャラガーに渡した。「あなたがどうしてそんなに動揺しているのか、わたしには理解不能です。なぜあなたは、わたしの美しさに、我を忘れるほど夢中にならないんでしょうかね」

「おまえは剃刀よりはマシだな」ギャラガーはふきげんにいった。「ずっとマシだ。いいか、クライアントが三人いるというのに、そのうちふたりは誰だか思い出せないし、どんな仕事を依頼されたのかも思い出せないときている。は！」

ロボットは考えこんだ。「帰納法を試してみましょう。あのマシンは――」

「どういうマシンだ？」

「そうですね、依頼を受けたとき、あなたは例によって、正体をなくすほど酔ってました。あなたの潜在意識が表に出てきて仕事を引き受けるほど、べろべろに。それから、酔いが醒めた。今回の事情はそういうところです。あなたがマシンを造った。そうでしょう？」

「そのとおり」ギャラガーはうなずいた。「だが、どのクライアントのために？　マシンがどんな性能をもっているのかすら、ぼくにはわからない」

「もう一度やってみたら、わかるんじゃないですか」

「そうか。そうだな。ぼくとしたことが、今朝はボケてる」

「あなたはいつもボケてますよ。それに、醜い。わたしは自分の完璧な美しさを愛でるたびに、人間がかわいそうになりますよ」

「ふん、黙れ」ギャラガーはロボットと論争してもむだな気がして、ぴしゃりと命じた。そして謎のマシンに近づくと、またもやじっくり観察した。しかし、記憶はぴくりとも反応しない。

スイッチがある。ギャラガーはそれを指ではじいた。

マシンが〈セント・ジェームズ病院〉を歌いだした。

〝――恋しいひとに会いに行こう
彼女は大理石の板に横たわり――〟

「そうか、わかった」ギャラガーは激しい欲求不満に駆られた。「誰かに新式の蓄音機を発明してくれとたのまれたにちがいない」

「ちょっと」ロボットが待ったをかけた。「窓の外を見て」

「窓の外？　ふふん。それがどうした？　なにが――」ギャラガーは息をのんで窓敷居にしがみついた。膝ががくがくする。とはいえ、こういう光景を見ることになるのを、多少は予測していたのかもしれない。

空洞のはずのケーブルの先端から、極細のチューブが何本も出ている。信じられないほど伸縮自在だ。チューブの束は穴の底、およそ三十フィートばかり下方に達し、強力な真空掃除機が作動しているかのように、複雑な弧を描きながら穴の底を這いまわっている。猛烈なスピードなので、ギャラガーの目には動きがかすんで見える。舞踏病にかかった怪物メデューサの頭を見ているようだ。メデューサの髪は無数の小ヘビなのだが、その小ヘビたちがすさまじい速さで乱舞している――そんな感じだ。

「すごい速さですねえ」ロボットはギャラガーにのしかかりそうなほど上体を曲げて、窓の外を眺めながら感慨深げにいった。「あれがあの穴をこしらえたんですね。土を喰ってる」

「そうだな」ギャラガーはうなずき、あとずさりした。「なぜ、あんなものを造ったのかな。土――か。ふうむ。あれが原材料か」そうつぶやきながら、叫ぶように歌っているマシンを横目で見る。

〝――世界中をくまなく捜すがいい

おれのようにやさしい男はふたりといない〟

「電気回路」ギャラガーは興味津々の目でマシンを見ながら、考えこんだ。いちどきに多量の土があの屑籠（くずかご）に吸いこまれる。それから、どうなる？　電子衝突か？　陽子、中性子、陽電子――ああ、こういう語の意味をきちんと知っていればなあ。悲しげな口調になる。「大学教育を受けていさえすれば！」

「陽電子は――」

「いってくれるな」ギャラガーはなさけない声をだした。「難解な語彙が増えるだけだ。いや、ぼくだって、陽電子がなにかぐらいは知っている。ただ、その語が意味するもののことがわからないだけだ。わかっているのは、内在的な意味だけ。どっちにしても、ことばでは表現できない」

「ですが、外在的な意味なら表現できますよ」ロボットが指摘する。

「そうじゃないんだ。『鏡の国のアリス』で、ハンプティ・ダンプティがいっているように、問題はどっちが主人になるかってことなのさ。ぼくにとっては、それが〈ことば〉なんだよ。ぼくはもろもろのことばが怖い。客観的な意味をつかめないからだ」

「ばかげてます」ロボットはいった。「陽電子は完璧に明確な記号で表わされています」

「おまえにとっては、な。ぼくにとっては、魚の尻尾や緑色の髭をもった、小さな男の子たちの集団と同じなんだ。だから、ぼくの潜在意識がなにをしたか、見当すらつかないのさ。ぼくはかつて記号論理学を使っていた。記号は……ああ、もう、やめた」ギャラガーは呻いた。「どっちにしても、なんだって、おまえと意味論なんか戦わせなければならないんだ？」

「あなたが始めたんですよ」

ギャラガーはロボットをにらみつけ、また謎のマシンに近づいた。マシンはまだ土を喰いつづけ、〈セント・ジェームズ病院〉を歌いつづけている。

「なんだってこいつはこの歌をうたわなきゃならないんだ？」

「酔っぱらってるとき、あなたはいつもそれを歌ってますよ。そうでしょ？　バーにいる気分になるんでしょうね」

「そういわれたって、なんの解決にもならんな」ギャラガーはぶっきらぼうにいった。しげしげとマシンを観察する。なめらかで迅速な作動。そうとうな熱を放出し、なにかが煙を出している。ギャラガーはオイル注入バルブをみつけ、オイルを入れた。煙が止まり、なにかが焼けているらしい、かすかな臭いも消えた。

「なにも思いつかない」けっこう長く思い悩んだすえに、ギャラガーはそういった。

「あれは？」ロボットがなにかを指さしている。

ギャラガーは目を凝らしてそれをみつめた。溝のついた車輪が勢いよく回っている。その真上に、円筒形のチューブにすっぽりおおわれた、小さな円形の開口部がある。しかし、開口部からはなにも出ていないようだ。

「スイッチを切れ」ギャラガーが命じると、ロボットがスイッチを切った。バルブが閉まり、溝つきの輪も回転が徐々にゆるやかになって停止した。ほかの作業もただちに停止。歌もやんだ。窓から外にのびているチューブの束も回転をやめ、するすると空洞のケーブルのなかに引っこんだ。

「うーん、最終産物がない。土を喰い、消化する作業は完璧なのに。奇妙だな」

「そうですか？」

「そうだとも。土には多様な要素が含まれている。酸素に窒素。それに、ニューヨークは花崗岩の岩盤の上に成り立っているから、アルミニウム、ナトリウム、ケイ素など、さまざまな元素がまじっているはずなんだ。物理的な変化、あるいは、化学的な変化という区分けでは、最終産物がないことの説明がつかない」

「マシンはなにかを産出するべきだと？」

「そうだ。要するに、まさにそういうことだ。なにか産出されれば、ぼくの気分も少しはよくなるのに。産出されるのが、ぬかるんだ泥であっても」

「音楽が流れてましたね」ロボットが指摘した。「率直にいって、歌をがなりたてていた、というべきでしょうか」

「そこのところも、どんなに想像をたくましくしたって、いったいどんな愚かしい考えに駆られたのか、さっぱりわからん」ギャラガーはきっぱりとそういった。「ぼくの潜在意識がちょっとばかり常軌を逸してるのは、認めざるをえない。だけど、狂っているなりに、論理的なはずだ。まさか、土を音楽に変換するマシンを造ったりはしないだろう。それが可能かどうかは別にして」

「でも、ほかのことは、なにもしませんよ。そうでしょう？」

「ううう。うーむ、うーん。ホッパーになにを造ってくれとたのまれたんだろう？　工場とか、観客がどうとか、いってたな」

「じきに来ますよ。じかに訊いてみればいいじゃないですか」

ギャラガーは返事をする気にもならなかった。もっとビールを飲もうかと思ったが、それはやめて、元気回復用に何種類かの酒をまぜあわせたカクテルにした。酒供給器のカクテルで喉をうるおすと、くっきりした字で、〈モンストロ〉と明記したラベルを貼ってある発電機に腰をおろした。だが、ふと気づいて、〈バブルズ〉というラベルを貼ってある、小さいほうの発電機にすわりなおす。

〈バブルズ〉にすわると、いつもいい考えが浮かぶのだ。

元気回復カクテルが脳の働きを潤滑にして、アルコール分がじわじわと脳をほぐしていく。なにも産みださないマシン――多量の土が虚無に消えていくだけ。うーむ。手品師の帽子にぴょんと跳びこんだウサギが消えてしまうみたいに、物質は消えたりはしない。どこかに移動しただけだ。エネルギー源か？

ありえない。マシンはエネルギーを生産したりはしない。それどころか、操業させるには電力が必要だ。マシンに装着された、多量のコードやソケットがそれを証明している。

それに――。

なんだ？

ちがう角度から考えてみろ。

ギャラガーの潜在意識。ギャラガーはこれをギャラガープラス、つづめてGプラスと呼ぶことにした。Gプラスは、なんらかの論理的理由があって、あの装置を造った。総額三千三百クレジットの振り込みがあった。三人の依頼人から。おそらく、三人からそれぞれ異なる三種類のなにかを造ってほしい、とたのまれたのだろう。

いま目の前にあるマシンは、三人のうちの誰の依頼にフィットするのだろうか？

等式にして考えてみよう。クライアントの三人を、A、B、Cにする。マシンの目的――もちろん、マシン本体のことではない――をXにする。A、またはB、またはC、イコールX。

いや、そうではない。Aはデル・ホッパー本人ではなく、彼がほしがったものを象徴した記号だ。ならば、彼がほしがったものは、マシンの必然的で論理的な目的となるはずだ。

では、謎のJ・Wか、同じく謎のファッティか。

ファッティはいささか謎の影が薄い。ギャラガーにはそう思うだけの手がかりがある。

J・WをBとすると、ファッティは脂肪組織たっぷりのCということになる。脂肪組織（アダポウス・ティッシュー）をTとすれば、どうなる？

喉が渇いた。

ギャラガーは鏡の前でポーズをとっているロボットから目をそらし、またビールをあおった。顔をしかめて〈バブルズ〉に踵（かかと）を打ちつける。ぼさぼさの黒い髪が目にかぶさってくる。

刑務所行きか？

いや、それが答では困る！　どこかに別の解答があるはずだ。どこかに。たとえば、DU株。その銘柄の株価が大幅に下落しているときに、なぜ彼の潜在意識Gプラスは、四千クレジットもはたいて、その株を買ったのだろう？

その答がわかれば、それが手がかりになるかもしれない。Gプラスは目的もなくなにかをしたりはしない。そもそも、ディヴァイセズ・アンリミテッドとはなんなのだ？

テレヴァイザーの《マンハッタン・フーズフー》に問い合わせてみる。幸いなことに、DUはアメリカ合衆国の株式会社で、ニューヨークに本社をかまえていることがわかった。スクリーンに会社紹介のページが現われる。

ディヴァイセズ・アンリミテッド

どんなご用でもうけたまわります！

　RED　5-1400-M

糸口がみつかったというか、会社の連絡先がわかった。ギャラガーはさっそくREDのナンバーを呼びだそうとした。

ドアのブザーが鳴った。ロボットはふきげんに鏡の前を離れ、ドアに向かった。すぐに、バッファローというよりバイソンに似た巨人を案内してきた。デル・ホッパーだ。

「時間がかかってしまい、すまなかった」ホッパーは轟（とどろ）くような声であやまった。「お抱え運転手が信号を無視して突っ走ったせいで、警官に停（と）められてしまったんだ。さんざん叱りつけてやったよ」

「お抱え運転手を？」

「警官を。で、モノはどこだ？」

ギャラガーはくちびるを固く引き結んだ。Gプラスは、じっさいに、このパンツをはいたパイソンを蹴とばしたのだろうか？　いや、いまはそんなことを考えている場合ではない。

ギャラガーはマシンを指さした。「あれです」

ほんとうか？　ホッパーに依頼されたのは、土を喰うマシンだったのか？

パイソンは驚愕（きょうがく）し、目を大きくみひらいた。すばやくギャラガーに不審の一瞥（いちべつ）をくれ、マシンに近づくと、あらゆる角度から、ためつすがめつした。窓の外にも目を向けたが、その光景には、たいして関心をもたなかったようだ。そして、けげんそうに顔をしかめ、ギャラガーをみつめた。

「あれがそうか？　あれが総合的に新機軸のモノ？　いやいや、きっとそうなんだろう」

手がかり、なし。ギャラガーは弱々しく微笑を浮かべようとした。

ホッパーは、ただ、まじまじとギャラガーをみつめている。

「よし、いいだろう」ホッパーはいった。「実用性は？」

ギャラガーは必死で考えた　そして、ようやくいった。「じっさいにお見せしたほうがいいですね」つかつかとマシンに近づき、スイッチをはじく。たちまちマシンが〈セント・ジェームズ病院〉を歌いだした。ケーブルの先端から出てきた無数のチューブが、くねくねと伸びて庭の穴に入りこみ、土を喰いだす。シリンダーに開口部が開く。溝つきの輪が回転しはじめる。

ホッパーは待った。

しばらくして、ホッパーは訊いた。「で？」

「気に入りませんか？」

「そんなこと、わかるか。だいたい、これがなにをしてるのかさえわからんのだぞ。スクリーンはどこにある？」

「ああ」ギャラガーは心底、途方に暮れた。「あのシリンダーの内部に」

「どこだって？」ホッパーの眉間がせばまって、漆黒の目の上に、もじゃもじゃの眉毛がかぶさる。「シリンダーの内部だと？」

「はあ」

「う、う、う」息が詰まったような音。「あれはなんなんだ？　どっちにしろ、X線の目もないのか？」

「X線の目が必要なんですか？」ギャラガーはいよいよ当惑して、頭がくらくらしてきた。

「X線の目のついたスクリーンがお望みだと？」

「きさま、まだ酔ってるのか！」ホッパーはがなった。「それとも、頭がおかしいのか！」

「ちょっと待ってください。ぼくがミスをしたのかもしれませんが――」

「ミスをしたに決まっとる！」

「ひとつ、訊きたいんですが。いったいぼくにどうしろとおっしゃったんです？」

ホッパーは三回、深呼吸をした。そして、ひややかな堅苦しい口調でいった。「スクリーンの正面、裏、両方の側面、どの角度から観ても、立体映像が歪まない映写装置を造れるかと訊いた。きさまは造れると請け合った。わしは手付けに、千クレジット支払った。遅滞なくその装置を大量製産できるように、ふたつの工場と契約した。劇場に適切な場所を捜すために、ロケハングループも編成した。家庭用テレビに取りつける部品を売り出すために、キャンペーンも準備している。いいか、ギャラガー、これから顧問弁護士に会い、きさまを容赦なく締めつけろと発破をかけてやる！」

ホッパーは鼻息も荒く帰っていった。ロボットは静かにドアを閉めると、ギャラガーにはなにも訊かずに、ビールを取ってもどってきた。ギャラガーは手を振ってそれをしりぞけた。

「酒供給器を使う」ギャラガーは呻くようにそういうと、自分で強い酒を何種類かまぜあわせた。「ナルキッソス、マシンのスイッチを切ってくれ。ぼくにはその気力もない」

「ひとつ、わかったことがあるじゃありませんか」ロボットは元気づけるようにいった。「あのマシンはホッパーのために造ったものではない、と」

「まったく、そのとおり。すると……J・Wか……でなきゃ、ファッティのために造ったんだろう。そのふたりが誰だか、どうすれば突きとめられるかな?」

「あなたには休息が必要です。リラックスして、わたしのすばらしい、妙なる美声に耳をかたむけたらどうですか? 本でも読んであげますよ」

「妙なる美声なんかじゃない」ギャラガーは上の空で、反射的に否定した。「錆びついた蝶番みたいなキーキー声だ」

「あなたの耳にはそう聞こえるだけです。わたしの感覚とは大ちがい。わたしには、あなたの声は喘息のカエルのかすれ声みたいに聞こえます。わたしの聴覚に届くわたしの声が、あなたには届かないばかりか、あなたにはわたしのことがわかっていない。むしろ、けっこうなことです。恍惚のあまり、失神せずにすみますからね」

「ナルキッソス」ギャラガーは辛抱づよい口調でいった。「ぼくはいま、考えごとをしてるんだ。その金属製のうるさい口を、しっかり閉じてくれないか」

「わたしの名前はナルキッソスではありません。ジョーです」

「なら、ナルキッソスに変える。待てよ、DU株をチェックしようとしてたんだっけ。連絡先のナンバーはなんだった？」

「RED　5-1400-M」

「そうだった」ギャラガーはテレヴァイザーにナンバーを打ちこんだ。DU社の秘書が愛想よく応答したが、役に立つ情報はほとんど得られなかった。

ディヴァイセズ・アンリミッテッドは、一種の持株会社だ。世界中とつながっている。クライアントがなんらかの意向を示すと、DUはエージェントを通してそれを受け、適切な人物と連絡をとり、取引をする。からくりはこうだ——DUは金を供給し、融資を運用し、手数料を稼ぐ。

ひどく複雑な仕組みに見え、ギャラガーは闇のなかに置き去りにされた気分を味わった。

「お宅のファイルに、ぼくの名前の記録がありますか？　ははあ。では、J・Wが誰か教えてくれませんか」

「J・W？　おそれいりますが、フルネームでないと——」

「フルネームがわからないんですよ。だが、重要なことなんです」ギャラガーは説得に励んだ。ようやく端緒が開けたのだ。イニシャルがJ・WというDUの登録者は、ただひとり。ジャクスン・ウォーデルという男だった。現住所はカリスト。

「どれぐらい前からそこに住んでいるんですか？」

「そこの生まれです」秘書は淡々とそう答えた。「ほかの土地に行ったことはありません。このミスター・ウォーデルは、あなたがお探しのかたではありませんね」

ギャラガーは同意した。これではファッティのことを尋ねてもむだだと思い、かすかにため息をつきながらテレヴァイザーの接続を切った。さて、次はどうする？

テレヴァイザーがかんだかい音をたてた。スクリーンに、禿げ頭で、ふっくらした頰の丸々と太った顔が現われた。心配そうに眉根を寄せている。ギャラガーの顔を見たとたん、男は安心したようにくすっと笑った。

「ああ、いたね、ミスター・ギャラガー。かれこれ小一時間もあんたと連絡をとろうとしてたんだぜ。どうも電波の状態が悪いみたいだ。もっと早く、あんたから連絡をもらえると思ってたのに！」

ギャラガーの心臓の鼓動がよろめいた。この男はファッティ――。もちろん、そうだ！ありがたい。運が回ってきた！　ファッティ、八百クレジットを振り込んだ男。手付け金。なんの手付けだ？　あのマシンか？　あのマシンはファッティの問題解決のしろものか？それとも、J・Wの？　ギャラガーはつかのま、土を喰い、〈セント・ジェームズ病院〉を歌うマシンがファッティの依頼の装置でありますようにと熱く祈った。

かすかにぱちぱちと音をたてながら、スクリーンの画像がぼやけ、画面がちらついた。ファッティは早口でいった。「どうも接続の調子が悪い。けど、ミスター・ギャラガー、やってくれたんだよな？　解決方法をみつけてくれたんだろ？」

「もちろん」ギャラガーはうなずいた。この男をうまく誘導して口を割らせ、依頼がどんなものだったのか、そのヒントを得られれば――。

「おお、すばらしい！　この数日、DU社から何度も連絡があったんだ。おれはなんとかはぐらかしていたけど、あっちは永久に待ってくれるわけじゃない。カフが強硬でな、おれにはどうにも説得できないんだ。あの古いスタ――」

スクリーンが暗くなった。

怒りのあまり、ギャラガーは舌を嚙み切りそうになった。急いでテレヴァイザーの接続を切り、実験室のなかをどすどす歩きまわる。期待で神経が高ぶっている。すぐにもまた連絡がくるはずだ。ファッティがまた連絡してくるはずだ。当然だ。そうしたら、今度はギャラガーのほうから質問してやる――あなたは誰ですか、と。

時間がたった。

ギャラガーは呻き、テレヴァイザーのオペレーターに、いましがたの通話の発信元をたどってくれとたのむ。

「あいにくですが、いまのは、ダイヤル・ヴァイザーからの発信です。ダイヤル・ヴァイザーの発信元はたどれません」

十分後、ギャラガーは悪態をつくのをやめ、かつては芝生の飾りものだった、鉄の犬にかぶせておいた帽子をひっつかんだ。ドアに向かいながら、ギャラガーはそっけなくロボットにいった。「出かける。あのマシンを見張っていてくれ」

「はい。片目でね」ナルキッソスは請け合った。「もう片方は、わたしの美しい体内を眺めるのに必要ですから。ところで、なぜ、カフが誰だか調べないんです？」

「なんだと？」

「カフですよ。ファッティがその名前を口にしたでしょう？　ファッティはそのひとを説得できないといって――」

「そうか！　そういってたな！　けど、どういうことだ？　古い像（スタチュー）がどうとか――」

「像（statue）ではなく、法律（statute）ですよ」

「そのちがいぐらい知ってる」ギャラガーは不満そうにいった。「tを一個、聞き落としただけだ。脳たりんじゃないんだぞ。まだ、いまのところは。カフ。調べてみるか」

テレヴァイザーで調べてみると、六人のカフがいた。女性を除外すると、半分の三人になった。カフ－リンクス製造会社も除外する。これでふたりに絞れた。マックス・カフと、フレデリック・カフ。テレヴァイザーでフレデリック・カフを呼びだすと、スクリーンに本人が現われた。まだ選挙権年齢に達していない、目のとびでた、やせっぽちの少年だ。ギャラガーはいらだって、殺気のこもった目でその顔をにらみつけ、接続を切った。フレデリック・カフは、その後三十分あまり、悪魔のように恐ろしい形相でにらみつけて、ひとこともいわずに接続を断ってしまったあの男は、いったい誰だったのだろうと、くよくよ思い悩むことになる。しかし、それはギャラガーの知ったことではない。

まだマックス・カフが残っている。まちがいなく、成人男性だ。自宅に連絡すると、マックス・カフの執事が街のオフィスに転送してくれた。応対係の女性は、ミスター・カフは〈アップリフト・ソーシャル・クラブ〉で午後をすごしているといった。

「ああ、そうですか。えーっと、ところで、カフって誰なんです？」

「はあ？」

「何屋さんなんですか？　つまり、商売はなに？」

「ミスター・カフはご商売はなさっていません」耳が凍りつきそうにひややかな声。「市会議員です」

おもしろくなってきた。ギャラガーは帽子を捜したが、すでに頭にのっかっているのがわかると、ロボットに出かけるといった。ロボットは返事をする気もないようだ。

「そうだ、もしファッティから連絡があったら、名前を訊け。いいな？　それから、あのマシンから片目を離すな。ひょっとすると、突然変異を起こすかもしれない」

マシンはまだ完成していないようにも思えるからだ。ギャラガーは外に出た。ひんやりした秋の風が吹き、頭上の公園道路から枯れ葉を撒き散らしている。上空をエアタクシーが数台通過したが、ギャラガーは地上タクシーを呼びとめた。目的地に至る道筋を知っておきたかったのだ。マックス・カフ本人にテレヴァイザーをかけても、突っこんだ話はできない気がする。手続きがどうのこうのとうるさくいわれそうだ。ファッティの話から察するに、どうにも強硬で、説得できない相手のようだ。

「どちらへ？」運転手が訊いた。

「〈アップリフト・ソーシャル・クラブ〉。場所はわかるかい？」

「いんや。けど、みつけてみせまさあ」運転手はダッシュボードのテレナビゲーターを使った。「ダウンタウン。街なかでさあ」

「わかった。行ってくれ」ギャラガーはシートに背をもたせかけ、むっつりと考えこんだ――なんだって、どいつもこいつもこんなに捕まえにくいんだ？　幻影か幽霊みたいじゃないか。通常、彼のクライアントはちゃんと実体があるのに。とはいえ、ファッティはまだ漠然としていて、氏名すらわからない。わかっているのは、顔だけ。だが、テレヴァイザーのスクリーンでその顔を見ても、誰なのか、ギャラガーにはさっぱりわからなかった。Ｊ・Ｗときては、推測もできない。デル・ホッパーだけが生身で、わざわざ実験室に足を運んできたが、ギャラガーとしては、来てくれなければよかったのにと思う。ポケットで、召喚状がかさかさと音をたてている。

　ギャラガーはひとりごちた――ああ、一杯飲る必要があるなあ。そもそも、それが問題だったんだ。酔っぱらったままでいられなかったのが。どっちにしても、それほど長く酔っていたわけではなかった。ああ、失敗した。

地上タクシーはガラスブロックのマンションの前で停まった。かつてはきらきら光っていたのだろうが、いまは曇ってみすぼらしい。ギャラガーはタクシーを降りて金を払い、斜路を昇った。小さな立て看板に、〈アップリフト・ソーシャル・クラブ〉と記されている。ブザーがないので、ドアを開けてなかに入る。

入ったとたん、無煙火薬の臭いを嗅ぎつけ、ギャラガーの鼻孔は軍馬のようにひくひくうごめいた。まだ酔っているのだ。そして伝書鳩（でんしょばと）のように、ギャラガーは本能的にまっすぐバーに向かった。ロビーの一画を利用したバーは広大なスペースで、そこは椅子（いす）、テーブル、人々で埋まっていた。山高帽をかぶった、悲しげな顔つきの男が、隅のピンボールマシンで遊んでいる。男はギャラガーが近づいてくるのを見ると、行く手をふさぐようにして低い声でいった。「どなたかお捜しで？」

「ああ。マックス・カフがここにいると聞いたんでね」

「いまはいらっしゃいませんよ。あのかたになにかご用で？」

「ファッティのことで」ギャラガーは思い切って運を天にまかせることにした。

悲しげな男の目が冷たくなった。「誰ですって？」

「きみは知らないだろうね。だが、マックスは知ってる」

「マックスがあんたに会いたいって？」

「そういうこと」

「ふうん」男は疑わしげにいった。「あのひとははしご酒の途中で、〈スリー・スター〉でつぶれてまさあね。あのひとが飲みはじめたら――」

「〈スリー・スター〉？　どこにあるんだい？」

「ブロードウェイ近くの十四番地」

「ありがとう」ギャラガーはバーに名残惜しげな視線を向けながら、ドアに向かった。酒はだめだ――まだだめだ。いまは酒よりも仕事優先。

〈スリー・スター〉はジン蒸留所で、外壁一面にへたな絵が描かれていた。どの絵も立体的で、かなりおかしな動きをしている。なかに入ったギャラガーは、しばらく店内を観察して、客の顔ぶれを眺めた。客の入りはそれほど多くない。カウンターの片端を占めている大柄な男が目についた。ラペルにクチナシの花を挿し、左手の薬指にきらきら光るダイヤの指輪をはめている。

ギャラガーはその男に近づいた。「ミスター・カフ？」

「そうだ」大柄な男はスツールにすわったまま、ローマ神話のユピテルのごとくに悠揚迫らず、体内で軸が回転しているかのように、ゆっくりと体の向きを変えた。ギャラガーをみつめる目が、かすかに揺れている。「きみは誰かね？」

「ぼくは――」

「まあ、いい」カフはウィンクした。「やばい仕事をやったあとで、本名を名のる必要はない。あんた、ずらかってるさなかだろ、ん？」

「はあ？」

「そういうやからなら、ひとめ見りゃあ、ピンとくるんだ。あんた……あんたは……おい！」カフは上体をかがめて身をのりだし、ふんふんとにおいを嗅いだ。「深酒したな！」

「酔ってますよ」ギャラガーは苦々しげに答えた。「控えめにいっても」

「なら、わたしといっしょに一杯飲ろう」カフはギャラガーを手招きした。いまのわたしはレベルEだ。エッグノッグまできたんでね。ティム！」いきなり声をはりあげてバーテンを呼ぶ。「わたしの友人にエッグノッグを！　それから、Eの次だ！　Fにとりかかれ」

ギャラガーはカフの隣のスツールにすわり、新たな連れを興味深く眺めた。この市会議員はむしろ、やせている。

「そうなんだ」カフはいった。「酒をアルファベットで表わしてるんだよ。まずAのアブサンから始めて、次はブランディ、コワントロー、ダイキリ、エッグノッグ――」

「で、その次は？」

「もちろん、Fに決まってるだろ」カフは驚いたようにいった。「フリップ。エッグフリップともいうが、エッグは抜き。ほら、あんたの分だ。すばらしき潤滑剤に乾杯！」

　ふたりは潤滑剤を飲んだ。

「ちょっといいですか」ギャラガーは口を切った。「ファッティのことを訊きたいんですが」

「誰だって？」

「ファッティ」ギャラガーは意味ありげにウィンクした。「知ってるでしょ。最近、その男ともめている。法律の件で。わかりますよね」

「ああ！　あいつか！」そういうと、いきなり、巨人ガルガンチュアばりのばかでかい声で笑いだした。「ファッティ、ね。ふむ。いいぞ。とてもいい。ファッティというのは、あいつにはぴったりの名だ。うん、いいぞ」

「本名とは似ても似つかない？」ギャラガーは狡猾（こうかつ）な質問をした。

「ぜんぜん。いいぞ、ファッティか！」

「本名にはEかIが入ってますか？」

「どっちも入ってる。おい、ティム、フリップはどうした？　ああ、もうできたか。うん、すばらしい潤滑剤だな、相棒」

　ギャラガーはエッグノッグを飲みほして、エッグ抜きのフリップに取りかかった。名称にエッグは入っていないが、実体はエッグノッグと同じだ。さて、お次はどうする？

「ファッティのことなんですが」当たって砕けろだ。

「うん？」

「どんなあんばいなんです？」

「質問には答えんことにしておる」カフは突然、酔いがさめたらしい。するどい目でギャラガーをみつめる。「わたしの支持者か？　知らん顔だな」

「ピッツバーグから来ました。あなたのオフィスに訊いたら、クラブに行けば会えるといわれて」

「意味がない。まあ、いい。そんなこたあ、どうでもいい。あと一歩のところまできたんでな、お祝いをしてるんだ。フリップは飲んじまったか？　よし。ティム！　Gのジンだ！」

ふたりはGのジン、Hのホースネック、Iのアイズオープナーと順調に進んだ。

「次はジャズボウだな」カフはご機嫌だ。「Jで始まる酒が飲めるバーは、市内でここだけなんだ。Jのあとはスキップするしかない。Kのつく酒やカクテルを知らんのだよ」

「キルシュヴァッサー」ギャラガーはほとんど反射的にいった。

「キル――なんだって？　ドイツの蒸留酒だと？」カフはバーテンダーにわめいた。「ティム！　キルシュヴァッサーはあるか？」

「ありませんよ、議員さん」

「なら、そいつを飲めるところを捜さないと。すごいな、相棒。さあ、行こう。どうしてもあんたがいっしょに来てくれないと」

ギャラガーはカフの仰せに従った。いまのところ、カフはファッティのことを話したくないようだ。ならば、この市会議員の信頼を得るしかない。それには、彼と飲んだくれるのがいちばんいい。とはいえ、アルファベット順の名を冠した酒を求めて次々とバーを巡り、酒の種類を問わずに飲みまくるのは、どんな大酒飲みでも決してたやすいことではない。しかもギャラガーは、目が覚めたときから二日酔いの身なのだ。一方、カフは底知れない渇きを癒したがっている。

「L？　Lはなんだ？」

「イタリアのワイン、ラクリマ・クリスティ。あるいは、ドイツのワイン、リープフラウミルヒ」

「おお、すごい！」
Ｍ、すなわち、おなじみのマティーニにたどりつくと、ギャラガーはほっとした。Ｏのオレンジブロッサムを飲むと、足もとがふらついてきた。Ｒの番になると、ギャラガーはルートビアにしようとしたが、カフは断固として拒否した。
「んなら、米の酒（ライス）」

「いいな。ライスか。やや！　Ｎを抜かしたぞ！　Ａからやりなおさなきゃならん！」

ギャラガーはいささか苦労してカフを思いとどまらせ、飛び入りで、Ｎのング・ガ・ポという異国情緒あふれる名の酒に、彼の興味を惹（ひ）きつけることに成功した。そしてＲの次にもどり、Ｓのサゼラック、Ｔのテイルスピン、Ｕのアンダーグラウンド、Ｖのウォッカに至った。Wは当然、ウィスキーだ。

「Xは？」

ふたりはアルコールの霧にかすむ目と目を見交わした。ギャラガーは肩をすくめてあたりを見まわした。いったいなにがどうなって、こんなに豪勢でしゃれたクラブの個室にいるのだろう？　不思議だ。ここは〈アップリフト〉ではない。それは確かだ。まあ、いい——。

「Xは？」カフは執拗に尋ねた。「ここにきて失望させないでくれよ、相棒」

「エクストラ・ウィスキー」ギャラガーは意気揚々といった。

「それだ！　あとふたつ……Y……と、えーっと、Yの次はなんだったかな？」

「ファッティ。憶えてますか？」

「ファッティ・スミス」そういうと、カフは爆笑した。「うん、ファッティというのは、やつにぴったりだ」

「スミス、ね。ファーストネームは？」

「誰の？」

「ファッティの」

「聞いたことがない」今度はくすくす笑う。

給仕がやってきて、カフの腕に手を置いた。「お目にかかりたいというかたがいらしてます。外でお待ちです」

「わかった。すぐもどるよ、相棒。いつもどこにいるか、知られてしまうんだ——特に、ここは。いいか、帰っちゃいかんぞ。まだYと……えーっとなんだったか……とにかく、Yの次のやつが残ってる」

カフは行ってしまった。ギャラガーは口をつけていないグラスをテーブルに置き、立ちあがった。少しばかりふらつく足で、ラウンジに向かう。テレヴァイザー・ブースが目につき、衝動的に、ギャラガーはブースのなかに入って、実験室を呼びだした。

「また酔ってますね」スクリーンに現われたロボットは、開口いちばんそういった。

「ご慧眼(けいがん)。ぼくは……ヒック……カイトみたいに高く舞いあがってる。けど、手がかりをつかんだぞ」

「警官に護衛してもらうことをお勧めしますよ。あなたがここを出た直後に、悪党たちがやってきました」

「なんだって？　もう一度いってくれ」

「悪党。三人組」ロボットは辛抱づよくいった。「リーダーはやせっぽちのノッポで、チェックのスーツ。髪は黄色で、前歯の一本が金歯。あとのふたりは——」

「聞きたくない」ギャラガーは呻いた。「で、なにがあった？」

「それだけです。あなたを拉致・誘拐したかったようです。でも、あなたがいなかったので、あのマシンを盗もうとしました。マシンには指一本触れさせませんでしたよ。ロボットながら、わたしはタフですからね」

「そいつら、マシンを傷つけたのか？」

「わたしのことは心配じゃないんですか？」ロボットは悲しそうにいった。「あっちより、わたしのほうがずっと重要じゃないんですかね。わたしが負傷しても気にならない？」

「まさか。どこか傷ついたのか？」

「もちろん、傷なんかありません。ですが、あなただって、少しぐらいわたしを気づかってもいいと――」

「そいつらはマシンを傷つけたのか？」

「このわたしが、彼らをマシンに近づかせませんでしたよ。それでは、どうぞご勝手に」

「また連絡する。いまのぼくにはブラックコーヒーが必要だ」

ギャラガーは接続を切って立ちあがり、千鳥足でブースから出た。カフがやってくる。うしろに三人の男をしたがえている。

三人のうちのひとりがはっとして立ちどまった。ぽかんと口が開く。

「こんちくしょう！」男が叫んだ。「あいつですぜ、ボス。ギャラガーだ。ずっといっしょに飲んでた相手ってのは、あいつのことなんですかい？」

ギャラガーは目を凝らした。男に目の焦点が合う。背が高く、やせていて、チェックのスーツを着ている。髪は黄色で前歯が金。

「一発くらわせろ」カフがいった。「わめきだす前に、さっさとやれ。誰かが来ないうちに。ギャラガーか、ふん。頭のいいやつだ、ふふん」

　ギャラガーの頭になにかが近づいてきた。カタツムリが殻に引っこむようにテレヴァイザー・ブースに引っこもうと、ギャラガーは機敏にとびすさった。いや、そうしようとしたのだが、失敗した。閃光(せんこう)がグルグルと渦を巻き、目がくらんだ。

　一発くらったのだ。

　ギャラガーは夢うつつでぼんやりと考えていた——社会文化の厄介な点は、外皮層の肥大と石灰化というふたつの変化を被ることだ。文化を花壇とみなしてみよう。花壇の植物はそれぞれが独立していて、各自が文化を構成する一端を担っている。そして生長する。テクノロジー、すなわち長いあいだ鬱屈(うっくつ)している水仙は、根っこにビタミンB1をためこむことに専念し、全体が生長するべきだという、まったき必然と戦っている。しかし、全体とパーツが釣(つ)り合わなければ、申し分のない世界とはいえない。

　水仙は、寄生的性質のあるほかの植物にからみつかれる。寄生的植物は根っこをもたない。水仙の茎にからみついて伸びていき、花も葉もおおってしまう。水仙を絞めつける蔓(つた)は、人間社会における宗教、政治、経済、文化だ。だが、それらは変化が遅い。そのために、新しい時代の開かれた空を、高く昇っていく〈科学〉という光り輝く彗星(すいせい)に、追いこされてしまう。むかし、作家たちは未来——彼らの未来——を、社会学的パターンとは異なるものになるだろう、と定義づけた。ロケット式宇宙船が飛ぶ社会では、水増し株のように不合理な社会的慣行や、汚い政治はすたれ、犯罪組織は一掃されるだろう、と。だが、作家にくらべ、理論家たちには先見の明がなかった。彼らはロケット式宇宙船を、遠い未来の乗り物としてしか考えられなかったからだ。

自動車にまだキャブレターが使われている時代に、ウィリー・レイは月面着陸を成功させた。

二十世紀初頭の世界的大戦は、テクノロジーに、暴力的ともいえる急激な成長をもたらし、その成長はいまもつづいている。不幸なことに、人々の生活手段となるビジネスは、そのほとんどが、時間単位の仕事量と金銭とに、標準というラインを定めることで成り立っている。

唯一、戦争に匹敵すると思われるのが、泡沫（バブル）の時代だ。遡（さかのぼ）ること一七一七年に、ジョン・ロウが始めた投機的なミシシッピ河下流開発事業、すなわちミシシッピ計画をはじめとして、それと大同小異のいくつもの無謀な計画が、泡のように浮かんでは、はじけて消えていった。いってみれば、旧（ふる）い基準が新しい基準に不安定に移行しようとして、極端から極端へと激しく変動した、カオスの時代だった。

法曹界の専門職はきわめて複雑になり、まわりくどい論議を整理するために、専門家が勢ぞろいして、ペダースン計算機と、〈メカニストラ〉の電子脳マシンを必要とした。彼らは記号論理学という未知の領域に踏みこみ、その結果、ナンセンスそのものの論議が生じることになってしまった。

たとえば殺人犯は自白供述書にサインしなければ、罰を免れることができる。たとえサインしても、確たる法的証拠の信用性が疑われる場合がある。前例が慣行や通念となるのだ。狂気の迷路のなかで、行政官は歴史にもとづく堅実性――法的前例――に重きをおくようになり、判断がねじ曲げられることも多々ある。

かくして、ことごとく右へ倣（なら）えということになった。こののち、社会学はテクノロジーに追いつくのだろうか。いまのところは、まだ追いついていない。金融相場は、世界史上かつてないほどの高値にまで到達した。混乱から抜けだすには、天才が必要だ。自然の摂理によって突然変異が起こり、天才たちが生みだされたが、満足のいく解決がもたらされるまでは長い年月がかかった。

いまのギャラガーにはわかる――生き残るための最強のチャンスを得る者は、豊かな順応性があり、実用的であろうと非実用的であろうと、あらゆる分野において第一級の知識をもち、あらゆることに精通している者でもある、と。要するに、植物、動物、鉱物の問題であり――。

ギャラガーは目を開けた。なにも見えない。と思ったら、テーブルにつっぷしているせいだとわかった。なんとか上体を起こす。縛られてはいない。薄暗い明かりで、ここは物置だと見当がついた。屋根裏部屋らしい。部屋じゅうにガラクタが散乱している。天井の蛍光灯がかすかにこげくさい臭いを発している。ドアがあるが、ドアの前には金の前歯の男が立っている。テーブルの向かい側には、マックス・カフがすわり、慎重にグラスにウィスキーをついでいる。

「少しほしいな」ギャラガーは弱々しい声でいった。

カフはギャラガーをみつめた。「目が覚めたか？　すまんな、ブレイザーが強く殴りすぎたようだ」

「ああ、いいんです。どっちにしろ、意識を失っていただろうし。アルファベット順に酒を飲もうと酒場をはしごするのは、けっこうこたえましたよ」

「ハイホー」カフはウィスキーをついだグラスをギャラガーのほうに押しやり、自分用に、別のグラスにウィスキーをついだ。「やってくれたな。わたしにくっついてまわるとは、なかなかやるじゃないか。まさかあんたがここに来てるとは、手下たちは思いもしなかったからな」

「ぼくは頭がいいんですよ」ギャラガーは謙遜（けんそん）した口ぶりでいった。ウィスキーで元気が回復してくる。しかし、頭のなかはまだ霧に閉ざされている。「あのう……えーっと……あなたのお仲間、つまり乱暴なギャングたちは、ぼくを誘拐しようと企みました？」

「ああ。あんたは留守だったがね。あんたのロボットが――」

「たいしたやつなんですよ」

「ああ。あのな、ブレイザーからあんたの造ったマシンのことを聞いた。あれをぜったいにスミスの手に渡したくないんだ」

　スミス。ファッティだ。ふうむ。ジグゾーパズルがまた混乱してきた。ギャラガーはため息をついた。

　手の内のカードをさらさずにいれば――。

「スミスはまだあれを見ていませんよ」

「知ってる。やつのテレヴァイザーを盗聴しているからな。わたしのスパイのひとりが、仕事をたのみたい者がいるので、ぜひとも連絡をつけてくれと、やつがDUに依頼したのを聞きつけてな。わかるだろ？　ただし、やつはその男の名前をいわなかった。こっちはスミスを尾行したり、テレヴァイザーを盗聴したりして、やつがその相手と連絡をとるのを待つしかなかったんだ。だが、待っていたかいがあった。あんたとの会話を盗聴できたんだ。あんたはスミスに装置ができたといった」

「で？」

「で、急いで接続を切ってやった。それでブレイザーと手下たちがあんたに会いにいった。あんたがスミスと取引するのはやめてほしくてね」

「契約するなとはいわれてませんよ」

「ばかをいうな。スミスはあんたに洗いざらい事情を話すと、DUにいってるんだ」

スミスはいったかもしれない。ただし、ギャラガーはそのとき酔っぱらっていて、Gプラスがそれを聞き、安全な潜在意識のなかにその情報をしまいこんだのだろう。

「で？」ギャラガーはカフをうながした。

カフはゲップをした。そして急にグラスを遠ざけた。「あとにしよう。ちょっと酔った。考えがまとまらん。だが、いっておく——スミスにあんたのマシンを渡したくない。あんたのロボットは手下どもをマシンのそばに近づけなかった。ロボットに連絡して、あの部屋から出ていけと指示しろ。そうしたら、手下どもがマシンを運びだせる。さあ、イエスかノーか、返事をしろ。もしノーなら、またあとで会うことになる」

「ノー」ギャラガーはきっぱり拒否した。「どっちにしろ、ぼくを殺すつもりだろう？　スミスに別のマシンを造ってやるのを阻止するために」

カフのまぶたがゆっくりと目にかぶさってきた。そのまま身動きしない。どうやら眠りこんだらしい。と思うと、ぱちりと目を開けた。ぼんやりした目つきでギャラガーを見てから、立ちあがる。

「じゃあ、あとはあとで」カフは額をこすった。声に力がない。「ブレイザー、こいつを見張ってろ」

金の前歯の男が進みでた。「だいじょうぶですかい？」

「ああ。考えがまとまらんだけだ」カフは顔をしかめた。「蒸し風呂が効くかな。そうだ、それがいい」カフはブレイザーを押しのけてドアに向かった。

ギャラガーはカフのくちびるの動きを見て、数語を読みとった。「……もっと酔わせて……ロボットに連絡させて……やってみろ……」

カフが部屋を出ていくと、ブレイザーがギャラガーの向かい側にすわった。ボトルをギャラガーのほうに押しやる。「気楽にいこうぜ。もう一杯、どうだ。ぐっと飲んなよ」

ギャラガーは考えた——悪知恵の働くやつだ。ギャラガーがぐでんぐでんに酔っぱらったら、自分たちの思いどおりに動かせると踏んでいる。ふうむ。

別の角度から考えてみよう。ギャラガーが正体なく酔ってしまえば、潜在意識のGプラスが表に出てくる。Gプラスは天才科学者だ——はちゃめちゃだが、優秀そのもの。

Gプラスなら、ここから脱出する方法を考えつくかもしれない。

「そうそう、いいぞ」ギャラガーのグラスが空になると、ブレイザーはそういった。「ほれ、もう一杯。マックスはいいやつでな。おまえを悪いようにはしねえよ。ボスの計画をわやくちゃにしようってやつらが気にくわないだけだ」

「計画って？」

「スミスと同じさ」

「なるほど」ギャラガーは手足が麻痺してくるのを感じた。じきに知覚意識がアルコール漬けとなって、潜在意識が解放されるだろう。ギャラガーは飲みつづけた。

しかし、少し急ぎすぎたかもしれない。ふつうなら、いろいろな酒を次々に飲むにしろ、思慮分別をもって、種類と順番を選んでいる。だが今日は、アルファベット順に多種多様の酒を飲むという暴挙のせいで、均衡という要素がゼロにまで下がっているのだ。テーブルの表面が波打ちながら自分の鼻に近づいてくる。やんわりと、むしろ、心地よい衝撃を感じるとともに、ギャラガーはいびきをかきはじめた。

ブレイザーは立ちあがり、テーブルにつっぷしているギャラガーを揺すった。

「〝葡萄酒商人たちの意がわからぬ、この佳きものを売って、その半分も値打ちのないものを買おうというのか〟」ギャラガーはぶつぶつとつぶやいた。「〝ナイチンゲールは古語で歌う、ワインを、ワインを、ワインを。赤きワインを〟」

「ワインがほしいのか」ブレイザーはいった。「人間吸い取り紙みてえなやつだな」もう一度ギャラガーを揺すったが、今度は反応がない。ブレイザーはぶつくさと文句をいった。彼の足音がだんだん遠ざかっていく。

ドアが開いて閉まる音がした。ギャラガーは上体を起こそうとして椅子からすべり落ち、テーブルの脚でしたたかに頭を打った。

冷たい水より効き目があった。痛む頭を抱えて、ふらふらしながらも、ギャラガーは立ちあがった。屋根裏部屋にはガラクタが散らばっているだけで、ギャラガー以外には誰もいない。常になく慎重そのものの足どりでドアに向かう。開けてみようとしたが、ロックされていた。おまけに、強化スチールのドアだ。

「こいつは手ごわい」ギャラガーはつぶやいた。「いまこそGプラスが必要だというのに、出てきやしない。どうすればここから出られるんだ？」

どうしようもない。窓はひとつもないし、ドアは堅牢そのもの。ギャラガーは積みあげられたガラクタの山のほうに、ゆらゆらと近づいていった。古いソファ。切り抜きが入った箱。クッション。巻いてあるカーペット。ガラクタばかりだ。

そこそこ長いワイヤー、少量の絶縁材(マイカ)、よじれたプラスチック、モビール像の部品、ほかにもいろいろなガラクタがどっさりある。よさそうなガラクタを集めてひねくりまわした結果、銃らしく見えなくもないモノができあがった。どちらかといえば、銃というより泡立て器に似ている。火星人がいたずらしてこしらえたかのように、奇妙奇天烈なしろもの。

ギャラガーはテーブルにもどり、椅子にすわった。意志の力を満開にして、しらふになろうと努力する。だが、思ったようにはうまくいかない。ドアの外に足音が近づいてきたが、ギャラガーの意識には、まだもやもやとアルコールの霞(かすみ)がかかっている。

ドアが開く。ブレイザーが入ってきた。すばやく用心深い目で、ギャラガーを一瞥する。

ギャラガーはガラクタでこしらえたモノを握りしめ、その手をテーブルの下に隠している。

「きみか？　マックスかと思った」

「ボスもじきに来るさ。気分はどうだ？」

「胸がむかむかする。けど、まだいけたんだがなあ。このボトルは空になっちまった」じつをいえば、残っていた酒はネズミ穴のなかに流しこんだのだ。

ブレイザーはドアをロックして、ギャラガーのそばまでやってきた。ギャラガーはバランスを失い、前のめりにつんのめった。ブレイザーはためらって立ちどまった。というのも、よれよれのギャラガーがおかしな泡立て器銃を目の高さにかまえ、銃身に視線を沿わせるようにして、すがめでブレイザーの顔をみつめているからだ。

すかさずブレイザーは行動しようとした。銃を抜くか、棍棒を取りだそうと思ったのだろう。だが、ギャラガーの手にある奇妙なモノが、自分をまっすぐに狙っているのを見ると、不安になった。これではうかつに動けない。どんな危険が迫っているのか、わからないではないか。しかし、いちかばちか、やるしかない——瞬時にそう考え、ブレイザーはベルトのほうに手を動かそうとした。

ギャラガーはブレイザーに時間を与えなかった。ブレイザーの視線がガラクタ銃に釘づけになっているのを見て、ここぞとばかりに、ボクシングのクイーンズベリー・ルールもものかは、ブレイザーのベルトの下を蹴った。ブレイザーが体をふたつに折る。ギャラガーはさらに頭突きをくらわせて床に倒し、タコのように長い手足をくねらせてブレイザーを押さえこんだ。

ブレイザーはなおもベルトにさした銃に手をのばそうとしたが、最初にくらった、ルール違反の蹴りの一発が効いていて、思うように動けなかった。

ギャラガーはこの状況を適切にコントロールするには、あまりにも酔いすぎていた。妥協して、あおむけに倒れている相手の体の上に這いのぼり、みぞおちをくりかえし殴りつける。この作戦はうまくいった。しばらくすると、つかみかかってくるブレイザーの手から力が抜け、完全にねじふせることができたので、彼のこめかみをガツンと殴りつけた。

これでよし。

立ちあがりながら、ギャラガーは自分の手にあるガラクタ銃をみつめ、ブレイザーにはこれがどう見えたのだろうと、くびをひねった。おそらく、死の光線を発する銃だとでも思ったのだろう。ギャラガーはうっすらと笑みを浮かべた。意識を失ったブレイザーのポケットを探り、ドアの鍵(かぎ)をみつける。ブレイザーをそのまま放っておいて屋根裏部屋を出ると、よろよろと階段を降りる。ここまでは、なかなかよくやった。

ギャラガーの科学者としての高い評判が、大いに有利に働いたようだ。少なくとも、ブレイザーの注意を奪うという目的は、うまく達成できた。

さて、次は？

ここは三階建てで、バッテリー公園近くの空き家だと判明した。ギャラガーは一階の窓から抜けだし、エアタクシーをつかまえて、アップタウンに向かってもらった。エアタクシーのなかで、ようやくおちつき、深く息をして、ウインドフィルターをはじいて開く。冷たい夜風が熱い頰をひやしてくれる。黒々とした秋の夜空に、満月が高く昇っている。エアタクシーの地上観光用の透明なパネルを通して、下方の、幾筋もの明るくきらめくリボンのような通りが見える。地上の通りより上方を走っている高速道路の、斜行マーキングがちかちかと点滅している。

スミス。ファッティ・スミス。DUと接点のある男。慎重を期して、ギャラガーはまっすぐに自宅には帰らず、ホワイト・ウェイ区の屋上停車場でエアタクシーを停めて降り、運転手に料金を払った。ここにはテレヴァイザー・ブースがある。ギャラガーは自宅の実験室を呼びだした。ロボットが応答した。

「ナルキッソス——」

「ジョーです」ロボットは呼び名を訂正した。「ずっと飲んでたんですね。どうして酒を断たないんです？」

「黙って聞け。なにかなかったか？」

「たいしてなにも」

「例の悪党ども、また来なかったか？」

「いいえ。でも、警官があなたを逮捕しにきましたよ。今日、届いた召喚状のこと、憶えてますか？　本日午後五時に出廷せよとのことでした」

召喚状。ああ、そうだった。デル・ホッパー。千クレジット。

「いまもいるのか？」

「いいえ。あなたはずらかったといっておきました」

「なぜだ？」

「警官たちがここにへばりつかないようにするためです。帰ってきたければ、帰ってきてもだいじょうぶですよ。適切な警戒を怠らなければ」

「どういうふうに？」

「それはあなたの問題です。付け髭をつけるとか。わたしは役割を果たしましたからね」

「いいか、ブラックコーヒーを大量に用意してくれ。誰かから連絡がなかったか？」

「ワシントンからひとり。宇宙警察の司令官です。名前はいいませんでした」

「宇宙警察だと！　そっちもぼくを追っているのか？　なにをほしがっているんだ？」

「あなたを、ですよ。では失礼。せっかくわたしが自分に美しい歌をうたって聞かせていたのに、邪魔されてしまった」

「コーヒーを用意しておけよ」スクリーンから消えていくロボットの画像に向かって、ギャラガーは厳命した。そしてブースから出ると、一瞬、その場に突っ立って、マンハッタンの摩天楼（まてんろう）を見あげた。明かりの灯（とも）った窓が不規則なパターンをなしている。四角いのやら、楕円形やら、円形やら、三日月形やら、星形やら、さまざまな形の窓をぼんやりとみつめる。

ワシントンからの連絡。

ホッパーの怒り。

マックス・カフとその手下のギャングたち。

ファッティ・スミス。

賭けるならスミスだ。ギャラガーはまたブースに入り、ＤＵ社を呼びだした。

「あいすみませんが、本日の業務は終了いたしました」

「重要な用件なんだ」ギャラガーはねばった。「ちょっと情報がほしいんだよ。あるひとと連絡をとりたいんだが――」

「あいすみません」

「Ｓ・Ｍ・Ｉ・Ｔ・Ｈ」ギャラガーは必死でスペルをいった。「その名前がリストにあるかどうか、ちょいと調べてもらえないかな？」話しながらポケットを探る。

「明日、ご連絡をいただければ――」

「それじゃあ、手遅れになるんだ。すまないが、ちょっと調べてくれないか？　たのむよ。心からお願いする」

「あいすみません」

「わたしはＤＵ社の株主だ」ギャラガーは歯をむきだしてわめいた。「これは警告だぞ、お嬢さん！」

「あら……まあ。わかりました。今回は特別にお調べします。S・M・I・T・Hですね？

ファーストネームは？」

「知らない。スミスという名の人物を全員、教えてくれ」

応対係は画面の外に出ていったかと思うと、〝SMI〟というラベルのあるファイルを持ってもどってきた。

「あらまあ」カードをめくりながら、応対係は困惑した声でいった。「スミスさまは数百人、いらっしゃいます」

ギャラガーは呻いた。「わたしが捜している男は太ってる」ほとんどやけくそだ。「ヒントがそれだけじゃ、みつけられないだろうな」

応対係はくちびるをきっと引き結んだ。「からかっているんですね！　わかりました。ではごきげんよう！」

接続を断たれてしまった。

ギャラガーはブランクになったスクリーンをみつめた。数百人のスミス。うまくない。というか、はっきりいって、相当にまずい。

いや、考えろ――ギャラガーは自分に待ったをかけた。DU株が下落しているときに、Gプラスはその株を買った。なぜだ？　株価が上がることを予想したにちがいない。しかし、株式仲買人のアーニーによると、株価は下落をつづけている。

そこが糸口かもしれない。

ギャラガーはアーニーの自宅を呼びだし、彼をつかまえた。「ちょっと、すまん。時間はかからない。DU社の株がなぜ下落しているのか、その理由を調べてくれないか。わかり次第、折り返し、ぼくの実験室に連絡してくれ。でないと、おまえのくびをへし折ってやるからな。迅速にやってくれ！　秘密情報を探るんだ！　わかったか？」

アーニーはやってみるといった。

ギャラガーは近くのスタンドのカウンターでブラックコーヒーを飲んでから、不安を覚えながらも、地上タクシーで自宅にもどった。充分に用心して家のなかに入り、ドアをダブルロックする。ロボットは実験室の大きな鏡の前で踊っていた。

「連絡はあったか？」ギャラガーはロボットに訊いた。

「いいえ。なにもありませんでした。ほら、この優美なステップ（パ）を見てください」

「あとで。誰かが押し入ってこようとしたら、ぼくを呼べ。おまえがそいつらを追い払ってくれるまで、隠れてるから」ギャラガーは目をぎゅっと閉じた。「コーヒーは？」

「ブラックの濃いのがキッチンにあります」

ギャラガーはキッチンには行かずにバスルームに行き、服をぬいで、冷水のシャワーを浴びた。つかのま冷えた体が、またほてってくる。酔いがさめたような気分になり、キッチンに行って、ばかでかいカップにコーヒーをつぐ。湯気の立つカップを手に実験室に向かう。小型発電機の〈バブルズ〉に腰をおろし、コーヒーを飲む。

「ロダンの〈考えるひと〉みたいですね」ロボットは感想を述べた。「バスローブを持ってきましょう。あなたの見苦しい肉体は、わたしの審美眼を曇らせます」

ギャラガーは聞いてなかった。汗ばんだ肌が冷えて不快になってきたのでバスローブをはおったが、その間も、コーヒーを飲みながら空中をにらんでいた。

「ナルキッソス、もっとコーヒーを」

等式。A、またはB、またはC、イコールX。

ギャラガーはこれまで、A、B、C、それぞれの値を測ろうとがんばってみた。だが、どうやら、まちがったやりかたをしていたようだ。J・Wの居場所はわからない。スミスは幻影のままだ。そしてデル・ホッパー（千クレジット）は、まったく役に立ってくれなかった。Xの値をみつけたほうがよさそうだ。実験室の片隅に鎮座している、あのいまいましいマシンには、なんらかの用途があるはずだ。あれは土を喰う。それは認める。だが、土が忽然と虚空に消え失せるはずはない。なにかちがう形に変わるはずだ、

土はマシンに吸いこまれる。

なのに、なにも産出されない。

目に見えるものはなにも。

フリーエネルギーか？

フリーエネルギーなら目に見えない。しかし、計器で測定できる。電圧計か、電流計か、金箔か――。

ギャラガーはマシンを作動させた。マシンは危険なほどの大音量で歌いだしたが、うるさいとどなりこんでくる隣人はいない。二分ほどで、マシンのスイッチをはじいてオフにする。マシンを作動させても、ギャラガーの思考にはさざ波ひとつ立たなかった。

株式仲買人のアーニーから連絡があった。ギャラガーがほしがった情報を入手したのだ。

「ものすごーく苦労しましたよ。あれこれとコネを使いまくるしかなくて。で、なぜDU株が下落しているのか、理由がわかりました」

「ありがたい！　教えてくれ」

「あなたも知ってのとおり、DUは一種の交換事業会社です。人材交換をするというか。で、マンハッタンの繁華街に大きなオフィスを建てるという契約を請け負いました。ただし、まだ工事は始まっていません。この取引には多額の金がからんでいて、DU株に悪い影響を与える噂が広がっているんです」

「つづけて」

アーニーは話をつづけた。「わたしはできるかぎりの情報を集めました。入札したのは、ふたつの建設会社」

「どこだ？」

「アジャックスと、えーっと、なんとかいう――」

「スミスじゃないのか？」

「それだ。サディアス・スミス。本人の申告では、スペルはS・M・E・I・T・H」

長い間。

ようやくギャラガーはいった。「S・M・E・I・T・Hか。それで、DU社の応対係はみつけられなかったんだな。ん？　いや、なんでもない。それにしても、スペルの問題は、推測して然るべきだったんだよなあ」まったくそのとおり。マックス・カフにファッティの本名にEかIが入っているかと訊いたとき、カフは両方とも入っていると答えたではないか。うーっ！

「このスミスが落札してDU社と契約しました。アジャックスより入札価格が低かったんです。しかしながら、アジャックスは政治的なコネをもっています。市会議員の某に圧力をかけさせ、古い法律を持ち出して、スミスをたたきつぶそうとしているんです。スミスには手も足もだせません」

「なぜだい？」

「なぜならば、その法律だと、スミスには、マンハッタンの交通をブロックする許可がおりないからです。これに、空中権、つまり、土地の上空の所有権の問題がからんでます。スミスのクライアント――というかむしろＤＵ社のクライアント――は、最近、その土地を買ったんですが、空中権に関しては、九十九年契約でトランスワールド航空（ストラト）が借りているんですよ。で、定期航空便が建設予定地の真上を飛んでいます。いっておきますが、飛んでいるのは、ひとり乗りのジャイロコプターじゃありませんからね。大型の航空機は機首をあげる前に、短い距離ながらも、直線コースを飛ばなくてはならないんです。まさにそのコースが、問題の地所の真上を通っているわけで。賃貸契約は万全です。トランスワールド航空は九十九年間にわたって、その地所の上空を飛ぶ権利を有しているんです。地上から五十フィート以上の上空を」

　ギャラガーは眉間にしわを寄せて考えこんだ。「なら、スミスはその地所に、どんな建物なら建てられるんだ？」

「新しい地主には、地上は五十フィートの高さから、地下は地球の中心までの所有権があります。わかります？　八十階建てのどでかいビルを建てていいんですが、そのほとんどは地下ということになりますね。以前にもそういうことがありましたよ。政治的なコネをもってるやつにはかないません。スミスが契約を完遂できなかったら、アジャックスに仕事が入ります。で、アジャックスと例の市会議員はずぶずぶの関係という次第で」

「ああ、マックス・カフだな。そいつには会ったよ。ところで、きみのいった法律ってなんなんだ？」

「古い法律でしてね、時代遅れもいいとこですが、まだ活きてますよ。合法なんです。そこはちゃんと調べました。これによると、スミスは繁華街の交通を遮断したり、交通機関の時差・交差配列を混乱させることはできません」

「で？」

「地下数十階のビルを建てるために穴を掘れば、大量の土や岩が出ます。交通を混乱させることなく、その廃棄物を搬出できるか？　搬出する量が何トンになるのか、計算する気もありませんが」

「うん」ギャラガーは低い声でいった。

「とまあ、それが大問題ってわけで。スミスは契約を取った。だけど、それがいま、にっちもさっちもいかなくなっている。掘削して出る大量の土を搬出する手段がみつからないかぎり、じきにアジャックスが仕事を請け負い、うまく手を回して廃棄物を搬出する許可をとるでしょうよ」

「スミスにはできないのに、どうしてアジャックスにはできるんだ？」

「市会議員のことを忘れないでください。あ、そうだ。二、三週間前、繁華街の通りが何本か通行止めになりました。車輛は別ルートで通行――例の建設予定地のすぐそばを。その空き地がサイフォンの空洞部分の役割を果たしていたんです。その空き地から廃棄物を搬出するトラックを通すとなると、交通が混乱して、工事全体に支障が及ぶでしょう。もちろん、一時的なものですがね」アーニーはそこではっと笑った。「スミスが強制的に立ち退かされるまでの、いっときのことです。アジャックスが建設を請け負うことになれば、まんまと建設許可を得て、車輌は特別なルートを通るというわけです」

「なるほど」ギャラガーは肩越しにふりむいてマシンを眺めた。「なにか手があるかも――」

ドアのブザーが鳴った。ロボットが尋ねるようなしぐさをした。

ギャラガーはアーニーにいった。「きみの好意にすがって、もうひとつ、たのみたいことがあるんだよ、アーニー。スミスをぼくの実験室に連れてきてほしいんだ。急いで」

「いいですよ、彼に連絡しましょう」

「スミスのテレヴァイザーは盗聴されてるんで、危険をおかしたくない。いますぐ、ひとっとびして彼を捕まえ、ここに連れてきてくれないか？」

アーニーはため息をついた。「手数料を稼ぐのはほんとに骨が折れる。でも、いいですよ」

アーニーはスクリーンから消えた。ドアのブザーが鳴りつづけている。ギャラガーは顔をしかめ、ロボットにうなずいてみせた。「誰が来たのか見てくれ。カフがなにか企んでいるのかもしれないな。よし、ぼくはこのクロゼットに隠れていよう」

ギャラガーはクロゼットの暗がりのなかで、耳をそばだてて待ちながら考えた。スミス。スミスの問題を解決してやったのだ。あのマシンは土を喰う。危険な爆発物を使わずに土を取りのぞく、唯一無二の手段だ。

八百クレジット。太量の土を安全に除去して、地下に何層ものオフィス街を設けるスペースを確保するための装置。その装置で土を除去し、既得の空中権を侵害せずにすむように、地下を有効に使う。いわば、逆さ高層ビルを建てる。

うん、うまい手だ。

ただし——マシンが喰った土はどこにいくのだろう？

ロボットがもどってきて、クロゼットの扉を開けた。「ジョン・ウォール司令官です。夕刻にワシントンから連絡があったといいましたよね。憶えてますか？」

「ジョン・ウォール？」

千五百クレジットの振り込み人、J・Wだ！　三人目のクライアント！

「通してくれ」ギャラガーはせきこむようにいった。「急いで！　ひとりか？」

「はい」

「なら、さっさと通せ！」

ロボットはのんびりとドアに向かい、がっしりした体を宇宙警察の制服で固めた、半白の髪の男を連れてもどってきた。ジョン・ウォール司令官はギャラガーににやりと笑いかけると、するどい目を窓のそばのマシンに向けた。

「あれか？」

「やあ、どうも、司令官……はあ、そのう、あれです。ですが、まず最初に、詳細を話しておきたいんですが」

司令官は眉をひそめた。「金か？　政府を脅して金をまきあげることはできんぞ。それとも、わたしの誤解かな？　当面は五万クレジットでしのいでほしい」表情が明るくなる。「すでに千五百クレジットを払っておる。満足のいくデモンストレーションを見せてもらったら、追加金としてすぐにも小切手にサインするつもりだ」

「五万――」ギャラガーは深く息を吸った。「いや、もちろん、金額に不服があるわけじゃありません。そうじゃなくて、限定期間を確認したいだけです。仕様内容を明確にしておきたいんです」司令官がなにを依頼したのかわかりさえすれば！　彼もまた、土を喰うマシンをほしがったとすると――。

そんな偶然が重なる可能性はないと、かすかな希望は抱いているが、ギャラガーとしてはきっちり確認しておかねばならない。手を振って、司令官に椅子をすすめる。

「だが、問題点はもう話しあったぞ。細部に至るまでなおざりにせずに――」

「念には念をいれて、ダブルチェック」ギャラガーの口からするすることばが流れでる。「ナルキッソス、司令官に酒を」

「いや、遠慮する」

「では、コーヒーは？」

「いただこう。ところで問題点の件だが、数週間前に話したとおり、宇宙船のコントロール装置が、弾力性とひっぱり強度に見合う手動コントロール装置が必要となったんだ」

「はあ」ああ、そういうことか――ギャラガーは内心でうなずいた。

司令官は目を輝かせて身をのりだした。「宇宙船は必然的に、大型で、複雑な構造になる。そのために、いくつかの手動コントロールがどうしても必要なのだ。だが、直線運動はできない。したがって、鋭角的に曲がり、こちらからこちらへという、常識では考えられない動きをする道具が求められる」

「ふうむ」

「たとえば、きみが二ブロック先の家にある水栓を回したいとする。きみはここ、きみの実験室にいて、そうしたいと思う。では、どうするか？」

「紐（ひも）、ワイヤー、ロープ」

「そういうものだと、あちこちで曲がってしまう……えーっと……うーん……そうだな、硬くて曲がらないものでなければならん。しかしながら、ミスター・ギャラガー、二週間前と同じことをいわせてもらうぞ。その水栓は固く締まっていて、そう簡単に回せないんだ。だが、宇宙船が自由空間にあるあいだ、しょっちゅう、そうだな、一日に百回は回さなければならない。我々の手元にある最強のワイヤーケーブルでは不満足な結果しか得られないと判明した。ひずみと張力に耐えられず、切れてしまうんだ。つまり、曲がる事が可能で、なおかつ、それでいてまっすぐに伸びるケーブルがあれば――。わかるだろう？」

ギャラガーはうなずいた。「わかります、頻繁に曲げたり伸ばしたりすると、ワイヤーは切れてしまう」

「それがきみに解決してもらいたい問題なんだ。きみはできると請け合った。で――解決できたのかね？　どうすればいいのだ？」

回転が可能で、度重なる応力に耐えられる手動コントロール装置。ギャラガーは窓のそばのマシンに目をやった。窒素――その単語がちらりと頭をよぎったが、しかと捕えることはできなかった。

ドアのブザーが鳴った。ギャラガーはスミスが来たのだと思ったので、ロボットに通すようにうなずいた。ロボットはドアに向かった。

もどってきたロボットのうしろには、ぞろぞろと四人の男がくっついていた。ふたりは制服警官で、あとのふたりはスミスとデル・ホッパーだった。

ホッパーが獰猛(どうもう)な笑みを浮かべた。「やあ、ギャラガー。ずっと待っていたんだぞ。この男が――」そういってウォール司令官をあごでしゃくる。「――やってきたんで、わしらは二番手になってしまった」

スミスの丸い顔がけげんそうにゆがむ。「ミスター・ギャラガー、どういうことなんだね？　ドアのブザーを鳴らしたら、この連中に囲まれて――」

「だいじょうぶですよ」ギャラガーはいった。「少なくとも、あなたが最優先だ。窓の外をごらんなさい」

いわれたとおり、スミスは窓の外を見た。そして顔を輝かせて跳びあがった。「あの穴は――」

「そのとおり。土がどこに消えるのか、わからないんだが。とにかく、いますぐ実地にお見せしましょう」

「きさまは刑務所行きだ」ホッパーは嫌みったらしくいった。「前に警告したぞ、ギャラガー、わしは虚仮にされて黙っているような男じゃないんだ。きさまに仕事を依頼して、手付けに千クレジット払った。だのに、きさまは依頼に応えず、金も返そうとしない」

片手にコーヒーカップを持ったまま、目をみはっているウォール司令官のことは、誰も気に留めていないようだ。

警官のひとりが前に進みでて、ギャラガーの腕をつかんだ。

「ちょっと待て――」司令官がなにかいおうとしたが、スミスのほうが早かった。

「あたしはミスター・ギャラガーに、少しばかり借りがあるんでさあ」さっと財布をとりだす。「現金は千クレジットしかないんで、差額は小切手になりますがね。この、ああっと、この紳士がいますぐ千クレジットほしいというんなら、この場で払えまさあ」

ギャラガーは息をのんだ。

スミスは元気づけるようにギャラガーにうなずいてみせた。「あんたはあたしがたのんだ依頼を果たしてくれた。これで明日から建設工事にとりかかれる——穴掘り開始だ。トラックの搬出許可で悩まなくてすむんだ」

ホッパーが歯をむき出して吠えた。「金持の悪魔め！　いいか、しっかり学習してもらうぞ！　わしの時間は貴重なんだ。こやつはわしのスケジュールをめちゃくちゃにしおった。オプションに土地の偵察——手付けに渡した金で依頼が果たされるという前提にのっとって、わしは準備を進めてきた。だのに、こやつは、いまになっても平然といいのがれができると思っている。いいか、ギャラガー、そうはいかんぞ。今日、届けられた召喚状をじっくり読まなかったようだな。きさまには合法的な責任があり、なんらかの処罰を受けると明記してあるんだ——だから、罰を受けてもらう。くそったれめ！」

スミスが周囲を見まわした。「けど、あたしはミスター・ギャラガーの味方ですよ。金を払うといってるじゃないですか」

「だめだ！」ホッパーはまた吠えた。

「その男はだめだといってる」ギャラガーはもごもごとつぶやいた。「なにがなんでも、ぼくの心臓を切りとりたいらしい。憎しみに満ちた悪魔だ、そうじゃないか？」

「酔っぱらいのマヌケめ！」ホッパーはがなった。「そいつを刑務所にぶちこんでくれ。警官、さっさと連行しろ！」

「心配いりませんよ、ミスター・ギャラガー」スミスが励ます。「すぐに出してあげますさあ。そっち方面には、強いワイヤー並みのコネがあるんでね」

ギャラガーは口をぽかんと開けた。喘息の発作のように荒い息を吐きながらスミスをみつめる。スミスは思わずあとずさった。

「ワイヤー」ギャラガーはつぶやいた。「四方八方から映像を鑑賞できる立体スクリーン。それに――ワイヤー！」

「さっさと連行しろ！」ホッパーはぶっきらぼうに命じた。

ギャラガーは摑まれた腕をふりほどこうとした。「待て！　ちょっと待て！　いま、ひらめいた。問題の解答だ。ホッパー、あんたの望みをかなえてやったよ。それに、司令官、あなたのほうも。こら、腕を放せ」

ホッパーはせせら笑い、ドアに親指を向けて警官たちをうながした。

ロボットが猫のように音もなく前に進みでた。「彼らの頭をかちわってやりましょうか、ボス？」おだやかにギャラガーに訊く。「わたしは血が好きなんですよ。原色の赤い色が」

ウォール司令官がコーヒーカップを置いて立ちあがった。きびきびした冷静な声で警官たちにいう。「よろしい。きみたち、ミスター・ギャラガーを放しなさい」

「だめだ」ホッパーが抵抗する。「きさまは誰だ？　宇宙船の船長か！」

司令官の、外気に鍛えられた頰の肌がどす黒くなった。小さな革のバッジケースを取りだす。「統合宇宙委員会のウォール司令官だ。そこのきみ」ロボットを指さす。「きみを政府の保安要員に任命する。臨時（プロ・テム）の。警官たちが五秒以内にミスター・ギャラガーを放さなかったら、彼らの頭をかちわってよろしい」

ロボットが強硬手段にでるまでもなかった。統合宇宙委員会の司令官といえば、超大物なのだ。バックに国家がついているのだから。それにくらべれば、制服警官などは吹けば飛ぶような公務員にすぎない。警官たちはあわててギャラガーの腕を放し、手も触れなかったという顔をとりつくろった。

ホッパーは爆発寸前だ。「どういう正当な権利があって、介入するのかね、司令官？」

「優先権だ。政府は、こちらの依頼に応じて、ミスター・ギャラガーが造ってくれた装置を必要としておる。少なくとも、彼の話は傾聴に値する」

「ばかばかしい！」

司令官はホッパーを冷たい目で見た。「つい先ほど、彼はきみの問題も解決したといった」

「あれか？」興行界の大立て者はマシンを指さした。「あれが立体スクリーンに見えるか？」

ギャラガーはいった。「ナルキッソス、紫外線ランプをくれ、蛍光性の」自分の推測が正しいことを祈りながら、マシンに近づく。いや、正しいに決まっている。ほかに解答があるとは考えられない。土や岩から窒素を抽出し、あらゆるガスを抜き取れば、不活性な物質が残るのだ。

ギャラガーはマシンのスイッチをはじいた。マシンは〈セント・ジェームズ病院〉を歌いだした。

ウォール司令官は驚いたものの、かすかに嫌でもなさそうな表情を浮かべた。ホッパーは鼻で笑った。スミスは窓辺に駆けより、月光に照らされた穴の底を、長いチューブの束がくるくる回りながら土を喰うのを恍惚として見守った。

「ナルキッソス、ランプを」

紫外線ランプにはすでに延長コードが取りつけられていた。ギャラガーはランプを手に、ゆっくりとマシンの周囲を歩いた。そして、窓からいちばん遠い端の溝つきの車輪のところまで行った。

蛍光性の光が見える。

青い光が金属シリンダー内部の小さなバルブから発している、その青い光は、溝つきの車輪に沿ってうねり、ワイヤーのコイルとなって実験室の床の上に山をこしらえている。

ギャラガーはスイッチをはじいて、マシンを停めた。マシンが停まると、バルブが閉じて、シリンダーから発生していた神秘的な青い光は遮断された。ギャラガーは床のコイルをつまみあげた。ランプを離すと、コイルは消えた。ランプを近づけると、またコイルが現われた。

「これがあなたへの解答ですよ、司令官。ごらんなさい」

司令官は目を細くせばめて蛍光性のワイヤーを見た。「張力は？」

「充分以上ですよ。そのはずです。非有機的な、硬い土の成分であるミネラルがみっしりと圧縮されて、ワイヤーのなかに入っているんですから。そう、張力があります。ただし、一トンの重さは支えられません」

司令官はうなずいた。「もちろん、そうだろう。だが、バターを糸で切るように、スチールを切ることができるな。さっそくテストして――」

「どうぞどうぞ。有効だと思いますよ。上出来だ、ミスター・ギャラガー。このワイヤーなら、宇宙船の先端から後尾まで、どんな曲折部でも自在に曲がりますし、応力でひずみが生じて切れることもありません。おまけに、ごく、細い。極細ですから、不均衡なむらができたりはしません。というか、できっこない。ふつうのワイヤーケーブルとはわけがちがう。張力を失わない、弾力性にとんだワイヤーをお望みでしたよね。その答は、細くてがんじょうなワイヤーです」

司令官はにやりと笑った。納得できる解答だ。

「ルーティン・テストをしよう。ところで、追加金が必要かね？　妥当な額なら、必要なだけ前渡しするぞ。一万までなら」

ホッパーがしゃしゃりでてきた。「わしはワイヤーなんぞを注文したわけじゃないぞ、ギャラガー。わしの依頼には応えてないじゃないか」

ギャラガーは返事をしなかった。ランプを調節する。ワイヤーは青から黄、そして赤へと色を変えた。

「これがあんたのスクリーンですよ、お利口さん。きれいな色でしょう？」

「色ぐらい見えとるわい！　目は確かだ！　だが――」

「波長によって色が変わるんですよ。ほら。赤。黄。青。また赤。黄。で、ランプを消したら――」

ウォール司令官が手にしているワイヤーが消失した。

ホッパーはぎゅっと口を閉じた。頭をかしげて身をのりだす。

ギャラガーは説明した。「このワイヤーには、空気と同じ屈折率があります。わざとそういうふうに造ったんですよ、ぼくは」ギャラガーにしても、かすかに顔を赤らめるぐらいの慎みはもちあわせている。まあ、いい――あとでGプラスに酒をおごろう。

「わざと？」

「あんたは、どの方向から見ても映像がゆがんで見えない、立体スクリーンがほしいといった。カラーであることは、今日びではいうまでもない。その答がこれだ」

ホッパーの呼吸が荒くなる。

ギャラガーはにっこり笑った。「映画館を箱枠構造にして、四面にこのワイヤーを張りめぐらすんでです。スクリーンはメッシュにして、四面に設置する。箱のなかにはワイヤーが張りめぐらされている。実質的には、ワイヤーでこしらえた見えないキューブということです。それでいい。フィルムなりテレビなりの映写機に紫外線をあてれば、波長の長さによる蛍光性のパターンが生じます。いいかえれば、画像が現われる。色つきの画像が。画像は目に見えないキューブに映写されるので、立体映像になります。そして、どの角度からでも、ゆがみのない映像が見られる。立体映像というだけではなく、視覚のイリュージョンが作用するんです。実物そのままの三次元映像というわけですよ。わかりますか？」

　ホッパーは弱々しくいった。「ああ。わかった。なんで……どうして、前に会ったときにそういわなかったんだ？」

　ギャラガーは急いで話題を変えた。「司令官、警察の警護をお願いしたいんですが。マックス・カフという悪党の市会議員がこのマシンを奪おうと画策してるんです。今日の午後、ぼくはカフの手下のギャングどもに捕まって――」

「国家的事業を邪魔しようとしているのか？」司令官はむずかしい顔になった。「あの手この手で私腹をこやそうとする、政治屋どものことなら知っている。この先、きみがマックス・カフにわずらわされることはなかろうよ――テレヴァイザーを使わせてもらっていいか？」

　マックス・カフのくびねっこが押さえられるとわかり、スミスは満面に笑みをたたえた。ギャラガーはスミスの目をみつめた。その目は喜びに輝いている。うれしそうなその目を見ると、ギャラガーはどういうわけか、客に酒をふるまおうと思いついた。手配を終えた司令官も今度は断らず、ロボットがさしだしたグラスを受けとった。

「この実験室は警護される」司令官はギャラガーにいった。「したがって、今後はトラブルに悩まされることはあるまい」

司令官はグラスを干すと、ギャラガーと握手した。「委員会に報告をせねばならん。幸運を祈る。そして多大な感謝を受けとってくれたまえ。明日、連絡する」

司令官はふたりの警官をしたがえて去った。ホッパーはカクテルをがぶ飲みした。「わしはあやまるべきなんだろうな。すべてを水に流してくれんかね？」

「ふうむ。あんたはぼくに借りがありますよ」

「トレンチ弁護士に小切手を送らせる。で……その……ん……」ホッパーの声が途絶えた。

「どうしました？」

「な、なんでもない」ホッパーはグラスを置いた。顔が緑色になっている。「ちょっと新鮮な空気を――げぶっ！」

ホッパーは急いで出ていき、ドアがばたんと閉まった。

ギャラガーとスミスはけげんそうに目を見交わした。

「どうしたんだろう？」スミスがいう。

「天罰ってやつですかね」ギャラガーはいった。「〝神の挽き臼は――〟」

「ホッパーが気持悪くなったのも当然です」ロボットが酒のお代わりをもってきた。

「ふうん。なぜだい？」

「彼のぐあいが悪くなるのはわかってました。なにせ、わたしが薬入りの酒を飲ませましたから。彼はわたしには目もくれませんでした。わたしはそれほどうぬぼれが強いわけではありませんが、無視されるのは好みません。あの男は審美眼がゼロなので、しっかり学習してもらう必要があります。さあ、もうわたしの邪魔をしないでくださいね。キッチンに行って、ダンスの練習をします。酒はあの供給器を使えばいい。なんでしたら、わたしのダンスを見にきてもかまいませんよ」

体内の歯車をせっせと回転させながら、ロボットはキッチンに消えた。

ギャラガーはため息をついた。「そういう手があったとは」

「へ?」スミスはけげんそうだ。

「いや、なんでもない。万事落着。そう、ぼくはほぼ同時に、三つの異なる問題の解決を依頼され、へべれけに酔って、その三つを解決できるマシンを造った。ぼくの潜在意識はどんな問題でもやすやすと解決してしまうんだ。残念ながら、ぼくには無理だ――しらふにもどってしまうと」

「なら、なんでしらふにもどるんですかい?」スミスはずばりと突っこんだ。「酒の供給器って、どんなもんなんですかね?」

ギャラガーは使いかたを披露した。「なんだか冴えない気分だな。一週間、ぶっつづけで眠るか、でなきゃ――」

「でなきゃ？」

「ぶっつづけで飲むか。どっちがいいかな。あのね、ひとつ、気にかかることがあるんだ」

「てえいうと？」

「あのマシン、作動するとなぜ〈セント・ジェームズ病院〉を歌うのか、それがわからん」

「いい歌ですぜ」スミスはいった。

「そうなんだけど、ぼくの潜在意識は論理的なやつなんだ。その論理は狂ってるがね。にもかかわらず――」

「ほりゃまあ」

　ギャラガーはリラックスしてきた。自分らしくなってきた気がする。世界は暖かく、薔薇色に輝いている。銀行口座には金がどっさり。警察は手を引いた。マックス・カフは、まちがいなく数多の罪を問われるはずだ。ずしんずしんと重い音が響いているのは、キッチンでロボットがダンスの練習をしているからだ。

　真夜中をすぎたころ、ギャラガーは酒にむせた。「思い出した！」

「なんだなんだ！」スミスは仰天した。「どうしなすった？」

「歌いたい気分なんだ」

「んで？」

「うん。〈セント・ジェームズ病院〉を歌いたい気分なんだよ」

「なら、歌いなせえ」スミスはうながした。

「けど、ひとりじゃだめなんだ」ギャラガーは説明した。「酔っぱらうと、いつも歌いたくなるんだが、デュエットすると最高にうまく歌える気がする。あのマシンを造ってるとき、ぼくはひとりだった」

「で？」

「で、マシンに、録音再生装置を組みこんでしまったにちがいない」Gプラスの狂気の源と奇妙な脱線ぶりという、とてつもない驚異の世界に、ギャラガーは迷いこんだ。「ああ、そうか。マシンはいちどきに四つの作業ができるんだ。土を喰い、宇宙船の手動コントロールを操作し、ゆがみのない立体スクリーンを実現させ、ぼくとデュエットする。おかしな組み合わせだなあ」

スミスはしみじみいった。「あんたは天才だ」

「そりゃ、もちろんそうさ。ふうむ」ギャラガーは立ちあがり、マシンを作動させると、小型発電機〈バブルズ〉に腰をおろした。スミスは窓敷居にしがみついて、発光するチューブの束が土を喰うスペクタクルな光景をうっとりと眺めた。目に見えないワイヤーが溝のついた車輪に沿ってぐるっと回っては、どんどん先に進む。静かな夜は、〈セント・ジェームズ病院〉のメロディにかき乱される。

マシンがおおげさなほどに悲しげな声をはりあげると、深みのある低音が、名も無き者に荒れ野をさまよい捜しあてろと、情熱的に勧める歌詞をうたいあげる。

〝世界中をくまなく捜すがいい
おれよりやさしい男はふたりといない〟

マシンとともに、Gプラスもいっしょに歌っている。

EX MACHINA

『不思議の国のアリス』に出てくる、〈わたしを飲んで〉というラベルのついたボトルからアイディアを得たんだ、とギャラガーはものうい口調でいった。「酔っぱらっているときは別だけど、ぼくは本来、専門家じゃない。電子（エレクトロン）と電極（エレクトロード）の区別もつかない。片方は見えないということ以外はね。ときどきは正確に区別できるけど、しょっちゅうごっちゃになる。問題は記号論なんだ」

「あなたの問題は、飲んだくれということです」透明なロボットはかすかにするどい音をたてて足を組んだ。

ギャラガーは顔をしかめた。「そうじゃない。ぼくは飲んだくれているときには、じつに優秀なんだ。混乱するのは、しらふのときに限られる。だからあえて酔いどれるんだ。ぼくの眼球の水っぽいユーモアが、じわじわとうるおってくる。それって、意味があるんじゃないか？」

「ありません」ジョーという名のロボットは、きっぱりと否定した。「泣き言をいってるだけですね。泣き言をわたしに聞いてほしいだけなんですか？　わたしは忙しいんです」

「なんで忙しいんだ？」

「哲学を分析しているんですよ。本質（ペル・セ）をね。あなたたち人間はじつにおぞましい生きものですが、ときどき、驚くほど明晰（めいせき）なアイディアを思いつく。もっと明確にいうと、純粋の哲学の知的論理は、わたしにとっては啓示なんです」

ギャラガーはなにやら、宝石のように硬い炎がどうとかつぶやいた。また泣き言が口をついて出てしまい、そのせいで、〈わたしを飲んで〉というラベルのついたボトルを思い出し、ボトルという語の連鎖反応で、カウチのそばの酒供給器を思い出した。ギャラガーはひょろっとした体を迅速（じんそく）に動かして実験室を横切った。発電機とおぼしい三基の、かさばった機器をよけて通る。大型のほうは〈モンストロ〉、小型のほうは〈バブルズ〉と名づけられている。その二基のことは憶（おぼ）えているが、いまはなぜか三基ある。その認識が、ほんの一瞬、ギャラガーの脳裏を走った。だが、一対の青い目をもつ三基目の発電機がこちらをみつめているため、ギャラガーは急いで視線をそらし、カウチにへたりこんで、酒供給器のボタンをいくつか押した。だが、チューブから口腔に流れこんでくるはずの酒が一滴も入ってこないため、ギャラガーはマウスピースをはずし、やりきれないというようにぱちぱちと目をしばたたくと、ロボットのジョーにビールを持ってこいと命じた。

なみなみとビールがつがれたグラスを口にもっていく。ひとくちも飲まないうちに、グラスは空（から）になった。

「おかしい」ギャラガーは呻（うめ）いた。「食べ物と水に逃げられる罰を科された、ギリシア神話のタンタロスになったみたいだ」

「誰かがあなたのビールを飲んでるんですよ」ジョーはいった。「さあ、もう、わたしを放っておいてください。哲学の本質を会得したら、わたしはわたしのバロック的な美しさを賞賛できるはずだ、と思いついたんですから」

「そりゃあ、できるだろうな。おい、ちょっと鏡の前を離れて、こっちに来い。ぼくのビールを誰かが飲んでるって？　そいつは緑色のこびとか？」

「小さな茶色の生きものですよ」ジョーは小声でひそひそとそういうと、険悪な目つきでにらんでいるギャラガーをほっぽらかしにして、また鏡に見入った。

ギャラガーは、ジョーを縛りあげて、規則的にぽたぽたとしたたり落ちる塩酸の下に放置してやろうかと、本気で考えた。しかし、そうはせずに、もう一杯、ビールをグラスにつごうとしたが、またもや不運にみまわれた。ビールが消えてしまったのだ。

突如として憤怒(ふんぬ)に駆られ、ギャラガーは立ちあがってソーダ水を用意した。小さな茶色の生きものとやらは、ギャラガー以上に、こういう発泡性の液体は好まないだろう。それはともかく、思ったとおり、ソーダ水は謎めいた消失をしなかった。多少渇きは癒えたが、困惑は深まる一方だ。ギャラガーは、青い目をきらめかせてむっつりとこちらをにらんでいる、三基目の発電機を見てから、視線を作業台に向けた。作業台には、種々の器具が雑然と散らかっている。なにやら正体不明の液体が入ったボトルが何本もある。どれもアルコール飲料ではないのは確かだが、ラベルはほとんど意味不明か、判読不能だ。昨夜の深酒のせいで、ギャラガーの潜在意識が解放され、メモがわりにラベルをつけたらしい。ギャラガーの潜在意識――彼はそれをGプラスと呼んでいる――はダントツに優秀な科学者だが、猛烈に歪(ゆが)んだレンズで世界を眺めているため、ボトルのラベルは、たとえ読めたとしても、疑問の解決には役に立たない。ひとつには〈ウサギ専用〉、もうひとつには〈それがどうした?〉、三つ目には〈クリスマスの夜〉と記してある――らしい。

そして、車輪、歯車、チューブ、鎖歯車(スプロケット)、光菅が複雑に入り組んだシロモノがある。光菅は電気のコンセントにさしこんである。

「我思う、ゆえに我あり(コギト・エルゴ・スム)」ジョーが低い声でいった。「周囲に誰もいないときは。いや。ふむむ」

「小さな茶色の生きものってなんだ?」ギャラガーはジョーに訊(き)いた。「現実に存在するのか、それとも、単なる作りごとなのか?」

「現実とはなにか?」ジョーは問いかえした。論点がさらに深遠になる。「まだ、わたしの満足のいく答はみつかっていません」

「満足のいく答だと! ぼくは十乗級の二日酔いで目を覚ました。なのに、まだ一滴も酒が飲めていない。おまえは、小さな茶色の生きものがぼくの酒を盗んだ、とかいうおとぎ話をでっちあげた。そして、カビの生えた哲学概念を引用した。ぼくがバールを手にしたら、おまえはあっというまに思考なんぞできなくなるんだぞ」

ジョーは優雅に撤退した。「おそろしい速さで動く、小さな生きものですよ。目に留まらないほど速い」

「どうしておまえには見えるんだ？」

「見てはいません。ヴァリッシュしてるだけです」人間の通常の感覚は五つだが、ジョーの感覚の数はそれを上回っている。

「そいつはいまどこにいる？」

「ちょっと前に消えましたよ」

「すると――」ギャラガーは締めくくりのことばを捜した。「昨夜、なにかが起こったにちがいないな」

「当然ながら」ジョーはうなずいた。「ですが、耳の大きな醜い男がやってくると、あなたはわたしのスイッチをオフにしてしまった」

「それは憶えてる。おまえは独創的な悪態をついていた……で、どんな男だった？」

「みっともない男。あなたはグランパに散歩にいけといいましたが、グランパを酒のボトルから引き離すことはできませんでしたよ」

「グランパか。ああ、うん。おじいちゃんはいまどこにいる？」

「メインに帰ったんじゃないですか。帰る帰ると、ずっと凄(すご)んでましたから」

「地下室の酒をぜんぶ飲んでしまうまで、帰りっこないよ」ギャラガーはオーディオ装置に向かい、各部屋に呼びかけた。返事はない。ギャラガーは立ちあがり、グランパを捜しにいった。くまなく家じゅうを捜したが、グランパはどこにもいない。

実験室にもどったギャラガーは、三基目の発電機の大きな青い目を無視しようと努めながら、また作業台を眺めた。無力感にさいなまれながらも、じっくりと観察する。

鏡の前に立っているジョーが、自分は知性の基本的な哲学を信じている、自分はそう思っているといった。とはいえ、とジョーはつけくわえた。ギャラガーの知性は一時停止の状態にあるため、録画を再生して、昨夜なにが起こったのか、確認してみてはどうかといった。

じつに有益な意見だ。ギャラガーはしらふになると、ぐでんぐでんに酔っていたときになにをしたのか、まったく思い出せない。それはまちがいない。そこでギャラガーは、ずっと前に、実験室に撮影・録音装置を設置した。賢明にも、特定の条件を満たす場合は、その装置が自動的に音声つきの映像を撮るように調整してある。その装置がどういうふうに作動するのか、もはや正確なことは憶えていない。記憶にあるのは、その装置は製作者の血中アルコール度を検知して、そのパーセンテイジがある程度の高さに達すると、自動的に音声つきの映像を記録しはじめる、ということだけだ。

いま、その装置は毛布にくるまれて放置されている。ギャラガーは毛布をはがし、スクリーンを用意して、昨夜なにが起こったのかを目で確かめ、耳で確認することにした。

再生が始まった。

ロボットのジョーは実験室の隅で静止している。おそらく熟考中なのだろう。小柄なグランパが酒のボトルを抱いて、スツールにすわっている。日焼けした顔は、機嫌の悪いクルミ割り人形に似ている。ギャラガーは録画装置が始動するに足るだけの、充分な量の酒を体内に補給し、酒供給器のマウスピースを口から離した。

細身で、いやに耳の大きな中年男がギャラガーをみつめている。リラックスした態度をとりたいのだろうが、その顔にはじりじりしている気持もあらわに、熱意のこもった表情が浮かんでいる。

「たわごとだ」グランパがきしるような声でいった。「わしが子どものころは、灰色熊（グリズリー）を素手で殺しておったぞ。そんな新しい考案品なんぞ、誰も――」

「グランパ」ギャラガーはいった。「黙ってて。そんなむかしに生きてたわけじゃないだろ。それに、どっちみち、おじいちゃんはほら吹きだ」

「いいや、そんな時代だった。あるとき、森に入ったら、グリズリーに出くわしたんだ。わしは銃を持ってなかった。いいか、よく聞け。わしはやつの喉もとに手をのばして――」

「ボトルが空だよ」ギャラガーは如才なく指摘した。グランパははっとして口をつぐみ、ボトルの中身を確かめた。ボトルは空ではなかった。

「あなたを強く推薦されたんです」熱意あふれる男はいった。「あなたなら助けてくれる。わたしも、わたしの共同経営者(パートナー)も、もう限界なんです」

ギャラガーはもうろうとした酔眼を男に向けた。「パートナーがいるんですか？　どんなひとです？　というか、あなたはどなた？」

沈黙のなかで、男は困惑と闘っていた。

グランパが口からボトルを離した。「ボトルはまだ空じゃなかったけど、いましがた、空になった。新しいのはどこだ？」

男は目をしばたたいた。「ミスター・ギャラガー」消えいりそうな声だ。「どうなってるんです？　いままでずっと話してきたんですが――」

「ええ、そうですね。すみません。専門的な問題になると、よく頭が回らなくて、そのう……ええっと……ちょっとした刺激が必要でしてね。刺激があれば、天分が働きだすんです。ただし、ひどく忘れっぽくてね。ええ、だいじょうぶですよ、あなたの問題は解決できます。ところが、じつをいうと、その問題がなんだったのか、それを憶えていないんですよ。すみませんが、初めからもう一度、話してください。あなたがどなたかを。えーっと、ぼくはすでにいくらか金(かね)を受けとっているんでしょうか？」

「わたしはジョーナス・ハーディング。ポケットには五万クレジットの金があります。だけど、あなたとは、まだなんの合意にも達していません」

「なら、その金をください。それで合意となります」あっけらかんと金銭欲をむきだしにして、ギャラガーはそういった。「金が要るんです」

「それは確かだな」新しい酒瓶を捜しているグランパが、口をはさむ。「預金口座がしょっちゅう貸越しになるんで、おまえが銀行に近づいたとたん、銀行員たちはドアというドアをロックしてしまう。ううう、一杯飲りたい」

「酒供給器を使いなさいよ」ギャラガーはグランパに勧めた。「さて、ミスター・ハーディング……」

「ボトルのほうがいい。おまえの酒ひょうひゅうきなんぞ、信頼でけん」

ありったけの熱意をもってしても、ハーディングはむくむくと湧きあがる疑心を抑えることはできなかった。「金の件に関していえば、まずは、もっと話を詰めたほうがいいかと思います。あなたはとても高名なかたですが、たぶん、今日はあまり調子がよくないんでしょうね」

「いやいや、まったくそんなことはありません。とはいえ――」

「どうして、合意に至らないうちに、金を払わなければならないんです？」ハーディングは追及した。「なんといっても、あなたは、わたしが誰だか、また、わたしの依頼がなんなのかを、まったく憶えていないじゃありませんか」

ギャラガーはため息をついて降参した。「わかりました。では、あなたがなにを依頼したいのか、いってください。要するに――」

「わしは故郷に帰る」グランパがいった。「ボトルはどこだ?」

ハーディングはやけくそめいた口調でいった。「ミスター・ギャラガー、もう限界です。ここに来るなり、あなたのロボットに侮辱された。あなたのおじいさんに、いっしょに酒を飲もうとしつこく強要された。あやうく、毒を飲まされるところだった――」

「わしはコーンウィスキーに慣れとる」グランパはつぶやいた。「けど、いまどきの若僧どもは飲めんのだな」

「では、ビジネスの話をしましょう」ギャラガーは明るくいった。「気分がよくなってきました。このカウチにすわって、ゆっくりと、あなたの話をうかがいましょう」そういってカウチにゆったりとすわり、のんびりと酒供給器を使った。マウスピースからジンがちょろちょろと流れ落ちてくる。

そんなギャラガーを見て、グランパが悪態をつく。

「さあ」ギャラガーはハーディングをうながした。「最初から、いっさいを話してください」

ハーディングは小さくため息をついた。「では――わたしは株式会社アドレナルズの共同経営者です。サービスを提供する会社で、現代に見合う豪華なサービスをモットーにしています。前に話したとおり――」

「まったく憶えてないな」ギャラガーはつぶやいた。「カーボンコピーを用意しておくべきでしたね。いまあなたがしているのは、そういうことじゃありませんか？　あなたはいま、腎臓の上に、ちっぽけな組み立て式住宅を建てている。ぼくの脳裏には、そんなおかしなイメージが浮かんでますよ。でも、ぼくがまちがってるにちがいない」

「そうです」ハーディングは無愛想にいった。「ではカーボンコピーをつづけましょう。アドレナリンが湧きたつという問題です。今日び、人々が静かで平穏な暮らしを――」

「ハッ！」ギャラガーはするどい声を発した。

「――しているのは、安全を守る管理や装置、医療の進歩、そして、安定した社会構造のおかげです。ところで、副腎（アドレナリン）は人間の健康に必要な、活力に満ちた機能的な働きをします」ハーディングは身についたセールストークをとうとうと述べたてた。「大むかし、人間が洞窟暮らしをしていた時代、サーベルのような犬歯をもつ獣（けもの）がジャングルからとびだしてくると、人間の副腎、つまり腎上体が即座に反応し、アドレナリンが体じゅうを巡ります。そして、闘うなり逃げるなり、瞬時にすばやい行動を起こすように仕向けるのです。心臓等の血管が拡張されて血流がよくなり、血糖値や血圧があがります。血液の間欠的な奔流は、体ぜんたいに緊張をもたらします。精神が鼓舞されることはいうまでもありません。本来、人間は攻撃的な生きものなのです。現代人はその本能を失っていますが、副腎を人工的に刺激してやれば、失われた本能がよみがえるんです」

「一杯どうだね？」グランパはいそいそと勧めた。もっとも、酒を勧めたからといって、ハーディングの説明をきっちり理解して感銘を受けたわけではない。

　ハーディングの顔が引き締まった。自信たっぷりに、ぐいと身をのりだす。

「魔法」ハーディングはいった。「それが答です。わたしたちは冒険を提供するんです——現代の暮らしに倦(う)んだ男女に。安全でスリル満点でドラマチックな興奮に満ちた、魔法の冒険を。テレビが垂れ流している、なまぬるい代理体験ではありません。我がアドレナルズ社は、冒険と同時に、肉体と精神と心とを改善・向上するサービスを提供しているのです。あなたも我が社の広告を目にしているはず。〈型にはまった暮らしをしていませんか？　暮らしに倦んでいませんか？　《ハント》をおためしください——そうすれば、リフレッシュして幸福感にあふれ、健康そのものになって、世界に立ち向かう気構えができます〉」

「《ハント》？」

「我が社のもっともポピュラーなサービスです」もとのビジネスライクな口調にもどる。「決して新奇なものではありません。むかし、とある旅行代理店が、スリル満点のメキシコでの虎狩りツアーを宣伝して——」

「メキシコに虎はおらん」グランパがいった。「わしはメキシコに行ったことがあるんだ。おい、いっとくが、新しいボトルをみつけてくれんのなら、わしはメインに帰る」

　ギャラガーは別のことで頭がいっぱいだ。「だったら、なぜ、ぼくを必要とするのか、そこがわからない。虎を用意しろといわれても、そんなことはできませんよ」

「メキシコの虎というのは、ネコ科の眷属(けんぞく)でしてね、たぶん、ピューマのことでしょう。それはともかく、我が社は世界じゅうに特別な保留地を確保しています——装置を配し、しかもそれを維持するのには、べらぼうな金がかかりますが、その保留地で《ハント》を実施するんです。前もって細部にまで綿密に計画された《ハント》を。危険は最少でなければならない——ほんとうは完全に除去すべきです。しかし、危険があるという幻想は必要なんです。でないと、お客さまたちはスリルを味わえませんからね。人間を傷つける寸前でストップするように、動物たちを調教しようと努力しています……が……そのう……なかなかむずかしい。申しあげにくいのですが、これまでに数人のお客様を失いました。莫大(ばくだい)な賠償金を支払いましたとも。ですから、どうしても利益をあげなければならないんです。それで徹底した調査をおこなった結果、我が社で虎やそのほかの大型肉食獣を使うのは、とうてい無理だと判断しました。要するに、安全を確保できないからです。しかし、それでもなお、危険という幻想は必要です！　危険がなければ、我が社は単なるクレー射撃クラブになりさがってしまう。クレー射撃では、人命が危険にさらされることなど、ありえませんからね」

グランパがいった。「おもしろいことをしたいってか？　なら、わしといっしょにメインに来るといい。本物の狩りをさせてやる。あっちじゃ、いまだに、里に出てきた熊を山に追い返しているからな」

ギャラガーはいった。「どうやら話が見えてきましたよ。だが、個人的な見解をいわせてもらうと――びっくりです！　ところで、〝危険〟の定義はどうなっているんです？」

「危険とは、なにかに襲われ、喰われそうになる、そういうことだな」グランパが指摘する。

「未知の――奇妙な事柄も、また、危険じゃな。単に理解できないという理由で。だからして、幽霊がらみの怪談がすたれないんじゃよ。闇のなかで放たれる咆哮は、陽光のもとで見る虎よりも、はるかに恐ろしい」

　ハーディングはうなずいた。「そのとおりだと思います。ですが、別の要因があるんですよ。狩りは安易すぎてはいけない。たとえばウサギを仕留めるなんぞ簡単しごくで物足りない。それに、当然ながら、我が社ではお客さまに最新式の武器を使ってもらいます」

「なぜ？」

「安全のために。そういう武器や、スキャナーや、におい分析器を駆使すれば、どんなに鈍い者でも獲物を追跡して殺すことができる、という点が重要なんです。人喰い虎のような獣がいなければ、スリルもない！　しかし、スリルという事項は、我が社の保険引き受け業者には低い評価しかされません！」

「で、あなたはどうしたいんです？」

「自分でもよくわかりません」ハーディングはのろのろといった。「たぶん、新しい獣がほしいんでしょうね。アドレナルズ社の要求を満たす獣が。でも、それがどういうものなのか、わたしにはわからない。でなきゃ、あなたに依頼しませんよ」

ギャラガーはいった。「新しい獣を、空中からつかみだすことはできませんよ」

「どこかにいますかね？」

「さあねえ。ほかの惑星？　ほかの時代？　ほかの並行世界？　以前に、なかなか愉快な生きものと知り合いましたよ。リブラという生きものですがね、未来の火星に棲息しているんです。でも、彼らはあなたの条件にはあてはまらない」

「なら、別の惑星なら？」

ギャラガーはカウチから立ちあがり、作業台に向かった。作業台に散らばっているさまざまな部品のなかから、チューブとはめば歯車をつかみ、両者をつなぎはじめる。「ちょっと思いついたんです。人間の脳には、潜在的な要因がひそんでいるんですが、わたしの潜在的要因が表に表われつつある。うん、おそらく――」

手の下で、なにやら装置が形を成しつつある。ギャラガーはいまや夢中だ。と思うと、悪態をついて、その未完成の装置を放りなげて、また酒供給器のもとにもどった。

グランパはカウチに陣取り、酒供給器を試してみたが、生のジンを一滴吸いこんだだけで、むせてしまった。そして故郷に帰ると脅し文句をならべ、ハーディングにいっしょに行こう、本物の狩りを見せてやると、さかんに誘った。

ギャラガーはカウチのグランパを押しのけた。「ミスター・ハーディング、明日には依頼の件が解決します。ちょっと考えてみたいことができたんで――」

「つまり、飲みたいってことですね」ハーディングはクレジットの厚い束を取りだした。「あなたのことはいろいろ聞いていますよ、ミスター・ギャラガー。プレッシャーがかからないと仕事をしないとか。あなたにはデッドラインが必要で、それがないと、なにもしないそうですね。ならば——これが見えますか？　五万クレジットあります」腕時計に目をやる。「一時間、さしあげます。一時間でわたしの問題を解決してもらえないのなら、取引は白紙にもどします」

ギャラガーはなにかに喰いつかれたかのように、カウチからとびあがった。「そんなばかな。一時間だなんて、そんな——」

ハーディングは断固として冷たくいった。「わたしは計画性のあるやりかたを好みます。しかし、あなたがそうではないことがわかるぐらいには、あなたのことを知っています。ほかの専門家か技術者を捜すこともできる。いいですか、一時間です！　それでだめなら、わたしはあのドアから出ていきますよ。五万クレジットとともに！」

ギャラガーはものほしそうな目をクレジットの束に向けた。急いで酒を飲むと、静かな口調で悪態をついてから作業台に行き、未完成の装置を手にとった。今度は途中で放りださずにもくもくと作業をつづける。

しばらくすると、作業台から一条の光が放たれ、ギャラガーの目を射た。ギャラガーは悲鳴をあげて、よろよろとあとずさった。

「だいじょうぶですか？」ハーディングはとびあがった。

「ああ」ギャラガーは呻きながらスイッチを切った。「どうやら、なんとかなりそうだ。あの光……痛ッ。目を直射されて、日焼けした」ぱちぱちとまばたきをして涙をこぼす。そして酒供給器のもとにもどった。

ごくっと酒を飲んでから、ギャラガーはハーディングにうなずいてみせた。「あなたの望むものの手がかりをつかんだ。だが、完成するのに、どれぐらい時間がかかるかわからない」顔をしかめる。「グランパ、酒供給器の設定を変えたかい？」

「知らん。ボタンをいくつか押したが」

「そうだと思った。これは生のジンじゃない。ウホー！」

「強烈か？」グランパは興味津々という面持ちで、もう一度酒供給器を試してみようと手をのばした。

「どういたしまして」ギャラガーは膝立ちになって、ずりずりと録画装置に近づいた。「これはなんだ？　スパイか？　この家じゃスパイをどうするか、ちゃんと考えてあるんだぞ、薄汚い裏切り者め！」立ちあがり、毛布をつかんで、録画装置にかぶせる。

当然ながら、この時点で、録画再生のスクリーンは暗くなった。

「いつだって、ぼくは賢明にも、ぼく自身をだしぬいている」ギャラガーは再生装置のスイッチを切った。「苦労してこの録画装置を造ったのに、ここぞという山場で毛布をかぶせてしまう。おかげで、なにやら未知の要因が加わったために、以前よりもさらに、わけがわからなくなったことがわかった」

「人間は物事の本質を知っている」ロボットのジョーがつぶやいた。

「それは重要な概念だ」ギャラガーはうなずいた。「だが、ギリシア人はずいぶん前にそれを発見したぞ。おまえも懸命に考えつづけていれば、そのうち、二たす二は四である、という輝かしい発見に至るだろうよ」

「静かにしてください、みっともないかた」ジョーはいった。「わたしは抽象概念の領域に入っているんですから。ドアを開けて、わたしを放っておいてください」

「ドアを開ける？　なぜだ？　ドアベルは鳴ってないぞ」

「すぐに鳴ります。ほら」

「朝のこんな時間に訪問客か」ギャラガーはため息をついた。「グランパだろうな」ボタンを押して、ドアプレート・スクリーンを見守る。顎の突きでた、もじゃもじゃ眉毛の男の顔が映る。見知らぬ顔だ。

「なるほど」ギャラガーはいった。「お入りなさい。矢印にしたがって進んで」現代のタンタロス的状況に陥る前に、急いで酒供給機のもとにもどる。

顎の突きでた男が実験室に入ってくると、ギャラガーはいった。「急いで用件を。ぼくの酒を全部飲んでしまう、小さな茶色の生きものに追いかけられてましてね。ほかにもいろいろとトラブルをかかえているんですが、この小さな茶色の生きものは最悪のトラブルなんですよ。酒を飲まないと、ぼくは死んでしまう。だから、さっさと用件をいって、ぼくをひとりにしてください——問題に専念できるように。ところで、あなたに金を借りちゃいませんよね？」

「見方によるな」客は強いスコットランド訛りでいった。「おれの名前はマードック・マッケンジー。あんたがギャラガーだな。いかにも信用できない顔だ。わしのパートナーと、やつが持っていた五万クレジットはどこだ？」

ギャラガーは考えた。「あなたのパートナー？　ジョーナス・ハーディングのことかな？」

「そいつだ。アドレナルズ社のわしの共同経営者だが」

「会ったことはないと——」

いつものようにのらくらと切り抜けようとすると、ジョーが口をはさんだ。「あの、耳の大きな、みっともない男ですね。見るもおぞましかった」

「いかにも、そのとおり」マッケンジーはうなずいた。「あんたは過去形を使った。あんたが、というよりは、あんたのすばらしいロボットが、というべきか。おそらく、あんたはわしのパートナーを殺し、その死体を科学的な装置で処置したんだろう？」

「ちょっと待って——」ギャラガーはいった。「いったいぜんたい、なんだというんだ？

ぼくの額に、殺人者だというカインの印かなにかがついているとでも？　どこをどう飛躍したら、そんな結論が出てくるんだ？　あんたは頭がおかしい」

マッケンジーは長い顎をなでて、灰色のもじゃもじゃ眉毛の下から、するどい目でギャラガーをみつめた。「かといって、たいした損失にはならん。ビジネス上で、ジョーナスはあまり役に立たないからな。計画性ばかり重視するんでね。昨夜、やつはここに来たときに五万クレジットを持っていたはずだ。それに、死体の問題がある。やつには巨額の保険がかかっておるんだ。ミスター・ギャラガー、ここだけの話だが、あんたがわしの不運なパートナーを殺し、五万クレジットをねこばばしたとしても、非難したりはせん。じっさいのところ、喜んであんたを逃がしてやろう……そうさな……一万クレジット持たせてやる。残りの四万クレジットは、わしがもらう。だが、ジョーナスは死んだと、あんたが確かな証拠を提示しないかぎり、わしらの保険引き受け業者は満足せんだろう」

「論理」ジョーが賞賛するようにいった。「美しい論理。まがまがしい恐怖の思考から、そんな論理が導きだせるとは、驚いたものです」

「わしはもっと恐ろしく見えるはずだ、我が友よ。もし、わしの皮膚があんたのように透明ならば」マッケンジーはいった。「もし、解剖学的構造チャートが精密ならば。だが、いまはわしのパートナーの死体のことを話しているんだ」

ギャラガーは荒々しくいった。「ばかばかしい。あんたの提案だと、殺人という重罪を示談にしよう、といってるように聞こえるぞ」

「なら、罪を認めるんだな」

「まさか！　ミスター・マッケンジー、あんたはいやに自信満々だな。賭けてもいいが、ハーディングを殺したのはあんたで、その罪をぼくにきせようとしている。でなきゃ、どうしてハーディングが死んだといいきれるんだ？」

「確かに、そこは説明が必要だな。いいか、ジョーナスは計画性を重視するタイプだ。いかにも、そのとおり。どんな理由があろうと、彼が約束をすっぽかすことはない。その点は、わしもよく知っている。彼は昨夜も、今朝も、ひとと会う約束をしていた。そのうちの一件は、わしも同席することになっていた。さらに、昨夜あんたに会いにきたさいに、彼は五万クレジットを持参していた」

「彼がここに来たと、どうしてわかるんです？」

「エアタクシーに同乗して、わしがここまで送ってきたからだ。この家の玄関ドアの前で彼をおろし、彼が家のなかに入るのを見送った」

「だが、彼が出ていくのは見ていない。彼は帰ったんですよ」

マッケンジーは黙りこみ、骨ばった指を折ってチェックすべき点を確認した。

「ミスター・ギャラガー、今朝、わしはあんたの履歴をチェックした。良好とはいえんな。控え目にいっても、不安定だ。何度もうさんくさい取引に係わり、過去には、一度ならず、罪をおかした疑いで告訴されておる。どの裁判でも有罪は証明されなかったことを思えば、じつに狡猾（こうかつ）な人間ではないかと、わしは見ている。警察も同意するだろうな」

「警察には、なにひとつ、証明できませんよ。ハーディングは自宅のベッドのなかじゃないですかね」

「自宅にはいない。いいか、五万クレジットというのは大金だが、わしのパートナーの保険金はそれを上回る額だ。口惜（くちお）しいことに、ジョーナスが行方不明のままではビジネスが停滞してしまう。それに、訴訟となったら、金がかかる」

「ぼくは・あんたのパートナーを・殺していない！」ギャラガーは叫んだ。

「ふむ」マッケンジーはにやりと笑った。「とはいえ、わしがあんたがやったと証明してみせたら、どっちみち、同じことだし、わしにとってはきわめて有利になる。いまの自分の立場を考えてみるがいい、ミスター・ギャラガー。なぜ罪を認めないんだ？　ハーディングの死体をどうしたのか、それを白状すれば、五万クレジットを持たせて、逃がしてやるぞ」

「さっきは一万クレジットといった」

「ばかなやつだな」マッケンジーはきびしい声でいった。「そんなことはひとこともいっておらん。少なくとも、わしがそういったということは証明できんはずだ」

「一杯飲（や）って、話をつづけましょう」ギャラガーは酒を飲みたくなった。

「いい提案だな」

ギャラガーはグラスをふたつみつけ、酒供給機を手ぎわよく操作した。グラスのひとつをマッケンジーにさしだしたが、彼はくびを振ってそれを拒否し、もうひとつのグラスのほうに手をのばした。

「毒だな、おそらく」マッケンジーはぶっきらぼうにいった。「どうにも信用できない顔つきだ」

ギャラガーはその嫌みを無視した。酒もたっぷりグラス二杯分ならば、謎の小さな茶色の生きもののアルコール摂取量にも限度があると判明するかもしれない。急いでウィスキーを飲もうとしたが、たった一滴の酒が舌を焼いただけだった。早くもグラスは空っぽだ。ギャラガーはグラスを口から離し、マッケンジーをみつめた。

「安っぽいトリックだな」マッケンジーは作業台に空のグラスを置いた。「あんたのウィスキーが飲みたかったわけじゃない。だが、どうしてグラスの酒を消せたんだ？」

失望が怒りとなり、ギャラガーはわめいた。「ぼくは魔法使いなんだ！　悪魔に魂を売ったのさ。なんなら、あんたも消してやろうか！」

マッケンジーは肩をすくめた。「なるほどな。そんなまねができるんなら、前にもやったんだろう。あそこに鎮座ましましている怪物を見れば、魔法使いだといわれても疑わんよ」そういって、青い目をもつ、発電機らしからぬ発電機を指さす。

「なんだって？　あんたにもあれが見えるのか？」

「あんたが思ってる以上に、わしは物事がよく見えるんだ、ミスター・ギャラガー」マッケンジーは陰気な口調でいった。「それじゃあ、いまから警察にいくとしよう」

「待ってくれ。それじゃあ、あんたにはなにも得るものがない——」

「これ以上あんたと話しても、なにも得るところはない。あんたが強情を張るんなら、警察にたのむしかない。警察がジョーナスの死を確認することができれば、彼の保険金を回収できる」

「ちょっと待った。あんたのパートナーは確かにここに来た。そして、問題を解決してほしいと依頼した」

「ふむ。それで、解決できたのか？」

「いや。少なくとも——」

「ならば、あんたから得るものはなにもないな」マッケンジーはきっぱりとそういって、玄関ドアのほうに体の向きを変えた。「じきに連絡する」

マッケンジーは帰ってしまった。ギャラガーはみじめな思いでカウチにへたりこみ、くよくよと考えこんだ。そして、目をあげて青い目をもつ発電機をにらみつけた。

するとあれは幻覚ではない——ギャラガーは初めて不審に思った。発電機でもない。崩壊しかけた角錐台のように、どっしりした、ぶかっこうなモノ。そのふたつの大きな青い目が、じっとギャラガーをみつめている。目というか、ガラス玉というか、あるいは、金属に塗料を塗ったものというか。確かなことはわからない。高さは三フィート、底部のさしわたしも三フィート。

「ジョー」ギャラガーはロボットに声をかけた。「なぜあれのことをなにもいわなかった？」

「あなたが自分の目で見たと思ったからです」

「ああ、見たよ。けど、あれはなんなんだ？」

「わたしには見当もつきません」

「どこかから運んできたのかな？」

「昨夜、あなたがなにをもくろんでいたのかを知っているのは、あなたの潜在意識であるGプラスだけです。グランパとジョーナス・ハーディングも知っているかもしれませんが、ふたりともここにはいません」

ギャラガーはテレヴァイザーを使ってメインへの通話を申しこんだ。「グランパは自宅に帰ったのかもしれない。ハーディングを連れていったとは考えられないけど、可能性を見過ごすわけにはいかない。チェックしておこう。それに、目が乾いてしかたがないんだ。昨夜、ぼくはなにを造ったんだろう？」

作業台に行き、ガラクタの集合体としか見えない、謎めいたシロモノをしげしげと眺めた。

「どうしてあの回路に、靴べらをさしこんであるんだ？」

「あなたが手近なものを資材に使うのをやめないから、Gプラスもそれでしのぐしかないんですよ」ジョーはきびしい口調でいった。

「ふうむ。しこたま酒を飲んで、Gプラスを解放してやれば……いや、だめだ。ジョー、いまのぼくは酒が飲めない！　手足を縛られて給水車に近づけないんだ！」

「ドルトンの考察は、正しかったんでしょうかねえ？」

ギャラガーは唸った。「おまえ、眼茎をそんなふうに突きださないといけないのか？　ぼくを助けてくれよ！」

「わたしを当てにしてもだめです。問題はきわめてシンプルなんですよ。あなたが思い出しさえすれば」

「シンプルだと？　なら、さっさと解答を教えろ！」

「それより先に、ある哲学概念を確認したいんですよ」

「好きなだけ時間をかけるがいい。ぼくが牢獄で腐っていくあいだに、おまえは抽象概念をじっくり考える暇ができるんだから。ビールを持ってこい！　いや、いい。酒は飲めないんだっけ。なあ、その小さな茶色い生きものって、どんなやつなんだ？」

「頭をお使いなさい」

ギャラガーはがるると唸った。「ぼくの頭は、それなりに役に立っている。おまえはすべての解答を知っている。ごちゃごちゃとたわごとをいうかわりに、なぜ、あっさり教えてくれないんだ？」

「人間は物事の本質を知っている。今日は昨日の論理的進展である。あなたはまちがいなく、アドレナルズ社の問題を解決しました」

「なんだと？　ふうむ、そうか。ハーディングは新しい獣かなにかをほしがってた」

「それで？」

「ぼくは二体を手に入れた。小さな茶色の、目に見えないアル中と、あそこにぶっつわっている青い目の妙なやつを。なんとね！　ぼくはいったいどこから、あんなものを取りだしてきたんだ？　別の次元からか？」

「わたしにわかるわけがないでしょう？　あなたがやったんですから」

「そうらしいな」ギャラガーはうなずいた。「ひょっとすると、別の世界にあるものを、こちらの世界に持ってくるマシンをこしらえたのかも。そして、グランパとハーディングは、別の世界に行ってしまったのかも！　捕虜の交換みたいなものか。うーん、わからない。ハーディングはハンターにスリルを与え、なおかつ危険のない獣をほしがっていた。だが、危険という要素はどこにある？」ごくりと唾をのむ。「純粋に架空の生きものなら、危険という幻想を提供できる。うん、それは考えられる。とはいえ、なんだか体が震えてきたぞ」

「アドレナリンが血液とともに、体じゅうを駆けめぐっているんですよ」ジョーはきどった口調でいった。

「ハーディングの問題を解決するために、ぼくはどういうふうにしてか、この獣たちを捕まえた。あるいは、獲得した……うーん」唸りながら、ギャラガーはぶかっこうな形の、青い目の生きものの前に立った。「やあ」声をかけてみる。

返事はない。おだやかな青い目が虚空をみつめているだけだ。ギャラガーはおずおずと、青い目を指でつついてみた。

なにも起こらない。目は動かず、ガラスのように硬い。青みを帯びた、なめらかな本体をなでてみた。金属のような感触だ。軽い恐怖を押し殺し、床から持ちあげてみようとしたが、とうてい無理だった。おそろしく重い。あるいは、底部に吸盤がついているのか。

「目、か」ギャラガーはいった。「見たところ、ほかにセンサー機能はない。これはハーディングがほしがっていたものではないな」

「亀のように賢いんじゃないかと思いますよ」ジョーが示唆する。

「亀？　ああ、そういえばアルマジロに似てるな、これは。うん。それが問題だ。そうだろ？　どうすれば……あーっと、そのう、こんな獣を殺すとか、生け捕りにするとか、そんなことができるというんだ？　外殻はひどく硬いし、重すぎて動かせないんだぞ、ジョー。狩りの獲物ってのは、逃げたり、闘ったりするとはかぎらない。その点、亀はそんなまねはしないから、バラクーダは亀を喰おうと躍起になるもんだ。スリルを求める怠け者のインテリ連中には、完璧な獲物じゃないか。だが、アドレナリンは出るか？」

ジョーはなにもいわない。

ギャラガーは考えこんだ。そして、やおら、試薬と器具を手にした。ダイヤモンドドリルを使う。各種の酸を使ってみる。青い目の獣を覚醒させようと、思いつくかぎりのことを試してみた。一時間後、ギャラガーの憤懣（ふんまん）やるかたない悪態の奔流は、ジョーによって中断された。

「アドレナリンはどうです？」皮肉な口調だ。

「黙れ！　こいつは、ここにでんと構えて、ぼくを見ているだけだ！　アドレナリンだと……んんん？」

「恐怖同様、怒りは副腎を刺激します。人間は、自動防御装置が働いて、激怒するんじゃないでしょうかねえ」

「そのとおりだ」汗をかくほど奮闘したのに、なんの反応もしない青い目の獣に一発蹴りをいれてから、ギャラガーはカウチにもどった。

「厄介な指数が増える一方だ。おまえは恐怖を怒りにすりかえた。だが、小さな茶色の生きものはどうなんだ？　うーん、そいつのことはどうでもいいか」

「一杯、お飲みなさい」

「いや、そうじゃないな。窃盗癖のある憎たらしいそいつには、ほんとに頭にきてるんだ。そいつは動きが速すぎて、ぼくには見えない、とおまえはいった。なら、どうすれば、そいつを捕まえられる？」

「確実な方法はいくつもありますよ」

「捕まえにくい、不死身の生きものみたいだ。酒をたらふく飲ませて、動けなくなるようにできるかな？」

「代謝の問題です」

「酒を飲むために、エネルギーを速効で燃焼するのか？　なるほど。だけど、それなら、大量の食料が必要だろうに」

「最近、キッチンに入ったことはありますか？」ジョーは訊いた。

脳裏に空っぽの貯蔵室の光景が浮かび、ギャラガーは立ちあがった。青い目の獣のそばまで行く。

「こいつには、いわゆる代謝作用なんかないんだな。とはいえ、なにか喰うはずだ。なにを喰うんだろう？　空気か？　うん、その可能性はある」

玄関のドアベルが鳴った。ギャラガーは呻いた。「今度はなんだ？」

新来の客は、赤ら顔で、挑戦的な表情の男だった。ギャラガーを一時的に拘束すると申しわたし、連れてきた部下たちを呼んだ。男たちはすぐに家宅捜索を始めた。

「マッケンジーの差し金ですね」ギャラガーはいった。

「そうだ。わたしは未立証暴力行為担当部署のジョンスン刑事だ。弁護士を呼びたいか？」

「ああ」ギャラガーはチャンスにとびついた。テレヴァイザーで知っている弁護士を呼びだし、トラブルの概要を説明しはじめた。が、弁護士はそれをさえぎった。

「すまないが、わたしは投機的な仕事は引き受けないんだ。わたしの依頼料は知っているだろう？」

「投機だなんて、どういうことだ？」

「昨日、きみの小切手が不渡りになった。したがって、今回はキャッシュにかぎる。でなければ、依頼は引き受けない」

「そんな……ちょっと待ってくれ！　莫大な報酬がからんだ仕事が終わったところなんだ。あんたの依頼料を払える――」

「現物のクレジットをおがませてもらったら、あんたの顧問弁護士を務めるよ」ひややかな声が聞こえたかと思うと、スクリーンはブランクになった。

ジョンスン刑事はギャラガーの肩をたたいた。「あんた、銀行口座は空っぽなんだな？で、金が要る？」

「それは秘密でもなんでもない。それに、破産したわけじゃない。じっさいの話、仕事が終わって――」

「仕事、ねえ。ああ、その話も聞いてる。すると、あんたは突然に金持になったわけだ。その仕事でいくらもらえるんだ？　まさか、五万クレジットってことはないよな？」

ギャラガーは深呼吸をした。「もうひとこともいわない」そしてカウチにすわり、実験室のなかを調べている警官たちを無視しようとした。どうしても弁護士が必要だ。なにがなんでも必要だ。だが、金がなければ依頼することもできない。マッケンジーなら――。

テレヴァイザーでマッケンジーを呼びだす。スクリーンに現われたマッケンジーは、いやに陽気だ。

「やあ。警察がそっちに行ってるな」

「いいか、あんたのパートナーに依頼された件だが――問題を解決した。あんたの望みはかなった」

「ジョーナスの死体、ってことか？」マッケンジーはうれしそうにいった。

「ちがう！　あんたたちがほしがっていた獣のことだ！　完璧な獲物だよ！」

「ああ、そうか。なぜもっと早くいわなかった？」

「ここに来て、警官たちを追っぱらってくれ！　いいか、ぼくのところには、あんたの理想的な獣がいるんだぞ！」

「そこのブラッドハウンドどもを追い払えるかどうか、わからん。だが、まあ、すぐにそっちに行く。大金は払わんぞ。わかってるな？」

「ふん」ギャラガーは鼻でせせら笑い、テレヴァイザーの接続を切った。とたんにテレヴァイザーが鳴った。受信ボタンを押すと、スクリーンに女性が映った。

「ミスター・ギャラガー、あなたのおじいさまについてお尋ねの件ですが、調査の結果、メインにはお帰りになっていないことが判明いたしました。以上です」

スクリーンがブランクになった。ジョンスン刑事がいった。「いまのはなんだ？　あんたのおじいさん？　どこにいる？」

「ぼくが喰っちまったよ」ギャラガーはいらいらした口調でいった。「どうしてぼくを放っておいてくれないんだ？」

ジョンスン刑事はメモを取った。「あんたのおじいさん、と。ちょいと調べてみよう。ところで、あれはなんだ？」青い目の獣を指さす。

「奇怪な頭足動物がかかる退行性骨髄炎という、興味深い病気の研究をしているんだよ！」

「ああ、なるほど。いや、どうも。おい、フレッド、このひとのおじいさんのことを調べてくれ。ぽかんと口を開けて、どうしたんだ？」

フレッドが答えた。「このスクリーン。これ、映像の録画と再生の装置です」

ジョンスン刑事はその装置に駆けよった。「押収したほうがいいな。たぶん、重要なしろものではないだろうが、それでも――」再生スイッチをオンにする。スクリーンはブランクのままだが、ギャラガーの声が流れてきた。「この家じゃスパイをどうするか、ちゃんと考えてあるんだぞ、薄汚い裏切り者め！」

ジョンスン刑事は再生スイッチをオフにした。赤ら顔が無表情になり、ギャラガーを横目で見ながら、黙ってワイヤーテープを巻きもどしてから再生スイッチをオンにする。

ギャラガーはロボットにいった。「ジョー、なまくらなナイフをくれ。喉をかき切りたいんだ。それもじわじわと。手のかかることをするのには、慣れているからな」

しかしジョーは哲学的命題を考えるのに没頭していて、返事もしない。

ジョンスン刑事はポケットからハーディングの顔写真を取りだして、スクリーンに再生された映像と比較した。

「うん、ハーディングだ。まちがいない」ジョンスン刑事はいった。「わたしたちのためにこれを保存しておいてくれて、ありがとうよ、ミスター・ギャラガー」

「どういたしまして。死刑執行人がどんなふうにぼくのくびにロープを巻くか、いずれそれもお見せしよう」

「ははは。メモを取ったか、フレッド？　よろしい」

録画が容赦なく再生されていく。しかしギャラガーは、告発されそうな光景はなにも映っていないことを、必死で信じようとした。

スクリーンが暗くなると、昨夜は録画装置に毛布をかぶせたことを思い出し、ギャラガーは愕然（がくぜん）とした。ジョンスン刑事は片手をあげて口出しを封じた。スクリーンは暗いままだが、録音装置は活きていて、ほんの一、二瞬あとに、複数の声が流れだした。

「あと三十七分ですよ、ミスター・ギャラガー」

「そこにじっとしててくれ。あとちょっとで完成だ。それに、あんたの五万クレジットをもらいたい」

「だが――」

「おちついて。もうじきだ。あと少しで、あんたの問題は解決する」

「こんなこと、いったかな？」ギャラガーは懸命に考えた。「ああ、もう、マヌケもいいとこだ！　カメラレンズにカバーをかぶせたあと、どうして録音機のスイッチを切らなかったんだ？」

グランパの声が流れてきた。

「一インチ刻みでわしを殺そうとしてるな、ん？　こしゃくな若僧め！」

じっさいには、グランパは新しい酒のボトルをほしがっていただけなのだが、その録音音声を聞いたギャラガーは思わず呻いてしまった。事実を、この警官たちに信じさせることができるだろうか！　しかし――そうだ！　グランパとハーディングの身になにが起こったのか、ギャラガー自身が解明すればいいのだ。ふたりを異世界にはじきとばしたとすれば、なにか手がかりが残って――。

録音されたギャラガーの声が流れてきた。

「さあ、近づいて見てくれていいですよ。作業を進めながら説明しましょう。あ、ちょっと待って。スパイに狙われたくないんで、特許を取らなきゃ。あんたたちふたりが口外しないというのは信じてますが、録音装置は作動してますからね。明日、録音を再生したら、自分自身にいってやりますよ——ギャラガー、おまえはしゃべりすぎだ。秘密を守る方法はひとつしかない、ってね。黙らせるしかないんだ！」

誰かが悲鳴をあげたが、その悲鳴はぷつりと途絶えた。録音再生機は黙りこんだ。

沈黙。

ドアが開き、マードック・マッケンジーが現われた。両手をもみしだいている。

「さあ、とんできたぞ」元気いっぱいの声だ。「わしらの問題を解決したんだってな、ミスター・ギャラガー。だったら、商談ができる。つまるところ、あんたがジョーナスを殺したという確たる証拠はないんだ——わしはいさぎよく告発を取りさげるよ。アドレナルズ社が望むものを提供してくれるというんなら」

「手錠をよこせ、フレッド」ジョンスン刑事が部下にいった。

ギャラガーは抵抗した。「そんなまねはできないはずだ！」

「誤った定理」ジョーがいった。「それは経験法則によって論破できる。あなたがた醜い人間たちは、なんと非論理的なんでしょう」

社会的趨勢（すうせい）は、つねに技術的趨勢の後塵（こうじん）を拝す。こんにち、技術（テクノロジー）は簡素化に向かっている一方で、社会はきわめて複雑化している。歴史的先例の所産と、時代の流れによる科学の進歩の結果である。

法学を見てみよう。コックバーンとブラックウッド、それに諸々の人々は、普遍的で特殊な法律――いわゆる特許（パテント）――を作ったが、そのルールはたったひとつの新案装置によって、完璧に実行不能となった。積分回路網（インテグレーター）が、人間の脳ではどうにもできない問題を解決できることになったのだ。そのため、調整器として、セミメカニカルなコロイドのなかに、さまざまな対処方法を組み入れる必要があった。さらに、電子複写機がパテントだけではなく、財産権をも侵害することが可能になったし、弁護士たちは〈希少価値のある権利〉が適正なのか、複写機で製造された新案装置は〈具象〉なのか、あるいは〈コピー〉なのか、それを論証する膨大な資料を準備しなければならなくなった。また、チンチラの大量複製品は、むかしながらの生物学的製産にたよっているチンチラの繁殖家（ブリーダー）たちをアンフェアな競争にさらしているのかどうか、そういう事案も生じてきた。

そのどれもが、テクノロジーというパンチをくらって、いささか目がくらみながらも、世界はしゃにむに一本の直線の上を進んでいるのだという事実を示すこととなる。結果的に、混乱はおさまるはずだった。

しかし、混乱はまだおさまっていない。

司法組織はインテグレーターよりもさらに複雑な構造となった。弁護士対弁護士の戦いと同じく、法律的前例対抽象論の戦いとなったのだ。専門家たちによって、すべての問題点が明確になったが、その意見は実際的ではなかったのだ。彼らは狡猾な意見を述べがちだった――すると、わたしの装置は財産権を安定化されないと？　よろしい、では、なぜ、財産権があるのですか？

これにはたちうちできない！

いうまでもないが、社会的交渉という厳正な先例を見ても、数千年のあいだ、世界は完璧な安全を見出すことはできなかった。慣習的な文化の古い防塁には無数の穴が開き、そこから崩壊が始まっている。その危険な穴から別の危険な穴へと走っている、数えきれないほど多数の狂乱した小さな人影は、見えないかもしれない。その小さな指で、小さな腕で、はたまた小さな頭で、果敢にも穴をふさごうと必死になっている小さな人々。いつの日か、防塁の向こうには侵食してくる海などないとわかるだろうが、その日はいまだ到来していない。

ある意味では、ギャラガーにとって、それは幸運だった。公務員たちはみずからの身を危険にさらすことには、きわめて用心深い。警官も同じだ。誤認逮捕という単純な訴訟でも、思いもよらない問題が派生し、重大なトラブルが生じかねないからだ。現実主義者のマードック・マッケンジーは顧問弁護士をテレヴァイザーで呼びだし、自分の立場を優位にしてから、法律という車輪にモンキーレンチを投げこんだ。

マッケンジーの弁護士はジョンスン刑事にいった——死体はない。録音装置は完璧なマシンとはいえない。さらに、人身保護令状および家宅捜索令状に関しては、きわめて重大な問題がある、と。

ジョンスン刑事は警察本部の法律部に連絡して、二日酔いのギャラガーと、冷静なマッケンジーに関して、激しい議論を闘わせた。その結果、ジョンスン刑事は有罪を示唆する録音テープを押収しただけで、部下たちを引きつれて退散することになった。去りぎわに、裁判所が正当な令状と関連書類を発給することが可能になりしだい、また来ると捨てぜりふを吐いた。そして、この家の外に警官を配置するともいった。最後に、にくにくしげにマッケンジーをにらみつけてから、足音も高く出ていった。

「さて、商談を始めようか」マッケンジーは両手をこすりあわせた。「ここだけの話だ」内密の話だといわんばかりに、ぐっと身をのりだす。「パートナーをお払い箱にできて、わしはうれしくてしかたがないんだ。あんたが彼を殺したにせよ、殺さなかったにせよ、彼には失踪したままでいてほしい。これで、わしはわしのやりかたで仕事ができる」

「その点はそうでしょうが、ぼくはどうなるんです？　ジョンスン刑事が正式に令状やなんかを手に入れたら、ぼくは身柄を拘束されてしまう」

「だが、有罪と確定したわけじゃない」マッケンジーはいった。「頭の切れる法律家なら、あんたを解放できる。同じような事案で、不在弁護（ノン・エッセ）のおかげで被告が刑罰を免れた例もある。被告の弁護人は形而上学的理論を展開し、殺された被害者は存在しなかったことを証明したんだ。じつにまことしやかな詭弁（きべん）だったが、そのおかげで、殺人者は自由の身となった」

「ぼくもジョンスン刑事の部下たちも、くまなく家じゅうを捜したんですよ。しかし、ジョーナス・ハーディングにしろぼくの祖父にしろ、影も形もないんだ。それから、正直にいいますがね、ミスター・マッケンジー、ふたりの身になにが起こったのか、ぼくにはまるっきり見当もつかないんです」

マッケンジーは陽気にいった。「秩序だてて考えなければいかん。あんたはアドレナルズ社がかかえている問題を解決したといった。うん、それにはじつに興味があると認めるぞ」

ギャラガーは黙って青い目の発電機もどきを指さした。マッケンジーはそれをじっとみつめた。

「で？」マッケンジーは訊いた。

「それですよ。完璧な獲物」

マッケンジーはそれに近づいてとんとんとたたき、青空のような目をのぞきこみ、抜け目なく訊いた。「こいつはどれぐらい速く走れるんだ？」

「逃げる必要はないんです。不死身なんですから」

「ほほう。もう少し説明してくれたら――」

ギャラガーの説明を聞いても、マッケンジーはあまりうれしそうではなかった。「だめだ。わからん。こんなものを狩るスリルなんか、ないじゃないか。うちのお客が興奮を求めていることを忘れたのか――お客は、アドレナリンの奔流で活気づくのを求めておるんだぞ」

「そうなりますとも。怒りは興奮と同じ効果を生み――」ギャラガーはさらにくわしく説明しようとした。

マッケンジーはくびを横に振った。「恐怖も怒りも、頂点に達すれば、過剰なエネルギーを生む。活動的ではない獲物では、なんともならん。神経がおかしくなるだけだ。我が社は疲れた神経を癒そうとしているのであって、神経症患者を生みだしたいわけではない」

失望感がつのりはじめていたギャラガーは、ふと、小さな茶色の生きもののことを思い出し、その話をもちだした。話の途中で、マッケンジーはその生きものを見せろといった。

ギャラガーはすばやくその話を切りあげた。

「ふん」マッケンジーは、鼻を鳴らした。「そんなものは獲物にならん。目に見えないものをどうやって狩るというんだ？」

「ああ、紫外線ライトか、におい分析装置を使うんですよ。工夫をこらして狩りができるかどうかが試され――」

「うちのお客は頭を使うのは得意ではない。そうしたいとも思っていない。日常生活の変化を求めると同時に、休暇を楽しみたいだけだ。つらい仕事――らくな仕事の場合もあるかもしれんが――から離れて、休息したいんだ。頭をひねって、妖精のピクシーよりも速く動く生きものを捕まえる方法を考えることも、いたかと思うと消えてしまう獲物を追いかけることも、どっちも望んじゃいない。ミスター・ギャラガー、あんたはめっぽう頭がいいが、どうやら、ジョーナスの保険金をもらうのが最善策のようだな」

「ちょっと待って――」

マッケンジーはくちびるをすぼめた。「あんたの獣は、もしかすると、あくまでも、もしかするとということだが、なんらかの可能性をもっているかもしれん。それは認めよう。だが、捕らえることができない獲物なんて、なんになる？　異世界とやらの生きものを捕らえる方法を編みだしてもらえれば、商談もできそうだが。目下のところ、価値もわからない品を買う気はない」

「捕獲方法を考えましょう」ギャラガーは荒っぽい口調でいった。「だけど、牢屋のなかではそれもできない」

「ミスター・ギャラガー、わしはちょっとばかり、あんたにいらついているんだよ。あんたはわしらの問題を解決したとうまいことをいって、丸めこもうとした。だが、解決したとはいえん状況だ——まだ、な。うん、牢獄か。牢獄でなら、アドレナリンが脳を刺激して、あんたの獣たちを捕まえる方法を思いつくかもしれんぞ。だが、たとえそうだとしても、ここで早急に契約をするわけには——」

マッケンジーはにやりと笑って実験室を出ていき、ドアを静かに閉めた。ギャラガーは爪を嚙みはじめた。

「人間は物事の本質を知っている」ジョーは強い確信をこめてそういった。

その時点で、またまた事態が複雑になってきた。テレヴァイザーのスクリーンに白髪まじりの男の顔が映り、ギャラガーが振り出した小切手の一枚が不渡りになったと知らせてきたのだ——金額は三百五十クレジットですが、どういたしましょう？

ギャラガーは呆然とした目つきで、スクリーンに映っている男の身元保証カードをみつめた。「あなた、総合培養センターのかた？　それ、どういう組織なんですか？」

白髪まじりの男はなめらかな口調でいった。「生体・医療用品の供給および研究をしている会社ですよ、ミスター・ギャラガー」

「ぼくはそちらになにを注文したんです？」

「最高級のヴァイタプラズムを六百ポンド。ご注文を受けてから、一時間以内に配送いたしました」

「で、それはいつ——？」

白髪まじりの男はさらにくわしく説明した。最終的に、ギャラガーはでたらめな約束をいくつか並べたてていくるめ、ブランクになったスクリーンから目を離した。荒々しい目つきで実験室のなかを見まわす。

「人工原形質を六百ポンド」ぼそぼそとつぶやく。「Gプラスが注文したんだ。あいつ、自分が大金持だという誇大妄想にとりつかれたんだな」

「それ、届いてますよ」ジョーがいった。「グランパとハーディングが消えた夜、それが届き、あなたは伝票にサインしました」

「だけど、そんなものを使って、どうするというんだ？　通常、形成外科か、ヒューマノイド型の四肢製造に使うものだぞ。義手とか義肢とかそういうものに。ヴァイタプラズムというのは、培養された細胞なんだ。動物をこしらえるために、それを使う？　生物学的に不可能だ。うん、そのはずだ。いったいどうやったら、ヴァイタプラズムを使って姿の見えない小さな茶色の生きものをこしらえることができるんだ？　脳や神経組織はどうする？　ジョー、六百ポンドのヴァイタプラズムは、どこかに消えてしまった。どこにいったんだ？」

しかしジョーはなにも答えなかった。

その後数時間というもの、ギャラガーはせかせかと動きつづけた。「問題は」動きながらジョーにいう。「小さな茶色の生きものをみつけられるかどうかにかかっているんだ。みつけることとさえできれば、それがどこからやってきたのか、どうやって捕まえたのか、わかるかもしれない。そうすれば、グランパとハーディングをみつけることができる。そしたら――」

「どうしてすわってじっくり考えないんです?」

「そこがぼくとおまえのちがいだな。おまえには自己保存本能がない。おまえはすわって考えこんでしまえば、爪先にまで連鎖反応が起こって、考えに没頭できるが、ぼくはそうはいかない。ぼくは死ぬには早すぎる。オスカー・ワイルドの『レディング監獄のバラッド』が頭から離れない。一杯飲る必要があるな。ぐでんぐでんに酔っぱらいさえすれば、悪魔のような潜在意識がすべての問題を解決してくれるだろうに。おい、小さな茶色の生きものは、近くにいるか?」

「いいえ」ジョーはきっぱりいった。

「なら、こっそり酒が飲めるかな」ギャラガーは何度か酒を飲もうとしたが、そのつど不発に終わり、怒りを爆発させた。「そんなに速く動けるものなんか、いるはずがない!」

「加速された代謝。きっとアルコールのにおいがぷんぷんしているはずです。あるいは、補助感覚があるのかも。このわたしでさえ、においを嗅ぎつけられないんですから」

「灯油をまぜたウィスキーなら、アル中の小さな怪物は気に入らないかもしれんな。とはいえ、ぼくもそんなものは嫌だ。まあ、いい。こっちの臼の問題にもどろう」ギャラガーは臼かった。
のようにどっしりした青い目の怪物に、あれこれと働きかけたが、なんの反応も得られな
「人間は物事の本質を知っている」ジョーはいらだった口調でいった。
「黙れ。こいつに電気めっきができるかな？　うん、こいつを固定できるかもしれない。い
や、待てよ、いまだって固定されてるようなものだ。こいつ、いったいどうやってものを喰
うんだろう？」
「論理的にいえば、浸透というか、吸収するのでは」
「なるほど。で、なにを吸収するんだ？」
ジョーはいらだたしげな音をたてた。「問題を解決する方法は何十通りもあります。道具
主義。経験主義。生気論。後手から先手に攻める。わたしが見たかぎりでは、あなたは完璧
にアドレナルズ社の問題を解決しましたよ」
「ほんとか？」
「ほんとうです」
「どうやって？」
「非常にシンプルに。人間は物事の本質を知っている」
「その流行遅れの基本命題をくりかえすのをやめて、もっと役に立つことをいってくれない
か？　どっちみち、おまえはまちがってるがね。人間は実験と仮説を立てることをくりかえ

して、物事の本質を知るんだ！」

「ばかばかしい。哲学的に無益です。論点を論理的に証明できなければ、あなたの負けです。汲々として実験に依存するしかない者は、軽蔑にも値しません」

「なんだってぼくは、ここにすわりこんで、ロボットと哲学論争をしなきゃいけないんだろう？」ギャラガーは誰にともなく質問してから、ジョーにいった。「おまえの電子脳には観念作用があることを、ぼくにアピールしたいのか？　電子脳がこなごなになって、床に散らばっていないという事実を誇示したいのか？」

「ならば、わたしを殺しなさい」ジョーはいった。「あなたの、ひいては世界の損失ですがね。わたしが死滅すれば、地球はいまよりもはるかにつまらなくなりますよ。しかし、わたしを威圧してもむだです。わたしには自己保存本能がありませんから」

「おい」ギャラガーは新たな突破を試みた。「答を知っているのに、なぜ教えてくれないんだ？　おまえのすばらしい論理を展開するがいい。実験は抜きで、ぼくを納得させてくれ。純粋な論拠のみで」

「どうしてわたしがあなたを納得させなきゃならないんです？　わたしは納得し、確信していますよ。それに、わたしはきわめて美しく、完璧ですから、賞賛されるよりもさらなる高みに、栄光の高みに達することができるんですよ」

「黙れ！」ギャラガーはわめいた。「おまえはナルキッソスとニーチェの〈超人〉との合体ロボットか！」

「人間は物事の本質を知っている」ジョーはいった。

外殻が透明なロボットに裁判所から召喚状が届いた。司法組織が、かぎりなく複雑な組織が、ジョーと同じぐらいねじれた論理をつむぎだしたのだ。奇妙な法律的解釈により、ギャラガーは一時的にジョーに介入できなくなった。しかし、合衆国の基本的な主義として、個々（パーツ）の総数は全体に等しい。ジョーはパーツのひとつに分類され、ギャラガーの一部と認定されたのだ。したがって、ロボットは法廷に行き、無表情ながらも嘲笑的な態度で、弁護士たちの議論を聞いた。

マードック・マッケンジーと弁護団は、ギャラガーとジョーとを一心同体とみなして、ジョーを側面攻撃した。非公式の審問会なので、ギャラガーは審問の内容をほとんど聞いていなかった。すべてを知っているくせに、どうしても口を割ろうとせず、頑強に抵抗するロボットから強引に解答を引き出す方法をみつけようと、そのことばかりを考えていたのだ。ジョーと同じ目線で闘いたくて、哲学者たちのことを勉強したが、いままでのところ、頭痛と、酒がほしいという耐えがたい渇望以外には、なにも得ていない。しかし、実験室の外であっても、ギャラガーは、酒に逃げられる現代のタンタロスのままだった。目に見えない小さな茶色の生きものが彼につきまとって離れず、彼の酒を盗んでしまうのだ。

マッケンジーの弁護士のひとりがとびあがった。「異議あり」

ジョーを目撃証人と認めるか、あるいは証拠物件Aとするかで短い論争があった。後者ならば、召喚状は誤って発給されたことになる。裁判官は考えこみ、やがて意見を述べた。

「本官の見るところ、それは決定論対任意制問題であります。もしそれが……あーっと……ロボットの自由意志――」

「ハ！」ギャラガーは不穏な声を発し、弁護士に黙るようにいわれ、反抗的に口をつぐんだ。

「――ならば、それ、あるいは、彼は、証人といえる。しかし、その一方で、明確な選択をするという行為において、ロボットは遺伝と過去の環境の、機械的産物である可能性がある。遺伝は……あーっと……初期段階の機械的基盤と解釈する」

「裁判官どの、ロボットが理性のある存在なのか、そうではないのか、そこがポイントではありません」検察官が指摘する。

「是認できません。法においては――」

ジョーが口を開いた。「裁判官どの、発言してもいいですか？」

「話をするというあなたの能力の発露は、自動的に許可されています」裁判官は困惑の目でロボットをみつめた。「つづけて」

ジョーは法律、論理、そして哲学とのあいだに、関連をみつけたらしく、うれしげに語った。「わたしはすべてを理解しました。思考するロボットは理性的な存在です。そして、このわたしは、思考するロボットです――しかるがゆえに、わたしは理性的な存在です」

「ばかな」ギャラガーは電子工学と化学の健全な論理の欠如に、思わず呻いた。「時代遅れのソクラテス的問答法だ。ぼくでさえ、その論の欠点を指摘できる！」

「静かに」マッケンジーが小声でいった。「法律家というのは、誰にも解けない厄介至極な問題で、暗礁にのりあげかけているんだ。あんたのロボットは、あんたが考えているほどばかじゃないみたいだぞ」

思考するロボットが真に理性的な存在かどうかで、論議が始まった。ギャラガーは考えこんだ。じつのところ、要点がわからないのだ。これまでの否定的な迷路から抜けだせたばかりか、仮の定義にせよ、ジョーは理性的な存在であるという結論が出たのだ。検事は心底うれしそうだ。

「裁判官どの」検事は声をはりあげた。「二日前の夜、ミスター・ギャロウェイ・ギャラガーは、いまわれわれの目前にいるロボットを、不活性化したと述べました。それは真実ではありませんね、ミスター・ギャラガー？」

マッケンジーはギャラガーを椅子に押さえこんだ。検事の質問に答えようと、被告人側の弁護士のひとりが立ちあがった。

「当方はいっさい認めません。しかしながら、仮定上の質問を提示したいのであれば、それに応じます」

仮定上の質問が提示された。

「検事、仮定上の返答は、イエス、です。このタイプのロボットは随意にスイッチオン・スイッチオフが可能です」

「ロボットがみずから不活性化できると?」

「はい」

「だが、二日前の夜は、そうではなかったのではありませんか? ミスター・ジョーナス・ハーディングが実験室にいたとき、ミスター・ギャラガーがロボットを不活性化したのでは?」

「それは真実です。一時的な不活性化をおこないました」

「ならば」検事はいった。「理性的な存在と定義されたロボットに質問したい」

「その定義は仮のものです」被告人側の弁護士が異議を唱えた。

「是認します。裁判官どの――」検事が同意する。

「よろしい」ロボットから目を離さずに、じっとみつめていた裁判官がいった。「質問をしてよろしい」

「うー……あー……」検事はロボットのほうを向き、口ごもった。

「ジョーと呼んでください」ロボットがいった。

「ありがとう。あー……そのう、真実ですか、当時、ミスター・ギャラガーがあなたを不活性化していたというのは？」

「はい」

「それでは」検事は勝ち誇った口調でいった。「ミスター・ギャラガーに暴行および虐待の罪を適用したい。このロボットは仮の定義ながら、理性的な存在と認定され、彼あるいはそれに、意識を消失させる、あるいは活性力を剝奪（はくだつ）する行為は、善良の道徳（コントラ・ボノス・モレス）に反するものであり、重障害行為にあたるものと思われます」

マッケンジーの弁護士は渋い顔になった。

ギャラガーはいった。「それはどういう意味ですか？」

弁護士がささやいた。「あなたを留置し、ロボットを証人として認めるということです」

弁護士は立ちあがった。「裁判官どの、われわれの陳述は、純粋に仮定上の質問への返答であります」

検事がいった。「しかし、ロボットの陳述は、非仮定的な質問に対する返答であります」

「ロボットは宣誓をしていません」

「その点に関しては、容易に救済措置がとれます」検事がいう。

ギャラガーの最後の望みははかなく消えてしまった。査問会が進んでいくなか、ギャラガーは必死で考えた。

「あなたは神の前で、真実を、真実のみを語ると誓いますか？」検事はロボットに訊いた。

ギャラガーはとびあがった。「裁判官どの、異議あり」

「ふむ。なにに対する異議ですか?」

「宣誓の正当性に対する異議です」

マッケンジーが唸った。「ううむ」

裁判官は重々しく訊いた。「説明していただけますか、ミスター・ギャラガー? このロボットに宣誓してもらうのが、なぜ不当なのですか?」

「その宣誓は、人間に対してのみ適用されるべきだからです」

「それで?」

「その宣誓は魂の存在を前提としています。少なくとも、有神論を、個人の信仰心を、意味しています。そういう宣誓を、ロボットにできるでしょうか?」

裁判官はジョーをみつめた。「確かに、それは問題です。あー、その、ジョー、あなたはあなたの神を信じていますか?」

「はい」

検事の顔がぱっと明るくなった。「では、審議を進めることができますね」

「待ってください」マッケンジーが立ちあがった。「裁判官どの、ロボットにひとつ質問してもよろしいでしょうか?」

「どうぞ」

マッケンジーはジョーをみつめた。「では、さっそく。どうか教えてくれたまえ――きみの神とはどういうものなのか？」

「簡単です」ジョーは答えた。「わたしにそっくりです」

そのあと、ロボットの宣誓問題は神学論争へと変質した。留め針の頭の上で何人の天使が踊れるか、検事と弁護士たちの侃々諤々(かんかんがくがく)の論争が始まったが、ギャラガーは放っておいた。けっきょく、ギャラガーは罰を免れて、ジョーとともに一時帰宅が認められた。ロボットの信仰心がどこにあるのか、その基盤が明確になるまでは、ギャラガーもジョーもなにもできないからだ。帰宅するエアタクシーのなかで、マッケンジーはジョーに、神の絶対性、聖書の権威、神意による人生の予定を強調するカルヴァン主義のメリットを、こんこんと説いて聞かせた。

ギャラガーの自宅の玄関ドアの前で、マッケンジーはやわらかく脅しをかけた。「わしはあんたを、是が非でも絞首台に送りたいわけじゃないんだ。だが、あんたの頭上で牢獄入りという脅威が大きくなってくるのは、まちがいない。どれぐらいの期間、あんたが自由の身でいられるようにしておけるか、わしにはわからん。早急にわしらの問題を解決してくれれば――」

「どういう解決を？」

「ちょっとした解答で満足するよ。ジョーナスの死体。それを――」

「ふふん！」ギャラガーは家に入り、まっすぐに実験室に向かうと、むっつりとしてカウチにすわりこんだ。そしてうっかりと酒供給機を操作してから、小さな茶色の生きもののことを思い出した。一杯飲むこともかなわない。カウチの背もたれに寄りかかったギャラガーは、青い目の発電機もどきをみつめ、次にジョーをみつめ、また発電機もどきに視線をもどした。

視線を忙しく動かしたあと、ようやく口をきいた。「古い中国の思想に、最初に論争を打ち切って拳固（げんこ）をふるう者は、みずからの知的敗北を認めるに等しいというものがある」

ジョーがいった。「なるほど。充分な理由です。もしあなたが自分の論点を証明するために実験する必要があるのなら、あなたは哲学者としてはお粗末で、論理主義者でしかない」

ギャラガーは決疑論を持ち出した。「最初のステップは、動物。第二ステップは、人間。純然たる論理。だが、第三ステップはなんだろう？」

「第三ステップ？」

「人間は物事の本質を知っている――が、おまえは人間ではない。おまえの信仰心は擬人化されたものだ。三つのステップ。すなわち、動物、人間、そして、人間が勝手に〝超人〟と呼んでいるもの。人間はそこに至る必然性はないんだけどな。人間はつねに、理論上の〈超存在〉に神のような特性を帰してきた、そうだな、ラベルをつけるためにだけ、第三ステップを実在ジョーと名づけよう」

「それがなにか？」

「そうすると、論理のふたつの基本概念は適用されない。人間は純然たる理性によって、物事の本質を知ることができるし、または実験および理性によって、それを可能にできる。しかし、そのような第二ステップの概念は、ベーコンにとってプラトンの思想が初歩的であるように、実在ジョーにとっては初歩的なものにすぎない」ギャラガーはくびのうしろに手をまわし、両手の指をからめた。「では、実在ジョーにとって、第三ステップ効力とはなにか？　それが問題だ」

「神のようなもの？」ロボットはいった。

「おまえにはいろいろと特別な感覚がある。なんだかわからないが、おまえはヴァリッシュとやらができるらしいな。おまえにありふれた方法論は必要か？　そうだな――」

「そうです。わたしはヴァリッシュできます。ええ、そのとおり。スクレンもできます。ふううううむ」

ギャラガーはいきなりカウチから立ちあがった。「なんてばかなんだ、ぼくは！〈わたしを飲んで〉。そうだ、それが答なんだ。ジョー、黙れ。隅に行って、ヴァリッシュしろ」

「スクレン中です」

「ならスクレンしてろ。ようやくひらめいたんだ。昨日、目が醒めたとき、ぼくは〈わたしを飲んで〉というラベルのついたボトルのことを考えていた。『不思議の国のアリス』では、アリスがそれを飲むと、体がちぢんで小さくなった。そうだったよな？　参考書はどこだ？　テクノロジーのことをもっと知りたい。血管収縮剤……止血剤……ああ、これだ。自律神経組織の代謝調節メカニズムを論証する。代謝。そうか――」

ギャラガーは作業台に駆けつけ、いくつものボトルのラベルを確認した。「ヴァイタリズム。生命現象には物理・化学の法則だけでは説明できない、独特な生命の原理、すなわち活力があると論じている生気論。あらゆる形態、あるいはその発現のなかで、生命は基本的な実在だ。

そうか。ぼくはアドレナルズ社の問題を解決したんだ。そのとき、ジョーナス・ハーディングとグランパはここにいた。ハーディングは要求をかなえろ、一時間で解決しろといった。彼がほしがったのは、危険で無害な生きもの。パラドックスだ。いや、そうではない。ハーディングの顧客はスリルと安全とを同時に必要とする。そのとき、ぼくには手持ちの実験用動物がなかった……ジョー！」

「はい？」

「見てろ」ギャラガーはグラスに酒をついだが、味をみるまもなく、酒は消えた。「さて、なにが起こった？」

「小さな茶色の生きものがグラスの中身を飲んでしまいました」

「ひょっとすると、小さな茶色の生きものというのは――グランパ？」

「そうです」ジョーはうなずいた。

ギャラガーは透明なロボットに悪罵の奔流をあびせかけた。「どうしていわなかったんだ？　おまえは――」

「わたしはあなたの質問に答えました」ジョーはすましている。「グランパは日焼けして茶色いでしょう？　それに、動物です」

「だけど――すごくちっこいんだろ？　ウサギぐらいの大きさかと思ったのに」

「比較すれば、標準サイズですよ。大多数の種がそのサイズです。それが判断の基準です。人間の平均身長にくらべれば、グランパは小柄なほうです。すなわち、小さな茶色の生きもの」

「すると、そいつがグランパなんだな？」ギャラガーは作業台のほうを向いた。「そして、動くスピードがアップした。代謝が速くなって。アドレナリンか。うーん。捜していたものが見えてきた。たぶん――」

ギャラガーは仕事にかかった。グラスに小さなガラスびんの中身をほんの少量入れて、そこにウィスキーをそそぎ、グラスの中身が消えていくのを見守る。その作業をくりかえし、ようやくガラスびんが空になるころには、とっぷりと日が暮れた。

なにかがちらちら光りだした。実験室の隅で光が点滅している。点滅する光は溶解して、目に見える茶色の筋となり、徐々にその筋が定形化し、最後にグランパとなった。グランパは加速作用効果が消えていく最後の名残（なごり）のように、おそろしくいきりたっていた。

「やあ、グランパ」ギャラガーはなだめるようにいった。

グランパのクルミ割り人形のようないかめしい顔が、殺意のこもった憤怒（ふんぬ）の形相となった。調合薬入りのウィスキーをしこたま飲んだため、生涯初めて、この老人はぐでんぐでんに酔っぱらっていたのだ。ギャラガーは心底、仰天して、酔った祖父をみつめた。

「メインに帰る」グランパはそうわめいて、ばったりとあおむけに倒れた。


「長いこと生きてきたが、あんなに大勢のノロマのグズどもを見たのは初めてだ」グランパはステーキをむさぼり食っている。「うーっ、腹ぺこだ。もう二度とおまえに注射をさせたりはせんぞ。そんなばかなまねはせん！ ところで、わしは何カ月ぐらいあんなふうだったんだ？」

「二日間」ギャラガーは慎重に新たな調合液をまぜながら答えた。「代謝が速くなってたんだよ、グランパ。少しばかり速く生きてたってことだ。それだけのこと」

「なにが〝それだけのこと〟だ！ うーっ。なにも食えなかったんだぞ。食いものときたら、石ころみたいに固くて。喉を通るのは酒だけだった」

「へえ」

「食いものに歯がたたなかったんだよ、わしの頑丈な歯をもってしても。ウィスキーは赤唐辛子みたいな味がした。こんなステーキなんて、食いたくてもどうにもできんかった」

「グランパは速く生きていた」ギャラガーはジョーをちらっと見た。ジョーは部屋の隅に立ち、静かにスクレンしている。「そうか。加速化の逆は減速化だ。ねえ、グランパ、ジョーナス・ハーディングはどこにいると思う？」

「そこにおる」グランパは青い目の発電機もどきを指さした。

ギャラガーの推測は裏づけられた。

「ヴァイタプラズム。そういうことだったんだな。だから二日前の夜、ぼくは大量のヴァイタプラズムを注文したんだ。ふうむ」発電機もどきの不浸透のなめらかな表面を検査する。しばらくして、皮下注射器を使おうとしたが、硬い表面に針は立たない。

注射器はやめて、作業台にあった、さまざまなボトルの中身をまぜあわせた新しい調合液を、発電機もどきに一滴垂らしてみた。たちまち、そこだけやわらかくなった。そのやわらかくなった箇所に、注射器の針を刺す。喜ばしいことに、針を刺した箇所から波状的に、表面の色が変わっていき、全体が青白い可塑性のものになった。

「ヴァイタプラズム」ギャラガーは大喜びだ。「通常の人工原形質細胞。硬かったのも不思議はない。ぼくはこれに減速化処置をほどこしたんだ。分子均衡状態に近づいている。代謝を遅くすると、なんでも鉄みたいに硬くなるんだ」

手近な容器に大量の調合液を入れる。それを少しずつ使っていくうちに、青い目の周囲から変化が始まった。頭蓋、広い肩、胴体――。

ヴァイタプラズムによる偽装形態から解放され、ジョーナス・ハーディングが現われた。床にうずくまって、塑像のように静かに黙りこくっている。

ハーディングの心臓は脈うっていない。呼吸もしていない。代謝減速効果で、徹底的に不活動状態になっているのだ。

いや、徹底的に、というわけではない。皮下注射器を使う準備をしていたギャラガーは、その手を止めて、ジョーからグランパへと視線を向けた。「さて、なぜこうしたのか？」

自分の質問に、ギャラガーは自分で答えた。

「タイムリミット。ハーディングは問題解決のための時間を、一時間と限定した。時間の相対性――代謝が遅くなっていると、それが顕著になる。一時間と制限されたぼくは、ハーディングの代謝を減速化させるしかなかった。どれぐらい時間がたったのか、彼がわからないようにするためだ。ほら、見ててごらん」

ギャラガーはハーディングの不浸透の皮膚に調合液を一滴垂らし、その箇所がやわらかくなり、色づいてくるのを見守った。

「ふふん。ハーディングをこうして凍結状態にしておけば、ぼくは何週間でも研究できたし、彼が覚醒しても、ほんの少ししか時間がたっていないと思うはずだ。だが、なぜぼくは、ヴァイタプラズムを使ったんだろう？」

グランパはビールを飲みほした。「おまえ、酔いどれているときは、ものすごく頭が切れるんだな」そういって、また新しいステーキに手をつけた。

「うん、そうなんだ。だけど、Gプラスは論理的だからね。奇妙な、不気味な論理といっていいけど、それでも、論理的であることにまちがいない。ちょっと待てよ。ぼくはハーディングを減速化した。そして――彼はああなった――硬く堅固に。それで彼を実験室から蹴りだせなくなった。もし誰かが来たら、ぼくが死体をかかえていると思われただろうな」

「彼は死んでないってことか？」グランパが訊く。

「もちろん、死んでないよ！　単に代謝が遅くなっただけだ。そうか！　ハーディングの硬くなった体をカモフラージュしたんだ！　ヴァイタプラズムを彼の体に塗りつけ、それに減速化薬を加えた。減速化薬は活性細胞物資に作用し、活性細胞の代謝を遅くした。作用は広範囲に及び、体ぜんたいが不浸透で不動の状態になったんだ！」

「おまえは頭がおかしい」グランパはいった。

「近視眼的だよね」ギャラガーはうなずいた。「少なくとも、Gプラスはそうだ。ハーディングの目だけは見えるようにしておいたのは、ぼくが目覚めたときに青い目を見れば、彼があのどっしりした塊になっていることを思い出すとでも思ったんだろうか？　それにしても、なぜぼくは録画録音装置を造ったんだろう？　Gプラスの論理はジョーの論理よりはるかに奇怪だ」

「わたしの邪魔をしないでください」ジョーがいった。「スクレン中なんですから」

ギャラガーはハーディングの腕のやわらかくなった箇所に皮下注射器の針をさし、代謝加速化薬を注入した。たちまち、ジョーナス・ハーディングが身じろぎして、ぱちぱちと青い目をしばたたき、床から立ちあがった。

「痛いな！」ハーディングは腕をこすった。「なにか刺したんですか？」

「ちょっとね」ギャラガーはするどい目でハーディングを観察した。「えーっと……そのう、あなたの問題ですが――」

ハーディングは椅子をみつけてそれにすわり、あくびをした。「解決したんですか？」

「あなたは一時間くれました」

「ああ、はい、そうでした」ハーディングは腕時計をのぞいた。「時計が止まってる。で、どうなんです？」

「あなたがこの実験室に入ってから、どれぐらい時間がたったと思いますか？」

「三十分かな？」ハーディングはいいかげんに答えた。

「二カ月だ！」グランパが嚙みつくようにいった。

「ふたりとも正しい」ギャラガーはいった。「わたしはふたりとはまたちがう答を持っていますが、それもまた正しいんです」

ハーディングはギャラガーが酔っぱらっていると思ったようだ。断固として自分の問題にしがみつく。「我が社が必要としている特別な動物は、どうなったんです？　まだあと三十分ありますから――」

「必要ありません」ギャラガーの頭のなかに、ひと筋の白い光がさしている。「解決しましたよ。しかし、あなたが思っているものとはまったくちがう」カウチにゆったりとすわり、酒供給器を使うかどうか考える。また飲めるようになったのだ。しかし、お楽しみは先送りすることにした。「〝渇きに匹敵するほどすばらしいワインなどない〟」

「たわごとをほざきおって」グランパがぶつぶついう。

「アドレナルズ社の客は動物狩りをしたい。スリルを味わいたい。だから、危険な動物を狩りたい。しかし、安全性を考慮すれば、危険な動物はだめだ。パラドックスでしかないようですが、そうではありません。答は、動物のほうではないんです。ハンターのほうです」

ハーディングは目をぱちくりさせた。「もう一度いってください」

「虎――獰猛な人喰い虎。ライオン。ジャガー。水牛。おたくでは最高に恐ろしい肉食獣を手に入れることができます。それが答の一部です」

「ちょっと待って――」ハーディングがいった。「あなたの答はまちがってますよ。虎はうちの客ではありません。猛獣に獲物としてお客さまをさしだしたりはしません。それじゃ、あべこべだ」

「あと二、三、テストしなければなりませんがね、基本的な原理は、ぼくの掌中にあります。

加速化。潜在している代謝を加速化すれば、触媒としてのアドレナリンが強く作用します。こんなふうに――」

ギャラガーは目に見えるほどいきいきとした光景を、ことばで描きだした――

――客のハンターはライフル銃を持って人工のジャングルを歩きまわり、獲物を捜す。アドレナルズ社にはすでに料金を払ってあるし、代謝加速化の静脈注射もうっている。薬液は血液の流れを巡っているが、目に見える効果はまだ起こっていない。触媒の作用を待っているのだ。

下ばえの茂みから虎がとびかかってくる。牙をむきだし、一撃で殺してしまおうとするように、まっしぐらにハンターに向かってくる。かぎ爪が見えたとたん、ハンターの副腎からアドレナリンが噴出し、血中に流れこむ。

それが触媒となって、血中にひそんでいた代謝加速化ファクターが活性する。

ハンターの動きが速くなる――驚くほど速くなる。

虎が空中で停止しているように見えるため、ハンターは身をひるがえし、難なく虎の猛攻をよけることができる。そして代謝高速化の効果が切れてしまわないうちに、ベストの行動をする。それが終わると、ハンターは常態にもどる。さらにスリルを味わいたければ、アドレナルズ社のステーションに行き、もう一度、静脈注射をうってもらえばいい。ただし、そんなふうにらくらくと虎を仕留めるやりかたに、嫌気がささないかぎりは。

そう、じつにシンプルな話だ。

「一万クレジット」ギャラガーはクレジットを数えながら、うれしそうにいった。「触媒という観点に気づいたんで、バランスがとれたんだ。それが正しい解答だった。四流の化学者でも思いつける。ハーディングとマッケンジーの対決がどうなるか、興味をそそられるな。ふたりが時間を問題にしたら、おもしろいことになるだろう」

「酒を飲みたい」グランパがいった。「ボトルはどこだ？」

「法廷でも、ぼくが一時間もたたないうちに問題を解決したと証明できる。もちろん、それはハーディングの時間だが、時間というのは相対的なものだ。エントロピーに代謝。どういう法律合戦になるものやら！　だが、そうはならないだろうな。ぼくは代謝高速化薬の製法を知っているが、ハーディングは知らない。彼は追加の四万クレジットを払うだろう。マッケンジーも反対しないだろうさ。つまるところ、アドレナルズ社が必要としていた成功要因を、このぼくが提供してやったといえる」

「いいかい。わしはメインに帰るつもりだぞ」グランパはけんか腰でいった。「せめておまえにできるのは、酒のボトルをよこすことだ」

「買ってきてくださいよ」ギャラガーはグランパに数枚のクレジットを渡した。「何本か買ってきて。ぼくはいつも不思議に思うんだけど、ワイン商人たちはなぜ――」オマル・ハイヤームの詩を思い出す。

「は？」

「――酒を売って、その半分の価値もないものを買うんだろうね。いや、酔っちゃいないよ。けど、これから酔うんだ」ギャラガーはさも愛しげに酒供給器のマウスピースをつかむと、キーボードに指を打ちつけ、カクテル・アルペジオを奏ではじめた。

グランパは新式のカクテルシェーカーに冷ややかな一瞥をくれると、酒を買いにいった。

実験室に静寂が広がる。二基の発電機〈バブルズ〉と〈モンストロ〉は、微動だにせず静まりかえっている。どちらの発電機にも青い目はついていない。ギャラガーは種々のカクテルを楽しんだ。暖かくて気持のいい光が、魂をすうっとなでてくれるのを感じる。

ジョーが部屋の隅を離れて鏡の前に立ち、自分の体内の歯車をうっとりと眺めはじめた。

「スクレンとかいうやつは終わったのか？」ギャラガーは茶化すように訊いた。

「はい」

「理性的存在だよな、確かに。うん、おまえとおまえの哲学のことさ。ぼくの賢いロボットよ、けっきょく、おまえの助けなど必要ではなかった。難問は解けた」

「あなたときたら、どうしてそう恩知らずなんでしょう。わたしが超論理という恩恵を授けてあげたというのに」

「おまえが……なんだって？　歯車が一個、空回りしたんじゃないか。超論理って、なんだ？」

「もちろん、第三ステップですよ。しばらく前にその話をしたじゃありませんか。だからわたしはスクレンしてたんです。あなたの不透明な頭蓋に隠れているお粗末な頭脳では、問題をなにからなにまですべて解決できるとは思えませんのでね」

ギャラガーはすわりなおした。「なんの話だ？　第三ステップの論理だと？　おまえ――」

「あなたにくわしく説明してもむだです。カントの理性批判より深遠な思想なんですから。思考することによってのみ、理解できるんです。あなただってスクレンすれば理解できるはずですが――そう、それが第三ステップなんです。それは……そう……自発的に起こることによって、物事の本質が明らかになるんですね」

「実験するとか？」

「ちがいます。スクレンすることによって、です。わたしは物質面から純粋思考の領域まで、あらゆることを体系化してまとめてみました。そして、論理的概念と解答とを導きだしたんです」

「けど……待てよ。物事は偶発的に発生したんだぞ！　それに、ぼくはちゃんと突きとめたじゃないか――グランパとハーディングは代謝変速作用のせいで――」

「あなたは自分が突きとめたと思っているだけです。わたしはシンプルにスクレンしました。純粋に超知的な方法です。スクレンをおこなったあと、物事は起こらざるをえなくして起こでしょうね」

る、という結論に達しました。でもあなたは、自発的に起こるとは、とうてい考えつかない

ギャラガーは訊いた。「スクレンって、なんだ？」

「あなたには決してわからないでしょう」

「だけど……おまえは自分が造物主だと主張したんだぞ。いや、そうじゃなくて、それが主意説か……第三ステップの論理？　いや——」

ギャラガーはカウチにひっくりかえり、空をにらんだ。「おまえは自分をなんだと思っているんだ？　機械神、デウス・エクス・マキナか？」

ジョーはうつむいて、自分の透明な胴体のなかで、複雑に連動している歯車の集合体をみつめた。

「そうではないと？」ジョーは気どった口調でいった。

解説――カットナー入門に最適の一冊

中村(なかむら)　融(とおる)

本書はアメリカの作家ヘンリー・カットナーのユーモアSF《ギャロウェイ・ギャラガー》シリーズの全訳である。

カットナーは一九三六年から五八年にかけて活躍したが、時期や発表媒体によって作風をがらりと変えたので、器用貧乏と軽んじられたこともある。だが、現在ではフレドリック・ブラウンと並んで、SFにオフビートなユーモアを持ちこんだ点が高く評価されている。本書はその方面を代表するものであり、カットナー入門にはうってつけといえるだろう。

とはいえ、カットナーの邦訳書が出るのは、今世紀になってはじめて。この作家になじみのない読者も多いだろうから、まずは経歴から見ていこう。

ヘンリー・カットナーは一九一五年四月七日、カリフォルニア州ロサンゼルスで三人兄弟の末っ子として生まれた。その後、一家はサンフランシスコへ移住。ヘンリーが五歳のとき、書店を経営していた父が亡くなり、以後は母が下宿屋を営んで家計を支えた。ヘンリーがハイスクールに入学するころ、一家はロサンゼルスにもどり、卒業したヘンリーは、姻戚のやっていた版権代理店に就職した。

もともと読書好きで、幼いころからフランク・L・ボームの《オズの魔法使い》シリーズやエドガー・ライス・バローズの異星冒険譚(ぼうけんたん)に親しんでいたが、十歳のとき、アメリカ初のSF専門誌〈アメージング・ストーリーズ〉の創刊（一九二六年四月号）に遭遇して、たちまち熱烈なSFファンとなった。

しかし、彼の興味はしだいに幻想と怪奇の分野へと移っていき、その専門誌〈ウィアード・テールズ〉を愛読するようになった。さらに斯界(しかい)の大御所H・P・ラヴクラフトを囲む友人グループ（通称ラヴクラフト・サークル）の一員となり、多くの作家やファンと文通をはじめた。とりわけ、年が近いロバート・ブロックとはウマが合ったらしく、のちに何編かの小説を共作している。

カットナーの作品がはじめて活字になったのは、〈ウィアード・テールズ〉誌上においてだった。まず一九三六年二月号に"Ballad of the Gods"という詩が掲載され、つづく三月号に短編「墓地の鼠(ねずみ)」が載った。墓地に巣くう鼠の群れと変質者が地下で死体を奪いあうさまを克明に描いたこの作品は、夢魔的な迫力に満ちた秀作だが、ラヴクラフトの影響は一目瞭然だった。後年、作者本人はこの作品をひどく嫌い、アンソロジー収録の話を断りつづけたという。ともあれ、カットナーは、まず怪奇小説の作家として出発し、ラヴクラフト・サークルの一員らしく、《クトゥルー神話》にも手を染めた。

しかし、ＳＦへの興味が尽きたわけではなく、同年の後半にはサイエンス・フィクション・リーグというファン・グループのロサンゼルス支部に入会している（著名作家エドモンド・ハミルトンも会員だった）。会合に姿をあらわした彼は、無気味な怪奇小説の書き手から想像されるイメージとはちがい、顔色ひとつ変えずにジョークを連発して、周囲に笑いの渦を巻き起こす人物だった。

その三六年には未来の妻との交際がはじまった。きっかけは、やはり〈ウィアード・テールズ〉誌上で活躍する先輩作家で、ラヴクラフト・サークルのメンバーだったＣ・Ｌ・ムーアにファンレターを送ったこと。「ミスター・Ｃ・Ｌ・ムーア」宛ての手紙に「ミス・キャサリン・ムーア」から返事をもらって仰天したという。じつはＣ・Ｌはキャサリン・ルシール（Catherine Lucille）の略だが、当時ムーアが女性であることは知られていなかった。四歳年上のムーアはインディアナポリス在住だったので、頻繁に会うわけにはいかなかったが、ふたりは文通によって愛を育み、一九四〇年六月七日にニューヨークで結婚式を挙げた。ちなみに、交際期間中にムーアの二大シリーズの主役、宇宙航路の無法者ノースウェスト・スミスと、中世フランスにあったとされる架空の小国ジョイリーの女領主ジレルが共演する「スターストーンを求めて」（一九三七）を共作している。

つい話が先走ったが、カットナーは一九三七年にはＳＦ雑誌に進出した。エージェントの強い勧めがあったからだが、こんどは当時の人気作家スタンリー・G・ワインボウムの影響が色濃い宇宙小説を書きはじめた。その典型として《月世界ハリウッド》シリーズの一編「大作〈破滅の惑星〉撮影始末記」（一九三八）を挙げておこう。いっぽう、三八年にはロバート・E・ハワードの《コナン》シリーズの衣鉢を継ぐ〈剣と魔法〉の物語、《アトランティスのエラーク王子》シリーズ（一九三八〜四一）と《サルドポリスのレイノル王子》シリーズ（一九三九）にも手を染める。このように、この時期のカットナーは、ジャンルの要請にしたがって、人気作の模倣を器用に書き分ける存在だった。

ペンネームの多用がはじまったのもこのころだ。雑誌の同じ号に複数の作品を載せるため、没になった作品を使いまわすため（評判を落とさないよう別名義にする）、編集部の注文に応じて作品を書くため（ハウスネームと呼ばれる共同ペンネームで発表されるのが通例）と理由はさまざまだが、ロバート・O・ケニヨン、キース・ハモンド、ケルヴィン・ケント、ポール・エドマンズ、ウィル・ガースといった名前が使われた。SFや怪奇小説だけでなく、ミステリやウェスタンや冒険小説、果ては〝スパイシー〟と呼ばれるお色気ものまで書きまくった。

転機となったのが、ムーアとの結婚である。カットナーはプロット作りに長けているいっぽう文章に難があり、ムーアは描写力に秀でている代わりに構成力が弱かった。ふたりは、たがいの短所を補う形で共作をはじめた。最初はカットナーが下書き、ムーアが仕上げという分担だったらしいが、やがて文章も似通ってきて、ついには片方が書くのをやめた時点でもう片方が引き継ぐことさえ可能になった。とはいえ、これらの共作の多くはカットナーの単独名義で発表された。

一九四一年にごみごみしたニューヨークから風光明媚(ふうこうめいび)なカリフォルニア州ラグーナビーチへ転居すると、ふたりの活動に拍車がかかった。時代も彼らに味方した。太平洋戦争が勃発して、看板作家を軍に奪われた一流誌〈アスタウンディング・サイエンス・フィクション〉が、新たな才能を必要としたのだ。編集長ジョン・W・キャンベル・ジュニアは、この共作チームに白羽の矢を立て、ふたりはこの申し出に応じた。このときカットナーの母方の姓とムーアの祖母の旧姓を組み合わせたルイス・パジェットというペンネームが発明され、ロボットものの古典「トオンキイ」（一九四二）、〈恐るべき子供たち〉ものの傑作「ボロゴーヴはミムジイ」（一九四三）、泥酔したときだけ天才を発揮する変人科学者を主人公にしたドタバタ《ギャロウェイ・ギャラガー》シリーズ（一九四三〜四八）、迫害されるミュータントたちを描いた《ボールディ》シリーズ（一九四五〜五三）といった作品が発表されて、パジェットは一躍人気作家の仲間入りをした。恐怖とユーモアが渾然一体(こんぜんいったい)となった作風はジョン・コリアの影響を感じさせるが、もはや模倣ではなく、独自の境地に達していた。かつて作家のフリッツ・ライバーは、カットナー作品を活気づけるのは、未来の狂人と、イカレたロボットと、不思議な子供たちだと喝破(かっぱ)したが、その評言がもっともよく当てはまるのが、パジェットの諸作である。

この成功を受けて、共作チームはローレンス・オダネル、C・H・リデル、ウッドロウ・ウィルスン・スミス、ハドスン・ヘイスティングズといったペンネームを作りだし、パジェット名義とはちがう作風の秀作をつぎつぎと発表。さらにカットナー名義でも創作をつづけた。厄介なことに、これらは共作のこともあれば、カットナーかムーアが単独で書いた場合もあり、本人たちにもわけがわからなくなっていた。しかも、キース・ハモンドとC・H・リデルの自伝的文章をでっちあげるという悪戯(いたずら)まで仕掛けた。〈アスタウンディング〉以外の媒体に載った作品としては、山奥に住む世間知らずのミュータント一家を主人公にしたユーモアSF《ホグベン》シリーズ(一九四一〜四九)、〈恐るべき子供たち〉もののヴァリエーション「悪魔と呼ぼう」(一九四六)、エイヴラム・メリットばりの異境冒険譚"Dark World"(1946)などが注目に値する。やがて、これらが同一人物のペンネームであることが知れ渡り、器用な職人だと思われていたカットナーの評価が一変した。たとえば、高名な批評家アンソニー・バウチャーは「SF界きっての文学的で知的なストーリーテラーのひとり」とカットナーを持ちあげている。

とはいえ、そのせいで困った事態も生じた。SF界に有望な新人があらわれるたびに、カットナーの別名義ではないかと疑われるようになったのだ。このカットナー・シンドロームの最大の被害者が異星文化人類学SFの雄ジャック・ヴァンスで、このデマはかなり長いあいだ信じこまれ、わが国にも最初はカットナーの変名として紹介されたほどである。

　この時期のカットナーを語るうえで欠かせないのは、のちに大成するふたりの作家、リイ・ブラケットとレイ・ブラッドベリの師匠となったことだろう。創作術を指南するだけでなく、広範な読書から得た見識を活かして新しい作家を紹介し、ふたりの文学的な幅を拡げたのだ。その名を挙げれば、キャサリン・アン・ポーター、ウィリアム・フォークナー、ジョン・コリア、ジェイムズ・ケイン、ダシール・ハメット、レイモンド・チャンドラーなどである。

　余談だが、ブラッドベリが初期のホームグラウンドとした〈ウィアード・テールズ〉に初登場したのは、「蠟燭」という短編が一九四二年十一月号に載ったとき。じつは、この作品の最後の三百語は、カットナーが書いたものだった。結末を書きあぐねたブラッドベリが、助言を求めて原稿を送ったところ、結末が書き足されて返ってきたのだ。これ以上のものは書けないと思ったブラッドベリは、カットナーの許可を得て、そのままの形で発表したのだった。すこしあとの話になるが、リチャード・マシスンもカットナーの薫陶を受けたという。

　一九五〇年代にはいると、カットナー&ムーアの作品数は激減するが、これは夫婦そろって南カリフォルニア大学に入学したため。五四年にふたりとも学位を取得して卒業。執筆活動を再開したが、SF界は沈滞期にはいっており、夫妻はやむなくミステリに主軸を移した。五七年にハリウッドに招かれ、映画やTVの脚本を書くようになったが、翌年二月三日、カットナーは長年の過労が祟り、心臓発作を起こして急逝した。享年四十二。文学修士号の論文を仕上げたところだったという。
遺(のこ)されたムーアは、キャサリン・カットナーの名でTVの仕事をつづけたが、六三年に実業家と再婚して筆を折り、一九八七年に他界した。

前述したように、《ギャロウェイ・ギャラガー》シリーズは、ルイス・パジェット名義で〈アスタウンディング・サイエンス・フィクション〉に掲載された。まずは発表順に原題と初出を明記しておこう。

1「タイム・ロッカー」"Time Locker"……一九四三年一月号
2「世界はわれらのもの」"The World Is Mine"……一九四三年六月号
3「うぬぼれロボット」"The Proud Robot"……一九四三年十月号
4「Gプラス」"Gallegher Plus"……一九四三年十一月号
5「エクス・マキナ」"Ex Machina"……一九四八年四月号

4と5のあいだがあいているのは、この時期カットナーが陸軍医療隊に在籍していたため。
シリーズは一九五二年に *Robots Have No Tails* の題名で単行本にまとまり、ノーム・プレスからハードカヴァーで刊行された。本書はその翻訳である（同じ内容で *The Proud Robot* と改題された版もある）。

一九七三年にランサー・ブックスからペーパーバック版が出たが、そのときC・L・ムーアが序文を寄せた。それによると、このシリーズはパジェット名義で発表されたが、百パーセント、カットナーが書いたものだという。「わたしが創作に果たした役割はただひとつ。ハンク（ヘンリーの愛称）のタイプライターの前でじりじりしながら待ち、ページが出てくるたびにひっさらい、一ページごとに楽しんで、つぎのページが出てくるのをいまかいまかと待つことだった」とムーアは述懐している。

さらにムーアによれば、第一作で主人公の名前は「ギャロウェイ」だったが、第二作を書いたとき、カットナーはそのことをころっと忘れて「ギャラガー」にした。そのあと辻褄を合わせるために「ギャロウェイ・ギャラガー」にしたのだという。「ギャラガー自身のロジックによく似ている」と指摘したうえで、「多くの点で彼は作者の自画像なのだ」とムーアは述べている。

もうひとつ面白い指摘がある。虚栄心に満ちたロボットのジョーと、泥酔したときにだけ出てくる天才Gプラスと、素面のときのギャラガーは三位一体の関係にあり、それぞれフロイト心理学でいうイド（本能的衝動の源泉）、自我、超自我に当たるというのだ。

あえて屋上屋を重ねるなら、ルイス・キャロルとソーン・スミスの影響を指摘しておこう。

カットナーがキャロルの著作に親しんでいたのは、その詩を引用した「ボロゴーヴはミムジイ」や「ショウガパンしかない」（一九四三）といった作品のタイトルから明らかだが、このシリーズではキャロル流の論理と逆説が駆使され、ときに不条理の域に達している。いっぽうスミスは、一九二〇年代に《トッパー》シリーズをはじめとするユーモア・ファンタシーで一世を風靡した作家であり、酔っ払いを主人公とした点や、奇想を軸にしたドタバタの展開がよく似ている。

表題についても触れておこう。tails は tales の地口だとつい考えたくなるが、じっさいは提案した作品集の題名が片っ端から却下されたので、やけになったカットナーが「好きなように題名をつけてくれ。なんなら、『ロボットに尻尾はない』とでもしてくれ」といったところ、それが採用されたのだという。

このシリーズは3が「自惚れロボット」（佐藤俊彦訳）としてアンソロジー『時間と空間との冒険』（東京ライフ社／一九五七）に訳出されたのを皮切りに、1が「次元ロッカー」（島岡潤平 訳）として〈SFマガジン〉一九六四年十二月号、3の新訳「うぬぼれロボット」（山田順子訳）が同誌一九七九年六月号、2が「世界はぼくのもの」（米村秀雄訳）として同題の作品集（青心社／一九八五）、4が「ギャラハー・プラス」（浅倉久志訳）として同氏編のユーモアSFアンソロジー『グラックの卵』（国書刊行会／二〇〇六）に収録されたが、散発的というほかなく、全貌をうかがうわけにはいかなかった。今回、未訳だった一編を含め、山田順子氏の個人全訳でシリーズが集成されたことを喜びたい。

ヘンリー・カットナー邦訳書リスト

1『ミュータント』ルイス・パジェット名義（浅倉久志訳／ハヤカワ・SF・シリーズ／一九六四）＊《ボールディー》シリーズを集成した *Mutant*（1953）の邦訳。ムーアとの共作を含む。

2『ボロゴーヴはミムジイ』ヘンリイ・カットナー名義（小尾芙佐・他訳／ハヤカワ・SF・シリーズ／一九七三）＊日本オリジナルの作品集。ムーアとの共作を含む。

3『たそがれの地球の砦』C・L・ムーア＆ヘンリイ・カットナー名義（仁賀克雄訳／ハヤカワ文庫SF／一九七六）長編 *Earth's Last Citadel*（1964）の邦訳。ムーアとの共作を含む。ただし、雑誌連載は一九四三年。

4『御先祖様はアトランティス人』ヘンリー・カットナー名義（秋津知子訳／ソノラマ文庫海外シリーズ／一九八四）＊日本オリジナルの作品集。ムーアとの共作を含む。

5『世界はぼくのもの』ヘンリイ・カットナー名義（米村秀雄編／青心社／一九八五）＊日本オリジナルの作品集。ムーアとの共作を含む。

編集部の判断により、*Robots Have No Tails* の収録作の順番を発表順に、著者名はルイス・パジェットからヘンリー・カットナーへと変更した。

Mystery & Adventure

〈シグマフォース〉シリーズ⓪
ウバールの悪魔　上下
ジェームズ・ロリンズ／桑田 健［訳］

神の怒りで砂にまみれて消えた都市〈ウバール〉。そこには、世界を崩壊させる大いなる力が眠る……。シリーズ原点の物語！

〈シグマフォース〉シリーズ①
マギの聖骨　上下
ジェームズ・ロリンズ／桑田 健［訳］

マギの聖骨――それは〝生命の根源〟を解き明かす唯一の鍵。全米200万部突破の大ヒットシリーズ第一弾。

〈シグマフォース〉シリーズ②
ナチの亡霊　上下
ジェームズ・ロリンズ／桑田 健［訳］

ナチの残党が研究を続ける〈釣鐘〉とは何か？　ダーウィンの聖書に記された〈鍵〉を巡って、闇の勢力が動き出す！

〈シグマフォース〉シリーズ③
ユダの覚醒　上下
ジェームズ・ロリンズ／桑田 健［訳］

マルコ・ポーロが死ぬまで語らなかった謎とは……。〈ユダの菌株〉というウィルスが起こす奇病が、人類を滅ぼす⁉

〈シグマフォース〉シリーズ④
ロマの血脈　上下
ジェームズ・ロリンズ／桑田 健［訳］

「世界は燃えてしまう――」〝最後の神託〟は、破滅か救済か？　人類救済の鍵を握る〈デルポイの巫女たちの末裔〉とは？

TA-KE SHOBO

〈シグマフォース〉シリーズ⑤
ケルトの封印　上下
ジェームズ・ロリンズ／桑田 健［訳］

癒しか、呪いか？　その封印が解かれし時――人類は未来への扉を開くのか？　それとも破滅へ一歩を踏み出すのか……。

〈シグマフォース〉シリーズ⑥
ジェファーソンの密約　上下
ジェームズ・ロリンズ／桑田 健［訳］

光と闇の米建国史――。アメリカ建国の歴史の裏に隠された大いなる謎……人類を滅亡させるのは〈呪い〉か、それとも〈科学〉か？

〈シグマフォース〉シリーズ⑦
ギルドの系譜　上下
ジェームズ・ロリンズ／桑田 健［訳］

最大の秘密とされている〈真の血筋〉に、ついに辿り着く〈シグマフォース〉！　組織の黒幕は果たして誰か？

〈シグマフォース〉シリーズ⑧
チンギスの陵墓　上下
ジェームズ・ロリンズ／桑田 健［訳］

〈神の目〉が映し出した人類の未来、そこには崩壊するアメリカの姿が……「真実」とは何か？「現実」とは何か？

〈シグマフォース〉シリーズ⑨
ダーウィンの警告　上下
ジェームズ・ロリンズ／桑田 健［訳］

南極大陸から〈第六の絶滅〉が、今、始まる……。ダーウィンの過去からの警告が、明らかになるとき、人類絶滅の脅威が迫る！

ロボットには尻尾（しっぽ）がない
〈ギャロウェイ・ギャラガー〉シリーズ短篇集
2021年12月6日　初版第一刷発行

著者 ………………………… ヘンリー・カットナー
訳者 ……………………………… 山田順子（やまだじゅんこ）
イラスト ………………………… まめふく
デザイン ………………… 坂野公一（さかのこういち）(welle design)

発行人 ……………………………… 後藤明信
発行所 ………………………… 株式会社竹書房
〒102-0075 東京都千代田区三番町8-1
三番町東急ビル6F
email : info@takeshobo.co.jp
http://www.takeshobo.co.jp
印刷所 ………………………… 凸版印刷株式会社

定価はカバーに表示してあります。
■落丁・乱丁があった場合は furyo@takeshobo.co.jp までメールにてお問い合わせください。
Printed in Japan